UNE CITÉ EN FLAMMES

LUMIÈRE & TÉNÈBRES - LIVRE 2

UNE CITÉ EN FLAMMES

LUMIÈRE & TÉNÈBRES - LIVRE 2

KHLOE LAURENS

ISBN : 9798844407284
Dépôt légal : aout 2022
Autoédition

Avertissement : certaines scènes de ce livre peuvent heurter la sensibilité de certain(e)s lecteur(rice)s.

BONEPORT
RAVENSBRIDGE
La Grande Plaine
ΘYMALON
Les Eaux d'Eÿs
BEARDALE
Le bois d'Obsidienne
Les Crêtes Volatiles
Le Désert Venteux
MAG MOR TAIRNGIRE

TABLE DES MATIÈRES

CHAPITRE 1 - CLIODHNA

C'est un brusque mouvement de houle qui me réveille. Cela fait plusieurs lunes que nous naviguons sur ces eaux récalcitrantes. Si mon mal de mer est passé, ce n'est pas le cas d'Avaline. La pauvre ne cesse de rendre jour et nuit. Ses cornes beiges torsadées présentent un contraste saisissant avec la couleur maladive de sa peau, naturellement brun doré. Ses longues mèches bleu foncé sont tellement emmêlées qu'elles ressemblent presque à un affreux nid d'oiseaux. Je m'approche d'elle pour éponger la sueur qui colle à sa peau. Je ne l'ai jamais vue dans un état aussi lamentable. Heureusement pour moi, elle est bien trop faible pour m'en tenir responsable. Mon amie a accepté de m'accompagner de l'autre côté de notre monde pour découvrir la nouvelle vie qui m'attend. En tant que Princesse d'Oymalon, je me dois de jouer mon rôle. Le Grand Seigneur m'envoie à Beardale pour renforcer notre alliance avec les Virthana. Alliance dont je n'avais aucune connaissance jusque-là. Au titre de fille du Grand Seigneur, je dois me contenter d'obéir aux ordres. Si Ran, mon frère, a toujours fait en sorte de me confier un rôle important dans la vie de notre peuple ; notre père, lui, s'en contrefiche. Pour lui, je ne suis qu'une marchandise à échanger. Une union contre l'assurance du soutien d'un des plus conséquents clans faes. Si je comprends le bien-fondé de cette alliance, il n'en demeure pas moins que je compte faire les choses à ma manière. Je n'ai pas l'intention de devenir le jouet d'un autre chef fae imbu de sa personne.

– Votre Grâce ! m'interpelle Rennyn, l'un des gardes choisis pour m'accompagner en terres inconnues.
– Que se passe-t-il ?
– La tempête s'intensifie. Restez bien à l'abri dans votre cabine. me demande-t-il incertain.

À Oymalon, je suis connue comme étant la Princesse intransigeante, en plus d'être la Conseillère du Gouverneur du Nord, mon frère. Ran a choisi deux de ses meilleurs hommes pour m'escorter à l'autre bout du monde. Mais comme souvent, je sais que les mâles faes ont du mal avec le pouvoir qu'il m'a accordé. Ses soldats se méfient de moi. La plupart d'entre eux n'ont pas accepté le rôle qui est mien et ne me considèrent aucunement en tant que leur supérieure. Mes gardiens ne font pas exception à la règle, malheureusement.

Sans me soucier de sa recommandation, je passe devant lui pour évaluer la situation par moi-même. Des vagues hautes comme les arbres millénaires qui peuplent nos forêts nous entourent. La dizaine de marins qui nous accompagnent sont déjà sur le qui-vive. Rennyn n'a pas plaisanté. La situation est plus que préoccupante. À peine suis-je sur le pont qu'une bourrasque glacée me prend par surprise. Mes vêtements me collent maintenant à la peau et un désagréable gout salé emplit ma bouche. N'écoutant que mon instinct de survie, j'attrape une corde au vol et m'attache à un mât pour ne pas tomber dans la mer déchainée. Les Faes courent en tous sens pour maintenir les voiles en place. Je ne connais pas grand-chose à la navigation. C'est même la première fois que je me trouve aussi longtemps sur un navire. Mais grâce à mon éducation, ou plutôt aux enseignements dont je me suis abreuvée plus jeune, je sais que les marins agissent comme il se doit. La meilleure chose à faire quand on se retrouve pris dans une tempête est de la fuir. Mais nous n'en sommes plus à ce stade. Les flots nous cernent de toutes parts. Nous ne pourrons pas y échapper.

Ne perdant pas de temps, je m'empresse d'attacher au vaisseau tout ce qui peut l'être : caisse de provisions, armes…

– Attention ! À tribord ! hurle un marin alors qu'une planche manque de me percuter.
– Plus vite ! scande un Fae qui se balance au sommet du grand mât.
– Restez sous le vent et accrochez-vous à vos cornes ! prévient le barreur.

Le bateau monte alors sur une vague gigantesque. Je n'ai jamais rien vécu de plus impressionnant. Les marins s'activent pour maintenir les voiles en place en tirant sur les cordes. Moi, tout ce que je vois, ce sont les nuages noirs qui assombrissent l'atmosphère. Des éclairs strient le ciel à intervalles de plus en plus rapprochés. La tempête va nous engloutir. Ce n'est plus qu'une question de temps. J'ai l'impression d'assister à une bataille entre la nature et nous. Et clairement, je ne sais pas qui va en sortir vainqueur. Arrivé en haut d'une vague, le navire vire de bord et prend encore de la vitesse. Je décolle du sol de quelques centimètres tandis qu'une bourrasque fait voler mes cheveux dans tous les sens. Les embruns salés me recouvrent comme une seconde peau. Et je ne vois rien de ce qu'il se passe. C'est alors qu'une nouvelle vague nous percute violemment. Je n'ai que le temps de serrer la corde qui me maintient à bord avant que ma tête ne heurte le pont.

***

– Estimez-vous heureux qu'elle n'ait qu'une légère

commotion ! enrage une voix familière.
– Cela ne serait pas arrivé si elle avait écouté mes recommandations ! s'insurge Rennyn.

J'ouvre difficilement les yeux tandis que les voix s'éloignent. Je crois n'avoir jamais eu aussi mal à la tête. Lorsque je passe ma main à l'arrière de mon crâne, je constate qu'une bosse de la taille d'un œuf s'est déjà formée.

– T'as fini de dormir ? ! se moque Ava, en s'agenouillant à ma hauteur.
– Et toi ? T'as fini de gerber ? je la rembarre en grimaçant de douleur.
– Tu t'es pas loupée. m'assure-t-elle plus sérieusement.

À la lueur qui brille dans ses yeux, je comprends qu'elle était véritablement inquiète. Ava et moi sommes amies depuis aussi longtemps que je m'en souvienne. À cause de mon statut de princesse, peu d'enfants osaient réellement m'approcher. Il faut dire que mon père a toujours eu pour réputation d'être intraitable, notamment avec sa fille. Enfant, j'ai souvent tenté de comprendre pourquoi le Grand Seigneur se comportait aussi différemment avec moi. S'il n'a jamais été un père vraiment investi dans l'éducation de ses enfants, au moins traitait-il Ran avec égard. J'ignore si c'est parce que je ne suis pas née du sexe fort ou si une autre sombre raison l'a éloigné de moi, mais mon paternel ne m'apprécie pas. Aujourd'hui encore, c'est difficile à admettre. Cependant, je me suis fait une raison. Peu importe que je sois la plus appliquée dans mes études ou que je fasse mon possible pour attirer l'attention du Grand Seigneur. Il n'a jamais daigné prendre en considération ma personne. Je ne suis pour lui qu'un jouet bon pour distraire ou à manipuler dans ses jeux de pouvoir. C'est ainsi que je me suis forgé une armure inébranlable et ai gagné en maturité bien avant mes camarades. Je n'ai pas pu profiter de mon innocence comme les autres Faes. Il m'a fallu grandir plus vite que mes semblables pour supporter les caprices du Grand Seigneur. Peu m'importe ce qu'on pense de moi, je demeure froide et imperturbable à la moindre provocation. C'est cette maitrise qui me permettra d'affronter les épreuves qui m'attendent à Beardale.

– Eh ! Tout va bien ? s'inquiète mon amie, en agitant sa main devant mes yeux.
– Oui, oui. Juste un mal de crâne carabiné.
– Ça ne peut pas être pire que quand ces deux-là sont sorties ! me rappelle-t-elle.

Il y a de cela trois Lunes, les cornes de mon amie sont apparues en même temps que ses saignements. La maturité est déjà difficile à vivre pour les femelles faes. Je n'ose imaginer la douleur et la terreur qu'elle a dû éprouver pendant des lunes et des lunes. En fait, ses cris d'agonie me donnaient un assez bon aperçu de ce qu'elle ressentait. Et je peux assurer que la souffrance que j'éprouve en ce moment n'a clairement rien à voir avec ce qu'elle a vécu.

– Toujours à tout ramener à toi ! je ne peux m'empêcher de la taquiner.

La Fae cornue est la seule personne, hormis Ran et Drach, avec qui je peux être véritablement moi-même. Avec elle, je n'ai pas cette barrière de bien-pensance ou d'autorité à établir. Quand mon père a voulu m'imposer l'une de ses dames de compagnie, il en était hors de question. Il m'a imposé suffisamment de choses dans ma vie. Je ne pouvais entamer ce nouveau départ encore sous son joug. Heureusement, par je ne sais quel miracle, mère est parvenue à le faire céder. Me trouver loin de tout ce que je connais m'effraie, je ne vais pas mentir. Mais la présence d'Ava et des deux gardes du corps que Ran m'a affectés me rassure. Enfin, autant qu'on peut l'être quand on ignore tout de ce qui nous attend. Je ne sais rien des terres qui bordent Beardale. Je ne connais pas les Virthana. Je n'ai aucune idée de ce que je vais découvrir en posant pied à terre. Mon appréhension me semble donc légitime.

– On peut encore faire demi-tour. me souffle mon amie, qui semble lire dans mes pensées comme toujours.
– Et pour aller où ? ! Mon père ne me laissera pas revenir à Oymalon, t'en as conscience ?
– Je ne sais pas… Slyvale nous ouvrira peut-être ses portes.
– J'en doute ! La *roghacroí* de mon frère ne m'accueillera pas à bras ouverts. je lui certifie.
– Tu lui as sauvé la vie.
– Je doute que cela entre en considération. Je ne me suis pas montrée très accueillante avec elle. *C'est l'euphémisme de cette ère !*
– Je suis persuadée que si tu lui montrais le "vrai toi", vous vous entendriez à merveille.
– On a déjà eu cette conversation. soufflé-je déjà fatiguée par la tournure que prend cette discussion.
– Et je n'en démords pas ! insiste-t-elle, comme chaque fois.
– Peu importe… Quand devrions-nous arriver ?
– D'après le capitaine, à l'approche de l'obscurité, nous serons au port.
– Magnifique ! ironisé-je.

Je ne suis pas impatiente de quitter ce navire. Si le trajet en bateau n'a pas été de tout repos, il m'a tout de même permis de me trouver dans une sorte de bulle protectrice, vis-à-vis du reste du monde. À bord, en pleine mer, j'étais à l'abri de toutes les machinations de la Cour, des attaques perpétuelles du Grand Seigneur et du jugement de mon peuple. Être princesse est loin des clichés dont on abreuve les enfants. Il n'y a rien de féérique et de joyeux là-dedans. Ma vie me fait l'effet d'être sans cesse entourée de vipères qui attendent un faux pas pour se jeter sur moi. Le pire dans tout ça, c'est que ces couleuvres ont fini par déteindre sur moi. Jeune fille, je rêvais d'un prince charmant sur un équidé qui viendrait me sauver. Mais jamais il n'est arrivé. Heureusement, Ran était là pour me soutenir. Mais ici, dans ce monde inconnu, je suis désormais seule. Je n'attends rien de personne. J'affronterai la situation. Je me sauverai moi-même comme je l'ai toujours fait. Le point positif, c'est que je suis rodée. Je ne vois donc pas ce qui pourrait encore m'atteindre...

CHAPITRE 2 - CLIODHNA

Plus nous approchons des terres, plus mon angoisse grandit. Nous venons de passer le phare de Beardale et je sais qu'il ne me reste que peu de temps pour me préparer à affronter l'inconnu. Mon regard part dans tous les sens. Je ne sais pas où poser mon attention tant tout ce que je vois me semble étranger : les maisons en bois à la toiture pointue, le parfum de l'air (un savant mélange d'iode, de pins et d'une autre odeur non identifiable), l'atmosphère paisible qui se dégage de l'obscurité… Même en essayant, je ne parviendrais pas à mettre de mots sur ce que j'éprouve. Cette situation est inédite pour moi et je ne sais pas comment l'aborder. Même si cela est absurde, je redoute de décevoir mon paternel. Malgré tous les sentiments qu'il m'inspire, je ne souhaite qu'une chose : obtenir son approbation. Et je me déteste de toujours ressentir cela.

Une présence me tire de mes pensées. Pourtant, je ne distingue personne à mes côtés. Ava a préféré se reposer en prévision de notre arrivée. Mes gardes, Rennyn et Iantel, sont accaparés par les marins à l'approche du port. Je suis donc seule à observer la silhouette du phare qui rapetisse. C'est là que je perçois une ombre mouvante à sa surface. Je crois d'abord halluciner, mais elle est bien là. La silhouette entoure le bâtiment qui mesure plusieurs dizaines de mètres. Qu'est-ce donc que cette créature ? Je me déplace jusqu'à la poupe pour continuer d'étudier l'animal. Des frissons d'excitation parcourent mon corps. Je devrais être tétanisée par la découverte d'un monstre de cette ampleur. Pourtant, ce n'est pas ce que j'éprouve.

– Qu'est-ce que tu regardes comme ça ? me sort de ma contemplation la voix de ma meilleure amie.
– Je ne sais pas trop. Qu'est-ce que c'est d'après toi ? je l'interroge en désignant le phare.
– Euh… un bâtiment pour guider les navires ? ! me répond-elle soucieuse. T'es sûre que tout va bien, Clio ? Ce coup à la tête était peut-être plus violent que ce que je pensais.
– Mais non, idiote. Je sais ce qu'est un phare. Je… commencé-je, mais lorsque je me retourne, je constate qu'il n'y a aucune trace de la créature. Rien. Laisse tomber ! On va accoster d'une seconde à l'autre. changé-je de sujet en me dirigeant vers le pont supérieur.

Peut-être est-ce la fatigue qui m'a fait délirer ? Je ne comprends pas comment une créature de cette taille peut disparaitre en quelques secondes. Je me concentre donc sur l'animation autour de moi qui augmente à mesure que nous approchons du port. Depuis que mon père m'a annoncé que je me rendais de l'autre côté des Eaux d'Eys, j'ai tenté de me documenter sur Beardale. Mais, mis à part d'anciennes illustrations qui ne rendaient clairement pas justice à la beauté des lieux, et le registre des naissances, je n'ai rien appris. Je sais seulement que la natalité est plus faible qu'à Oymalon. Pourquoi ? Comment ? C'est ce que je compte découvrir, entre autres choses.

Lorsque je pose enfin pied à terre, un soulagement indicible se répand dans mes veines. Après des lunes passées en mer, je craignais de ne plus jamais fouler la terre ferme. En tant que Fae ayant grandi dans la région d'Axeator, moins je passe de temps sur l'eau, mieux je me porte. J'imagine que nos racines sont toujours bien ancrées en nous. Et clairement, c'est sur terre que je me sens le plus à l'aise. J'ai à peine le temps de me remettre de mes émotions qu'une formation de quatre soldats vêtus de blanc se présente à moi.

– Cliodhna, fille du Grand Seigneur d'Ayenore ? m'interroge un Fae à la carrure impressionnante.

Je ravale mes doutes et mes questions, et me pare de mon armure inébranlable.

– Ce sera Princesse Cliodhna ou Votre Altesse pour vous. le rembarré-je d'un ton hautain.
– Veuillez me suivre… Votre Altesse. grince-t-il, en me tournant le dos.

Immédiatement, Rennyn et Iantel se positionnent de part et d'autre de moi pour assurer ma protection. Je prends sur moi pour ne pas me retourner et vérifier qu'Ava se trouve à ma suite. Elle sait que lorsque je porte le masque de la princesse, je fais en sorte de paraitre intouchable. Lui prêter attention serait comme pointer une cible sur son dos, je m'en suis donc toujours abstenue. Elle comprend mes motivations même si je sais qu'elle vit mal cette situation. D'autant plus que nous sommes loin de chez nous. Je me concentre donc sur les soldats auxquels je ne fais aucunement confiance devant moi. Je n'ai jamais vu de Faes de cette espèce avant aujourd'hui. Leurs yeux sont bridés et leur peau est de la couleur du sable. Mais ce qui me perturbe le plus, ce sont les veines luminescentes qui recouvrent leur corps. J'ai l'impression de me trouver face à des cartes vivantes qui m'indiquent un chemin inconnu. Je remarque que leur luminosité varie par moments. Mais cette variation semble propre à chacun. Cela n'a donc aucun rapport avec la lumière extérieure. Je m'interroge donc sur leur signification. J'imagine que poser ce genre de questions ne serait pas l'entrée en matière idéale à mon arrivée.

Lorsque nous nous arrêtons, je ne peux que constater que nous nous sommes légèrement éloignés de la ville. Pourquoi ? Une femme trapue nous rejoint en claudiquant, avant que je puisse m'interroger plus longtemps.

– Venez, ma petite ! m'accueille-t-elle d'une voix ne cachant aucunement son dédain envers moi.

Lorsque mes gardes s'apprêtent à me suivre, les soldats se redressent à l'unisson et brandissent leur lance dans notre direction.

– Seules les femelles peuvent franchir ces portes. indique l'ancienne Fae. Vous retrouverez vos gardes quand vous serez prête à entrer en ville. m'assure-t-elle énigmatique.

Ma mère m'a appris qu'il était mal vu pour une princesse de poser des questions. Pourtant, j'en aurais des dizaines à poser à cette créature à la peau parcheminée. Les veines qui la recouvrent ne sont pas lumineuses comme celles des soldats. Elles donnent plutôt une impression de cratères sur sa peau. Comme si elle se desséchait les Lunes passant. C'est assez désagréable à observer. D'un signe de tête, j'indique à mes hommes de rester à l'écart. Je ne veux pas créer d'esclandre alors que nous venons d'arriver. J'entends déjà les reproches mordants de mon père : « Une incapable ! », « La honte de la famille ! », « Indigne des Ayenore ! »…

J'emboite donc le pas à la vieille Fae sous le regard lourd de sens de mes gardes. J'ai conscience que Ran n'aurait pas accepté que je me retrouve à la merci de nos hôtes. Mais je sais me défendre au besoin. Et je ne vois pas l'intérêt qu'auraient les Virthana à me maltraiter. Cette alliance fonctionne dans les deux sens. Mon paternel n'aurait jamais passé un marché où il serait le seul à donner quelque chose.

Nous pénétrons alors dans une cour immense. Derrière moi, je constate qu'Ava m'a suivi. Quelle idiote ! J'aimerais pouvoir lui dire de retourner en sécurité auprès des soldats de mon frère, mais l'énorme portail s'est déjà refermé derrière nous. Je jugule mon appréhension en détaillant mon environnement. C'est toujours ainsi que je parviens à repousser l'angoisse qui me ronge. J'observe les nombreuses fenêtres qui parent le bâtiment qui nous fait face. Je repère quelques jeunes Faes qui me jettent des regards curieux. Comme à mon habitude, je fais en sorte de ne pas croiser leur regard. Même si la curiosité me dévore, je maintiens cette expression de nonchalance et de dédain sur mon visage.

La vielle Fae n'a toujours pas ouvert la bouche et mon angoisse grimpe de plus en plus. Lorsqu'elle s'arrête et ouvre une porte en m'invitant à entrer, je pense que le calvaire va se cesser là. Mais non ! Dans un silence quasi religieux, elle referme la porte derrière elle.

– Qu'est-ce qui se passe ici ? s'inquiète Ava, faisant écho à mes pensées.
– J'en ai aucune idée. chuchoté-je.

Nous n'avons pas le temps de nous poser davantage de questions que deux Faes vêtues de noir entrent dans la pièce. Comme les soldats et la vieille femme, des veines lumineuses décorent leur corps. Il s'agit donc bien d'une caractéristique propre à ce peuple. J'ignore encore à quoi correspond ce choix de couleur vestimentaire. Les gardes portaient des tenues blanches. J'imagine donc que ces femmes ne font pas partie des guerriers de Beardale. Sur ma terre natale, la couleur noire désigne les soldats et toutes les forces armées du royaume ; et le blanc est porté en tenue d'apparat par les Hauts-Faes. J'imagine que chaque royaume possède ses propres coutumes vestimentaires.

– Nous allons procéder à quelques vérifications. m'apprend une femelle dont les yeux sont à peine visibles.
– De quoi s'agit-il exactement ? je m'enquiers.
– Des examens de routine. persiste-t-elle à rester énigmatique.
– À la demande de qui ?
– Du Grand Seigneur, évidemment.
– Évidemment ! je ne peux m'empêcher de grincer.

Non seulement il n'a pas daigné m'accueillir sur ses terres après des lunes en mer. Mais en plus, il m'impose des examens. Cela n'annonce rien de bon pour notre future rencontre.

– Vous ne souillerez pas le Grand Althidéon ! s'emporte la seconde femme, qui était restée silencieuse jusque-là.

Le regard qu'elle me lance me dit tout ce que j'ai besoin de savoir. Je ne suis pas la bienvenue ici et le Seigneur de ces lieux est, semble-t-il, respecté par son peuple. Deux informations qui ne font que m'angoisser davantage.

– Déshabillez-vous ! m'ordonne la première Fae.
– Comment osez-vous… s'emporte Ava.
– Ava, attendez-moi dehors ! je lui ordonne sans un regard.

Je ne veux pas que mon amie soit témoin de mon humiliation. Car il s'agit bien de cela. Le Seigneur Althidéon souhaite surement me prouver qu'ici, c'est lui qui décide. Nous nous trouvons sur ses terres et devons nous plier à ses exigences. Grand bien lui fasse ! Ce n'est pas cela qui va m'arrêter. Je lui ferai payer cette humiliation en temps voulu…

Les femmes s'échinent alors à me détailler sous

toutes les coutures, tout en notant leurs observations. De mon côté, je ne cesse d'imaginer dans ma tête les différentes façons de torturer ce mâle fae imbu de sa personne. Seul un être abject peut organiser cela en guise de bienvenue à sa future souveraine. Je me visualise alors lui transpercer le cœur de ma lame, dépecer sa peau minutieusement à l'aide d'une fine lame bien affutée tandis qu'il me regarderait faire, impuissant, ou encore suivre les tracés lumineux de sa peau du bout de mon poignard. Ces scénarios ont l'avantage de me faire oublier cet examen dégradant. Oui, je le lui ferai payer et de la plus horrible des façons. Il ne me reste plus qu'à faire mon choix !

CHAPITRE 3 - ALTHIDÉON

– Elle est auprès de la Grande Prêtresse Shenarah. m'informe discrètement Aneirin, mon garde personnel.

Je m'éloigne donc de l'assemblée qui m'entoure pour reprendre mes esprits. La tension dans mon corps augmente encore un peu. Moi qui avais espoir que son navire disparaitrait dans une tempête… Cela aurait été bien plus simple. Je n'ai jamais voulu de cette foutue alliance. Mes parents ont jugé bon de mettre en place un traité avec les Ayenore pour assurer notre avenir. Comme si je n'étais pas compétent pour garantir la pérennité de notre clan. J'ai conscience que le retour des Sarlen pourrait nous toucher de plein fouet. Géographiquement, nous nous trouvons les plus proches de leur territoire. Mais j'avais déjà prévu de renforcer nos liens avec les Olaxidor. Ce clan est bien plus amène de nous venir en aide que les Ayenore. Ils n'ont pas à traverser les Eaux d'Eys en cas de conflit imminent. Ce choix me parait bien plus judicieux. Pourtant, je n'ai aucun moyen d'aller à l'encontre de cette alliance qui a été instaurée il y a plusieurs Lunes. Je leur en veux de m'avoir mis dans cette situation. Ils n'avaient même pas jugé utile de m'en parler avant leur Ascension. C'est Yaozui, mon premier conseiller qui m'a informé de ce traité lorsque nous avons reçu une correspondance venant d'Oymalon. Je ne comprends pas pourquoi ils ont agi ainsi. J'entends que le poids de leur longévité pesait sur leurs épaules. Ils ne souhaitaient pas affronter les pertes d'une nouvelle guerre. Mais jamais ils ne m'ont averti des liens qu'ils entretenaient avec cette famille sur l'autre continent.

J'ignore ce que j'aurais fait pour éviter cette alliance. Aurais-je précipité mon union avec Arlayna ? Je ne pense pas. Je ne désire pas compliquer la vie de mon peuple en me mettant à dos un clan aussi important que celui du Grand Seigneur d'Ayenore. Maintenant, il me reste à convaincre cette princesse de renoncer à notre mariage. Sa rencontre avec Shenarah devrait être un bon début pour lui montrer qu'elle n'est pas la bienvenue ici.

– Votre Altesse. me tire de mes pensées Arlayna.
– Oui ? ! tenté-je de dissimuler mon agacement.

Arlayna est la fille cadette du Gouverneur de Boneport, Naefir. J'entretiens des liens étroits avec lui depuis longtemps. C'est grâce à lui que j'ai surpassé la perte de mes parents. Il a pris la place de figure paternelle dans ma vie. Mes parents sont nés en plein milieu de la Grande Guerre. Ils ont vécu directement les conséquences de la fin de ce conflit, contrairement au père d'Arlayna. Son approche de la vie est ainsi bien plus semblable à la mienne. L'affrontement ne me fait pas peur. Je suis né pour ça. Cela fait déjà une dizaine de Lunes que je tiens mon rôle de Grand Seigneur de Yeozerin. Ce n'est donc pas une princesse inconnue qui va me mettre des bâtons dans les roues.

– Voudriez-vous me raccompagner à ma suite ? me demande-t-elle, avec un regard éloquent.

La jeune princesse s'est installée à ma Cour peu de temps après mon couronnement. Elle m'a tout de suite révélé ses intentions : m'épouser. J'aime ce tempérament qu'elle possède. Elle sait ce qu'elle veut et ne craint pas de le demander. Dans ce monde de faux-semblants, son caractère s'avère vraiment rafraichissant pour moi. De plus, son physique est tout à fait à mon gout. Sa peau dorée appelle mes caresses. Ses magnifiques yeux marrons en amande m'hypnotisent. Sa bouche fine et sévère est une provocation à elle seule. Et je ne parle pas de ses longs cheveux bruns que j'adore tirer pour obtenir ce qu'elle veut bien m'offrir. Notre relation n'est pas parfaite, mais nous savons nous entendre sur les points les plus importants : la pérennité de nos familles, l'espace personnel de chacun et le sexe. Mais surtout, Arlayna respecte mon désir de m'établir comme Grand Seigneur avant de m'unir à elle. Sa patience est une réelle bénédiction.

– Une autre fois. préféré-je la repousser.

J'ai bien trop de choses en tête pour me perdre dans la passion ce soir. Quand mes pensées tournent en boucle comme c'est le cas en ce moment, je me trouve incapable de me concentrer sur autre chose. Je ne souhaite pas infliger ma frustration et mon mécontentement à ma future dame. Comme à son habitude, la jeune Fae ne se formalise pas de mon rejet. Elle prend congé d'une profonde révérence avant de quitter la salle de réception. D'un signe de tête, je salue mes invités et me retire, à mon tour, dans mes quartiers. Je ne suis plus d'humeur à plaisanter avec mes courtisans.

Cette nuit, j'ai du mal à trouver le sommeil. À l'aube, je me rends donc sur les bords de l'Eys. C'est en contemplant le brouillard matinal que mon esprit s'apaise enfin. J'observe Huowáng , mon dragon, se poser à mes côtés dans un fracas d'ailes. Ses naseaux viennent immédiatement chercher le contact de ma main. La chaleur et l'humidité de ses écailles si familières calment mes pensées comme peu de choses en ce monde. Je me lève et caresse son cou et son poitrail, avant de grimper sur son dos. Je m'accroche à sa crête alors qu'il déploie ses ailes pour débuter notre balade quotidienne. C'est le seul moment de la journée où je me sens libre d'être moi-même. Je savoure le bruissement du vent dans mes cheveux. Rien n'égale ce sentiment de liberté qui se répand dans mes veines. C'est comme si je me trouvais au sommet du monde. Huowáng pousse un cri d'approbation synchronisé avec mon hurlement d'exaltation. Je me gorge de la vue de mon royaume. Les maisons typiques de la région laissent place au Bois d'obsidienne puis à la montagne. Le dragon entrelace ses énormes griffes autour d'une des branches de l'immense arbre Jian Mu. C'est ici que je me sens le plus près des êtres qui ont quitté notre monde. Si j'éprouve toujours du ressentiment envers mes parents, j'aime savoir qu'ils se trouvent à ma portée. La connexion que je perçois avec eux dans ce lieu est puissante. Mon dragon couleur du feu pousse un gémissement douloureux, en accord avec la douleur que je ressens dans ma poitrine. Le lien qui m'unit à mon familier est unique. Il n'y a pas besoin de mots entre nous. La relation qui nous lie l'un à l'autre ne peut s'expliquer.

Huowáng me dépose ensuite au pied du sanctuaire du Dieu des éléments. Mes pouvoirs sont rattachés au père des Dieux : Dagda. J'ignore pourquoi, mais mon clan tient surtout ses compétences de cette divinité. Chez les Virthana, les Diancecht et les Oengus sont rares. Nos dons sont essentiellement liés au pouvoir de la nature. Les éléments sont notre force. Je m'incline devant la représentation du Grand Dieu et l'implore de m'apporter la solution à mes tourments.

Je me trouve dans une situation inextricable. D'un côté, mes parents ont formé une alliance avec les Ayenore que je dois honorer et de l'autre, je me suis engagé auprès des Olaxidor. Je ne pourrai contenter les deux partis. La polygamie ne fait pas partie de nos mœurs et je ne compte pas m'encombrer d'une partenaire supplémentaire. À moins que les résultats des tests de la Princesse d'Oymalon soient concluants, je ferai en sorte qu'elle annule cette alliance entre nos familles. Dans le cas contraire, j'ignore encore ce que je devrai faire. Après avoir présenté mes hommages au Dieu, je me dirige vers l'écurie. Là, mon étalon couleur ébène m'attend impatiemment. À mon réveil, je ne déroge jamais à deux choses : ma balade aérienne avec Huowáng et ma course effrénée avec Ránshāo. J'ai besoin de ces moments d'intimité pour bien commencer mes journées. Alors que nous approchons de la ville, je perçois le souffle de mon familier dans mes cheveux qui me salue avant de s'éloigner. J'ignore où il passe son temps. J'imagine qu'il retrouve les siens dans l'attente de mon appel.

Lorsque nous arrivons devant le temple de Shenarah, une bouffée d'appréhension me noue la gorge. Mon instinct me souffle de faire demi-tour. Mais je ne l'écoute pas. Cette femelle doit comprendre à qui elle a affaire. Elle n'a aucun rôle à jouer dans mon existence et je compte bien le lui faire comprendre au plus vite. Je me rends rarement de ce côté de la ville. Ce sanctuaire est le lieu privilégié de la plus ancienne prêtresse des Virthana. C'est ici qu'elle accueille et examine les femelles ayant atteint leur maturité. C'est elle qui juge quels individus porteront nos espoirs. À mon approche, le portail s'ouvre en grand. Deux soldats me saluent dans leurs uniformes immaculés. Chacun d'eux lève sa lance en signe de reconnaissance, puis se tourne en direction du temple pour m'escorter. Là, je laisse mon étalon à l'écurie et traverse la grande cour.

Comme de coutume, les élèves détournent leurs yeux à mon approche avant de s'agenouiller en signe équivoque du respect qu'elles me portent. Le respect des traditions ancestrales est très important pour mon peuple.

Nous suivons les mêmes lignes de conduite depuis la fin de la Grande Guerre et cela nous réussit plutôt bien. Nous n'avons connu aucune rébellion depuis lors. Et nos liens avec les Olaxidor et les Trayarus n'ont fait que se renforcer avec le temps. Mes parents, comme les leurs avant eux, ont mis un point d'honneur à maintenir une race pure en formant des unions avec nos alliés. Je ne compte pas m'attarder et me dirige donc directement vers le bureau de la prêtresse. Malgré le fait que l'obscurité vient de se lever, je sais qu'elle est déjà à pied d'œuvre depuis un moment.

– Alors ? m'empressé-je de l'interroger.
– Votre Altesse ! me salue la vieille Fae, en se penchant comme elle le peut.
– Qu'ont donné ses examens ? j'insiste, perdant patience.

Les résultats de ces analyses pourront soit me faciliter la vie, soit la rendre bien plus compliquée.

– Elle est positive ! m'annonce-t-elle avec un sourire énigmatique.

Évidemment ! Cela aurait été bien trop simple ! Mes parents m'ont laissé une cité florissante certes. Mais à cause de ce fichu traité, je me trouve dans une situation inextricable. D'un côté, une princesse alliée qui est devenue une confidente, une amie et une amante et de l'autre une parfaite inconnue qui pourrait me donner ce que mon peuple attend de moi : un véritable héritier. Sans réfléchir davantage, j'attrape brusquement le rapport complet des examens et fais demi-tour à vive allure. Je ne suis pas en état de rencontrer cette princesse qui va remettre tous mes plans en question. Je fourre les papiers dans une des besaces accrochées à la selle et grimpe sur Ránshāo. Je saisis les rennes et pars comme si ma vie en dépendait.

CHAPITRE 4 - CLIODHNA

Après avoir pratiqué un nombre incalculable de tests sur moi hier soir, on m'a accompagné dans une chambre rustique. Je crois ne jamais avoir été traitée avec aussi peu d'égard. Moi, la princesse Cliodhna, je me retrouve accueillie comme une simple Fae du peuple. Mon orgueil en prend un certain coup, je ne vais pas mentir. Mais comme on me l'a appris, je demeure stoïque. Ils veulent me pousser dans mes retranchements, mais je ne craquerai pas. Ce ne sont pas quelques planches de bois en guise de lit qui vont me faire plier. Je me suis habituée au luxe qui va avec mon titre, c'est un fait. Mais, avant l'âge de la maturité, j'ai souvent dormi à même le sol en guise de punition. Mon dos a seulement du mal en s'en souvenir. Cette nuit n'a d'ailleurs pas été de tout repos. Les cauchemars de mon enfance sont revenus à moi. J'ai donc à peine fermé l'œil. C'est pourquoi je me retrouve aux aurores à espionner le cavalier qui vient de faire son entrée dans la cour. Il n'y a pas à dire, il a fière allure sur son destrier noir. Sa cape écarlate fait ressortir la couleur argentée de sa longue chevelure. D'où je me trouve, je distingue ses yeux bridés sans parvenir à en déterminer la teinte. Sa peau couleur sable est recouverte de ces étranges veines lumineuses que j'ai déjà remarquées. Mais je discerne également de nombreux traits sombres en lisière de ses vêtements sans réussir à vraiment les identifier.

À la façon dont le saluent les soldats et dont les femelles s'agenouillent sur son passage, je comprends qu'il doit être un personnage important de cette communauté. Il ne prête d'ailleurs aucun regard à quiconque. Il trace sa route sans se retourner vers une porte du sanctuaire. Quelques minutes plus tard, je le vois sortir en furie de cette même porte. La haine qui pare ses traits et la manière dont ses veines irradient me glace le sang. J'ai rencontré des personnages intimidants dans ma vie. Mais je sais que cette vision fera partie de ces moments qui vous reviennent en mémoire quand vous êtes seule dans le noir à imaginer des scénarios plus fous les uns que les autres. J'observe l'homme sauter sur le dos de sa monture avant de se lancer au galop.

– Votre Altesse ! gronde la voix de la vieille Fae qui m'a accueillie hier.

Quand elle remarque que l'homme est déjà hors d'atteinte, elle lance un sourire flippant dans ma direction avant de faire demi-tour. M'a-t-elle vue d'aussi loin ? ! Pourquoi ce sourire d'ailleurs ? Je comprends alors que le cavalier n'est autre que le Grand Seigneur de ces terres. Il n'a donc même pas daigné me saluer ! Je ne peux m'empêcher de le comparer au prince charmant sur son cheval blanc dont je rêvais enfant. L'individu n'a rien à voir avec ce doux rêve d'enfant. Un Fae immonde et imbu de sa personne sur son destrier aussi noir que son cœur. Voilà ce qu'il est !

***

Je passe ma matinée à observer un groupe de jeunes Faes en train de pratiquer une discipline que je ne connais pas. Leurs gestes sont minutieux tout en étant doux. Leur sens de l'équilibre est complètement stupéfiant, tout comme leur souplesse. Je suis persuadée que si je tentais de les imiter, je m'écroulerais au sol en quelques secondes. Pourtant, je suis une bonne sportive. Mais là, c'est autre chose qui se joue. Elles me paraissent en totale harmonie avec tout ce qui les entoure. C'est comme si elles célébraient le vent, la terre et la lune en même temps. Lorsqu'elles se mettent à sauter ensemble, je suis ébahie par la rapidité et la souplesse de leur exécution. Tout à coup, le rythme de leur chorégraphie s'accélère et je reste le souffle coupé devant le spectacle qu'elles offrent. Le tissu de leurs tenues se mélange en des rubans jaunes, verts et rouges. Elles finissent leur démonstration en claquant leur poing gauche dans leur paume droite, avant de se saluer élégamment. Je n'ai jamais assisté à quelque chose de ce genre. C'est… stupéfiant.

J'observe un autre groupe se mettre en place avant d'entamer à leur tour une chorégraphie du même genre. Celle-ci est plus dynamique et les jeunes femmes sont munies d'une lance en bois. Je reste subjuguée devant la beauté de leur art et la discipline dont elles font preuve. Mon regard est tout à coup attiré par une petite Fae vêtue d'une tunique mauve. Elle étudie tout ce qui l'entoure avec minutie. Pourtant, personne ne semble la remarquer. Lorsque je me décide à l'approcher, l'enfant s'enfuit à toutes jambes. Je n'ai que le temps de me lever avant qu'elle ne disparaisse.

– Votre Altesse ! m'interpelle Ava depuis l'autre côté de la cour, attirant tous les regards sur moi.
– Que se passe-t-il ? je lui demande quand elle s'assied à mes côtés.
– La prêtresse vous fait savoir que nous pouvons nous rendre en ville. m'informe-t-elle de sa voix la plus protocolaire.
– Bien ! Où sont Rennyn et Iantel ?

– Ils nous attendent devant les portes. m'indique-t-elle.
– Allons-y !

Je n'ai qu'une hâte : quitter ce sanctuaire où je me sens épiée sans arrêt. Je déteste devoir me montrer si distante avec mon amie. Cette nuit, elle a dû partager le dortoir des jeunes apprenties qui vivent ici. Certes, ma chambre était assez spartiate, mais il y aurait eu la place pour qu'elle dorme à mes côtés. Cependant, la vieille Fae s'y est formellement opposée. Je ne comprends pas bien la situation. J'ignore tous des mœurs qui régissent ce continent. Et je n'ai malheureusement pas appris grand-chose depuis notre arrivée. Je sais que l'ancienne prêtresse Shenarah est respectée et que ce sanctuaire lui appartient. J'ai saisi que les gardes s'habillent en blanc alors que les médecins sont en noir. Le reste du code couleur demeure une énigme pour moi.

– Veuillez passer ces tenues ! m'ordonne Shenarah quand nous franchissons la porte de ma chambre.
– À quoi correspond ce code couleur ? je ne peux m'empêcher de l'interroger.
– Le rouge correspond à votre statut de Haut Fae et le jaune à celui du peuple. précise-t-elle en lançant un regard à Ava. Le Grand Seigneur vous recevra avant la fin de cette ronde.

De cette ronde ?! J'ignore ce que cela signifie et je ne souhaite pas montrer davantage mon ignorance à cette Fae. J'imagine qu'il s'agit d'une façon d'évoquer la fin de cette lune. Je grince donc intérieurement, mais offre un sourire de façade à la vieille Fae. J'observe alors les tenues que cette harpie nous a fournies. La robe jaune d'Ava est simple tout en restant élégante grâce à la dentelle qui pare les manches. Le tissu de la mienne est complètement différent. C'est un mélange de soie et de mousseline. Elle est magnifique, je ne peux le nier. Cependant, sa coupe me parait bien trop sage pour faire honneur à mon rang. Je me trouve peut-être sur une terre étrangère, mais je ne compte pas pour autant renier qui je suis.

– Tu as ta trousse de couture ? demandé-je à Ava, profitant de notre intimité retrouvée.
– Évidemment ! se moque-t-elle en levant les yeux au ciel.

Quelques coups de ciseaux et coutures plus tard, ma robe est enfin digne d'une princesse. Mon amie possède un réel talent pour le stylisme. C'est d'ailleurs elle qui confectionne la plupart de mes tenues. Elle est douée pour me mettre en valeur.

– Si avec ça le Grand Seigneur ne te mange pas dans la main, je renonce ! m'encourage-t-elle.
– Je ne compte pas le faire manger dans ma main tout de suite ! la prévins-je. Il va d'abord payer pour son accueil indigne de ma personne.
– J'ai hâte de voir ça ! se moque-t-elle.

Ava sait à quel point je peux me montrer vicieuse et cruelle quand cela est nécessaire. Cela s'est révélé un travail de longue haleine que de me faire respecter par les mâles quand Ran m'a nommée Conseillère du Gouverneur du Nord. J'ai dû me cacher sous une armure intégrale pour prouver ma valeur au combat. Il m'a aussi fallu détourner les pièges qu'on m'a tendus pour démontrer que je n'étais pas à la hauteur du poste que mon frère m'a confié. On m'a rabaissée plus bas que terre prétextant qu'une femelle ne devrait pas se mêler de la vie publique et politique du royaume. Comme si mon sexe déterminait le rôle que je devais avoir dans la vie. De ce point de vue, les humains sont bien plus avancés que les Faes. L'égalité hommes/femmes est loin d'être atteinte dans mon monde. Je trouve cela d'ailleurs dingue que des femelles faes soient les instigatrices de certaines actions qui ont été menées contre moi et la place que j'occupe. À mon sens, nous devrions toutes nous soutenir. À l'instar des êtres masculins, les femmes devraient pouvoir occuper le poste qu'elles souhaitent et s'encourager entre elles. Mais, nous sommes encore loin de ce schéma malheureusement. Pourtant, je suis parvenue à passer au-dessus de tout cela. Ce n'est donc pas un vulgaire Seigneur qui va m'intimider. S'il pense se trouver face à une compagne docile et effacée, il risque fort d'être déçu.

Lorsque nous franchissons la porte du sanctuaire, j'ai le plaisir d'observer la mine effarée de la prêtresse. C'est sans doute puéril, mais c'est un peu ma revanche pour les multiples examens qu'elle m'a imposés la veille. Examens dont je n'ai toujours aucun résultat et aucune explication, soit dit en passant. Chose que je compte bien porter à l'attention du Grand Seigneur. Qu'il ne m'accueille pas à mon arrivée est une chose, mais qu'il m'impose des tests sans explication est hors de question !

Devant l'immense portail en bois, nous rejoignons mes gardes. Les retrouver allège mes épaules d'un poids considérable. Si je suis capable de me défendre par moi-même, ce n'est pas le cas d'Ava. Je ne souhaite donc pas la laisser sans escorte trop longtemps. Nous ignorons encore tout de ce royaume. Qui sait ce qui se cache derrière ce décor paradisiaque ? Lorsque nous nous dirigeons vers la ville, accompagnés de deux gardes locaux, je ne peux d'ailleurs m'empêcher de m'extasier face à la luxuriance de la végétation et la beauté des bâtiments. Tout ici me parait nouveau et la conquérante en moi a hâte d'explorer chaque parcelle de ces terres.

CHAPITRE 5 - ALTHIDÉON

– Que comptez-vous faire ? m'interroge Arlayna.

Je devrais déjà avoir accueilli notre invitée depuis plusieurs heures. Après une réunion du Conseil soporifique, j'ai passé un certain temps à arpenter le palais à la recherche de Dilya. J'ai beau lui avoir interdit de s'aventurer en dehors de nos murs, elle ne peut s'empêcher de se volatiliser aux pires moments. Des étrangers sont présents dans ma cité, je ne peux pas la laisser déambuler à sa guise. Cela est bien trop risqué pour sa sécurité. Mais mon intrépide de petite sœur se fiche de mes recommandations. J'ai été jeune aussi, je comprends son besoin d'évasion. Mais ne peut-elle pas pour une fois obéir à mes ordres ? Non, évidemment que non ! Comme si cela ne suffisait pas, c'est maintenant Arlayna qui a décidé de me tenir la jambe. Je pourrais l'envoyer promener après cette journée interminable. Elle ne me ferait aucun reproche, je le sais. Cette jeune Fae incarne l'épouse idéale : toujours disponible, prête à me donner des conseils ou à s'éclipser sans interférer avec mon espace vital. Je pense qu'elle ferait une partenaire parfaite pour mon peuple et ce que je veux accomplir. Mais la présence de la Princesse étrangère remet tous mes plans en question. J'ignore encore ce que je vais faire. Ainsi, je ne peux me permettre de me mettre à dos aucune des deux demoiselles.

La majorité du Conseil me supplie d'aller au bout de l'alliance que j'ai commencé à instaurer avec le père d'Arlayna. Mais, je ne peux pas négliger le fait que la Princesse Cliodhna peut m'apporter ce que personne d'autre ne peut me procurer. Je ne peux pas mettre de côté cette information sous prétexte de vouloir me faciliter la vie.

– Je n'ai encore rien décidé. je l'informe.

Arlayna et sa famille ont été d'une grande aide ces dernières Lunes. C'est grâce à eux que j'ai pu m'imposer comme le leader reconnu de mon clan. Je ne désire donc pas lui mentir éhontément. Son visage demeure impassible comme toujours. La jeune beauté brune s'est toujours montrée loyale à mon égard et je ne peux qu'admirer la patience dont elle fait preuve.

– Puis-je vous accompagner ? sollicite-t-elle d'une voix qui ne laisse passer aucune émotion.

Comme son père, il m'est impossible de déterminer ce qu'il se passe dans sa tête. La capacité de cette famille à masquer leurs émotions a toujours été déroutante pour moi. Si mes parents se montraient intraitables la plupart du temps, ils m'ont appris à communiquer sur ce que je ressentais. Je ne me suis d'ailleurs pas privé de les traiter de lâches quand ils m'ont annoncé vouloir procéder à leur Ascension, avant même que leur fille n'ait atteint l'âge de la maturité. Mais cela ne les a pas empêchés d'aller au bout de leur démarche. Depuis que je suis monté sur le trône, je m'évertue à cacher ce que j'éprouve du mieux que je le peux. Seuls mes plus proches collaborateurs sont au courant de cette rancœur que je ne parviens pas à délaisser. Cependant, je mets un point d'honneur à demeurer le plus sincère possible avec mes alliés. J'ai donc dû informer les Olaxidor de l'alliance conclue par mes parents. Ainsi, la jeune Fae a totalement conscience de ce qui se joue entre elle et la princesse d'Ayenore. Je trouve donc de mauvais gout d'accueillir sa concurrente en sa présence.

– Je doute que cela soit une bonne idée. Vous la rencontrerez demain au déjeuner comme le reste de la Cour. préféré-je l'éconduire.
– Comme il vous plaira, Votre Altesse. me salue-t-elle avant de s'éclipser.

Je ne sais pas à quoi m'attendre de cet entretien. Les résultats transmis par Shenarah ne cessent de me hanter. La princesse est fertile. C'est évidemment le point le plus important des examens qu'elle a subis. Pourtant, c'est tout autre chose qui me perturbe. Cliodhna porte des marques sur son corps qui ne devraient pas s'y trouver. Elle est la Princesse d'Oymalon. Elle ne devrait donc pas avoir de traces de blessures de ce genre. J'ignore tout de la vie de l'autre côté des Mers d'Eys. Mais il me parait peu probable qu'une femelle de sa condition puisse s'adonner aux combats ou à toutes sortes d'activités qui marqueraient son corps de cette façon. D'après le compte rendu de la prêtresse, sa magie aurait révélé des marques contondantes dans le dos et sur les cuisses de la jeune Fae. Son abdomen serait, lui aussi, strié, évoquant des blessures à l'arme blanche. Comment expliquer que le corps d'une princesse ait été abimé de la sorte ? La peau des Faes possède cette capacité à se régénérer à l'infini. Cependant, grâce à des sortilèges, ce qui est invisible aux yeux des communs se révèle à ceux de Shenarah. Je suis donc impatient de découvrir ce que peut dissimuler cette princesse d'un nouveau genre.

Quand j'arrive dans le couloir menant à mon

bureau, je repère immédiatement deux soldats inconnus. Le premier possède la peau aussi noire que l'ébène ainsi que d'immenses cornes de bélier. Le second, moins impressionnant, me salue d'un signe de tête tandis que les ailes bleutées dans son dos bruissent légèrement. Je n'ai jamais été à l'aise avec ce genre de créatures ailées. J'ignore pourquoi, mais elles ne m'inspirent pas vraiment confiance. Ce qui me frappe en premier lieu, c'est l'agressivité qui se dégage de leurs regards. Je n'y prête pourtant pas plus d'attention que nécessaire. Je suis le seul maitre des lieux. Ils n'ont qu'à faire un mauvais geste pour en payer le prix. Quand j'arrive à hauteur de la porte de mon bureau, celle-ci s'ouvre instantanément. Comme toujours, Bilgard sent ma présence et m'accueille d'un grand sourire.

– Votre Majesté ! me salue-t-il d'une révérence toujours trop marquée.

Le vieux majordome chauve me fait alors signe de m'installer à mon bureau pendant qu'il va chercher mon invitée qui patiente dans le cabinet de droite. Je m'assieds donc nonchalamment en consultant rapidement mon courrier. Comme à son habitude, Bilgard a pris soin de trier les correspondances importantes de celles relevant de demandes farfelues. Je ne peux empêcher un sourire de se former sur mes lèvres en découvrant la lettre d'Akkar. À l'approche de la prochaine Lune Dorée, les Faes deviennent de plus en plus impatients.

– Hem ! Hem ! me tire de mes pensées mon majordome en se raclant la gorge. Votre Magnificence, je vous présente Son Altesse Cliodhna, Princesse d'Ayenore. m'informe-t-il en faisant entrer la jeune Fae dans mon bureau.

Je prends une profonde inspiration avant de lever mon regard dans sa direction. La vue de la princesse me coupe le souffle quelques instants. Je n'étais pas prêt à cela.

Je ne l'avais pas du tout imaginée ainsi. D'après les révélations de Shenarah, je m'attendais à découvrir une Fae plutôt amochée. Pourtant, ce n'est pas du tout le cas. Sa peau nacrée m'interpelle un instant. Je n'en ai jamais vu de cette teinte si pâle. Les ailes d'un rose lumineux de la jeune Fae forment une sorte de halo autour de sa silhouette. Ses longues mèches de la même couleur dissimulent négligemment une partie de son corps. Quant à sa tenue, je n'ai jamais rien vu de pareil. Si je reconnais facilement l'étoffe écarlate qui la compose, la coupe me parait totalement inédite. Des rubans de tissu plus ou moins transparents s'enlacent au niveau de sa poitrine tandis que des bandes de soie se drapent sur ses jambes. La vision de la peau nacrée exposée me met légèrement mal à l'aise. D'où lui vient cette robe ? Pourquoi se vêtir de cette façon ? Dans ma cité, les tenues sont bien moins provocantes. Nous réservons ce genre de toilette à l'intimité. Pourtant, je ne peux qu'admirer la prestance qui se dégage de cette femelle. Elle est d'une beauté à couper le souffle. Quand je croise ses yeux couleur émeraude, un frisson dévale ma colonne vertébrale. Son expression n'a rien de semblable à celle d'Arlayna. Là où mon amie m'apparait comme calme et docile, ici, je ne ressens que des flammes qui ne demandent qu'à être attisées. Malgré moi, cela provoque un sentiment d'excitation malvenue.

– Bienvenue, Princesse. je la salue, me rendant compte que je l'observe en silence depuis bien trop longtemps.

Le sourire narquois qui ourle ses lèvres en réponse ne me dit rien qui vaille. Quelle est donc cette créature ? À cet instant, toutes mes certitudes volent en éclats. Moi qui espérais que cette rencontre me conforterait dans mon union avec Arlayna, je me retrouve encore plus pris au doute. Je suis à la fois décontenancé et fasciné par cette Fae. J'ai envie de découvrir ce qu'elle manigance. Je ne suis pas dupe, derrière ce sourire et cette beauté étourdissante se cachent un être extrêmement singulier.

– Je commençais à croire que vous m'évitiez, Votre Altesse… insiste-t-elle sur ce dernier mot en plongeant son regard hypnotique dans le mien.

Si ses paroles expriment un reproche mal dissimulé, sa façon de se comporter ne laisse nullement voir son agacement. Je sens qu'elle me cherche et me provoque. J'ignore ce qu'elle essaie de prouver. Mais je ne me révèle pas insensible à son jeu. Je ne comprends pas ce qu'il m'arrive. Est-ce son physique avantageux ? Ou ses yeux qui ne me quittent pas une seconde qui me perturbent ainsi ? Elle semble pouvoir m'analyser en quelques instants alors que je tente encore d'appréhender celle qui se trouve face à moi. J'ai la sensation désagréable d'aucunement ne l'impressionner. Et je n'ai pas l'habitude d'être rejeté au rang de médiocre. Jamais aucune Fae ne m'avait déstabilisé de la sorte.

– J'ai été retenu par des affaires de la plus haute importance. ne puis-je m'empêcher de lui signifier.

Comme si je devais me justifier devant qui que ce soit ! Me détachant de ses yeux, je me lève de mon siège pour cacher mon embarras. Malheureusement, elle prend mon mouvement pour une invitation à me rejoindre près des fenêtres. Un parfum brulant me frappe alors de plein fouet, mélange de jasmin, d'ambre, de myrrhe et d'une touche vanillée. Cette femelle est une arme puissante pour me mettre dans tous mes états. Tout chez elle m'appelle douloureusement. Pourtant, je parviens à ne rien laisser paraitre de mon trouble.

– Je souhaiterais mettre au clair les termes de notre union au plus vite. m'indique-t-elle d'une voix doucereuse.

J'avoue ne pas avoir porté grand intérêt à ce document jusqu'à maintenant. Il était clair dans mon esprit que je trouverais un moyen de me dégager de ce contrat signé par mes défunts parents. Dorénavant, je n'en suis plus si sûr.

– À quoi pensiez-vous ? m'enquiers-je.
– Cet accord doit être favorable à chacun d'entre nous. m'informe-t-elle, en se dirigeant vers mon bureau. Je souhaiterais donc mettre au clair certains aspects de notre alliance. continue-t-elle en s'asseyant négligemment sur le plateau en verre de la table, laissant apparaitre la peau diaphane de ses cuisses.

Je reste stoïque à l'égard de son comportement indigne de son rang. Mais ce qui devrait me paraitre outrageant m'attise au contraire. L'assurance qu'elle dégage risque bien de me faire perdre la face.

– Fort bien ! Nous en discuterons demain aux premières lueurs. préféré-je couper court avant que mes pensées ne dérivent complètement.

Je me dirige alors vers la porte et sans attendre mon majordome, j'invite la jeune Fae à prendre congé.

– Bilgard va vous conduire jusqu'à vos quartiers. lui indiqué-je d'une voix que j'espère indifférente.
– Bien sûr, Votre Altesse. Il se fait tard, je comprends. assure-t-elle en passant devant moi, plongeant ses yeux dans les miens plus longtemps que nécessaire.

Cette façon de se montrer si docile ne me dit rien qui vaille. Qu'a-t-elle derrière la tête ? Par les Dieux, je ne peux tolérer d'être pris de haut par une étrangère ! Comment cette femelle parvient-elle à me mettre hors de moi en si peu de temps ? C'est inexplicable !

– J'enverrai quelqu'un vous chercher aux premières lueurs du jour, demain. Soyez prêtes ! lui lancé-je avant de claquer la porte, sans attendre de réponse.

CHAPITRE 6 - CLIODHNA

Je ne peux m'empêcher de ressentir une pointe de satisfaction quand le Grand Seigneur me congédie au bout d'un entretien trop rapide. Je ne connais pas grand-chose de ce peuple. Mais j'ai remarqué les légères fluctuations de luminosité des veines qui parcourent son corps. J'ignore encore à quoi celles-ci correspondent exactement. Je pense missionner Ava pour qu'elle en apprenne plus à ce sujet. Mais ce dont je suis certaine, c'est que je ne le laisse pas indifférent. Sur mes terres, j'ai l'habitude d'attirer l'attention des mâles. Ce qui m'exaspère plus que tout. Mon paternel est d'ailleurs l'un des seuls à toujours rester de marbre face à moi. Me concernant, je ne ressens pas ce genre d'élan. Il est très difficile de me séduire. Je ne me souviens même pas de la dernière fois où un mâle fae m'a fait de l'effet. Ce nouveau prétendant ne me provoque du reste pas grand-chose aux premiers abords. Il faut dire que j'étais surtout concentré sur la particularité de ses veines lumineuses. Je dois me familiariser avec cette caractéristique afin de pouvoir bien appréhender ce Fae. J'ai conscience que cette alliance pourrait être ma porte d'entrée vers la reconnaissance paternelle. Je ne peux donc pas lui tourner le dos.

J'ai voulu étudier l'accord mis en place entre nos deux familles avant de traverser les Eaux. Mais je n'ai pas été autorisée à le faire. J'ai alors dû jouer au bluff tout à l'heure pour espérer comprendre de quoi il retourne exactement. J'attends avec impatience de pouvoir examiner attentivement ce traité. Je déteste être l'objet d'un marché dont j'ignore tout. Pourtant, je ne peux que comprendre la force d'une alliance de ce genre. J'ai d'ailleurs cru saisir que nos familles étaient liées avant la Grande Guerre. Je ne sais pas encore de quoi il retournait exactement. Mais j'imagine qu'elles se trouvaient suffisamment en bons termes pour contracter une alliance des Lunes plus tard.

– Votre Majesté, je vous prie. m'invite le vieux Fae à découvrir mes quartiers.

Je me trouve immédiatement happé par la magnificence des lieux. Si le palais à Oymalon est luxueux avec ses dédales de marbre et dorure, ici, c'est un tout autre décor que je découvre. Nous entrons dans un immense salon donnant sur différentes pièces. Chacune est délimitée grâce à des voiles écarlates. Les meubles sculptés en bois foncé sont d'une finesse inégalée. Quant aux murs, ils sont ornés d'arches en boiseries sombres qui confèrent une impression de sérénité. Une légère brise chaude passe par la vaste porte-fenêtre qui donne sur un balcon privatif. La simplicité et le luxe s'accordent à merveille ici. Lorsque je découvre la chambre, je crois d'abord halluciner. De magnifiques chandeliers en or diffusent à travers la pièce une lumière chaude qui me fait me sentir en sécurité immédiatement. Je constate d'ailleurs que la luminosité des veines du majordome perd en intensité. Je voudrais l'interroger sur ce phénomène, mais cela serait indigne de ma position. Je me contente donc de ronger ma curiosité et de découvrir le reste de la chambre. Un immense lit rectangulaire semble posé à même le sol. Tout autour, des dizaines de tentures en soie rouge et or partant du plafond confèrent un aspect cocon qui me plait instantanément. Le lit est recouvert d'une dizaine de coussins qui me paraissent plus confortables les uns que les autres. Au fond de la pièce se situe une alcôve, donnant sur une vue imprenable des Eaux et contenant une coiffeuse richement ornée et d'un ensemble de produits de beauté, j'imagine.

– Sa Seigneurie vous a réservé nos plus beaux appartements. m'apprend le Fae qui ne m'a pas quitté d'une semelle.

Je ne saurais dire pourquoi, mais ce vieux domestique me met mal à l'aise. Je n'aime pas sa façon de me suivre et de m'observer.

– Merci. Vous pouvez nous laisser. le congédié-je.
– Évidemment, Sa Magnificence. me salue-t-il en faisant une révérence dont je crains qu'il ne puisse se relever.
– C'est un drôle d'énergumène. lâche Ava quand il est parti.
– Tu m'étonnes ! Il est flippant ou c'est moi ?
– Je ne sais pas trop. m'avoue-t-elle. En tout cas, le Grand Seigneur ne s'est pas fichu de toi ! remarque-t-elle en observant notre suite.
– En même temps, il avait plutôt intérêt pour se rattraper de son accueil ! je ne peux m'empêcher de rétorquer.
– C'est vrai qu'on a vu plus accueillant ! Votre entretien a été assez rapide. Tu lui as fait peur ou quoi ? ! se moque Ava.
– Je ne sais pas trop quoi penser de son attitude. lui avoué-je à contrecœur. J'ai remarqué un phénomène étrange. Les veines sur sa peau irradiaient bizarrement. On aurait dit qu'il subissait des baisses et des hausses d'énergie pendant notre entrevue. Je n'arrive pas à comprendre comment cela fonctionne. J'aimerais beaucoup que tu enquêtes de ton côté pour y voir plus clair. lui révélé-je.
– Évidemment, je m'en charge. Mais dis-m'en plus ! s'impatiente mon amie.

Je lui raconte donc tout : sa manière de détailler ma tenue, sa façon de prendre ses distances et de se détourner de moi en portant son attention sur ce qui se passait dehors. C'est à ce moment-là que sa peau l'a trahi. Ava ne connait pas grand-chose aux machinations politiques ou ce genre de choses. Mais je sais qu'elle est bonne juge en général. Elle n'a jamais voulu me laisser tomber malgré le comportement désagréable que je peux avoir à son égard, devant autrui. C'est elle qui m'a prévenu de me méfier d'un certain soldat dans mes débuts en tant que Conseillère de Ran. Et elle avait raison. Le Fae me faisait croire qu'il était de mon côté alors qu'il prévoyait de me mettre en porte-à-faux vis-à-vis de mon frère.

– Et toi ? Que t'inspire-t-il ?
– Je ne l'ai vu que quelques secondes avant qu'il n'entre dans son bureau. Je ne saurais quoi te dire pour le moment à part que… Qu'il m'a semblé plutôt… impressionnant, je dois dire. lâche-t-elle, gênée.
– Quoi ? Comment ça ? m'enquiers-je, surprise.

Avaline n'est pas facile à intimider. Quand je lui ai présenté Melandrach, c'est à peine si elle a haussé un sourcil. Pourtant, mon ami d'enfance est loin de paraitre inoffensif. Avec ses plus de deux mètres de haut, ses énormes cornes de bouc, ses sabots, son visage tatoué et sa musculature imposante, Drach est vraiment impressionnant. Rien à voir avec le Grand Seigneur Virthana, à mon sens.

– Je ne sais pas… Quelque chose se dégage de lui. Je ne sais pas encore comment l'interpréter, c'est tout. Je profiterai de votre entretien demain pour l'observer. D'ailleurs, j'ai mis à profit nos longues heures d'attente pour te préparer une tenue parfaite pour l'occasion. m'annonce-t-elle, avec un grand sourire.

***

– Cesse de maugréer comme un vieux Vate ! se moque Ava alors qu'elle m'aide à enfiler la tenue qu'elle a cousue hier.
– Pourquoi avoir mis autant de boutons aussi ? ! m'impatienté-je.

Ce matin, je n'ai aucune patience. Quand je ne dors pas suffisamment, mes nerfs sont mis à rude épreuve. Je n'ai cessé de me tourner et de me retourner dans mon lit dans l'espoir de trouver le sommeil. Mais mon esprit était bien trop perturbé par ce nouvel environnement et le mâle que je dois retrouver sous peu. Ma nuit a donc été bien trop courte et je suis d'une humeur massacrante depuis mon réveil. Il me faudrait décompresser avant mon entretien avec le Grand Seigneur. Mais ici, Ran et Drach ne sont pas là pour m'affronter aux premières lueurs de lumière. De plus, je ne souhaite pas dévoiler aux Virthana ma capacité à combattre. Je préfère qu'ils me considèrent comme une princesse inoffensive pour le moment. Il est bien plus simple d'observer un nid de vipères si l'on vous prend pour une petite souris. S'ils savaient de quoi je suis capable, ils se montreraient bien plus vigilants et je n'apprendrais rien d'intéressant.

Lorsque mon amie a fini de boutonner la multitude de fermoirs en nacre, je ne peux qu'admirer son œuvre. Le corsage carmin me colle comme une seconde peau avant de s'évaser en une jupe lourde. Une longue fente me permet de marcher aisément. Pour compléter le tout, ma modiste de génie me pare d'une cape transparente dans des tons dorés, en l'honneur de ma famille.

– Waouh ! Tu t'es surpassée ! je ne peux qu'affirmer.
– Je ne voudrais pas que ma réputation pâtisse des horreurs qu'ils souhaitent te faire porter.

Ava est la meilleure modiste de tout Axeator. Ce

voyage de l'autre côté des Eaux d'Eys va lui ouvrir les portes d'un tout nouveau marché, c'est certain. C'est ce prétexte qu'elle m'a donné quand elle a accepté de m'accompagner ici. Mais nous savons toutes les deux que si elle m'a accompagné, c'est aussi et surtout pour me soutenir. Sans elle, j'ignore si j'aurais eu la force de franchir les Eaux, ni de supporter l'avenir qui se dessine devant mes yeux. Je ne suis pas encore fixée sur la vie que pourrait m'offrir Beardale. Le territoire et le climat me semblent agréables, mais je n'ai pas rencontré suffisamment de ses habitants pour savoir à quoi m'attendre. Vais-je de nouveau devoir lutter pour qu'on accepte ma place ?

– C'est l'heure ! m'informe Iantel, en entrant sans s'annoncer.
– Bien ! Sortez ! Et la prochaine fois, n'oubliez pas de frapper ! Vous n'avez aucun droit de pénétrer dans mes appartements comme vous venez de le faire ! le réprimandé-je.
– Oui, Votre Grâce. grince-t-il, en s'inclinant.

Je n'ai aucune confiance en ce garde. Depuis le début de notre voyage, je ne parviens pas à le cerner. Si Rennyn reste distant et accomplit son travail à la perfection, Iantel me parait plus dissipé. Mais Ran m'a assuré qu'il faisait partie des meilleurs combattants. Je ne peux donc que me fier à son jugement.

Derrière la porte, je découvre un Bilgard encore plus courbé qu'hier. Quel âge peut bien avoir ce Fae pour se trouver si vouté ? Et surtout pourquoi est-il au service du Grand Seigneur à son âge avancé ? Ce dirigeant n'a-t-il donc aucune pitié ?

– Votre Majesté. me salue le majordome, en se penchant davantage vers le sol.

Sentant sans doute ma panique d'assister à la chute du vieux Fae, Ava réagit au quart de tour. Elle saisit le plateau qu'il tient dans ses mains avant qu'il ne se renverse et repousse délicatement ses épaules pour qu'il ne bascule pas au sol.

– Laissez-moi vous aider. lui souffle-t-elle en se positionnant derrière moi.

C'est avec soulagement que j'observe le domestique nous indiquer le chemin à suivre. Je calque mes pas sur les siens pour ne pas risquer qu'il s'écroule à tout moment. J'ai ainsi le loisir de découvrir la beauté de ma future demeure. Nous passons dans une multitude de couloirs dont les fenêtres donnent sur la cité. J'épie les Faes qui déambulent dans les rues en contrebas. Leurs tenues n'ont rien à voir avec ce dont j'ai l'habitude à Oymalon. Les femmes portent des toilettes couvrantes avec des cols ras du cou et des sortes de pantalons sous leurs jupes. Seules la couleur de leurs vêtements et leur coiffure les distinguent les unes des autres. Elles ont pour la plupart de longues mèches noires ramenées sur leur tête en un chignon élaboré. Les hommes, eux, portent des tenues similaires à celles des soldats que j'ai déjà croisés : des tuniques retenues par de larges ceintures et des pantalons amples. Tous possèdent ces veines lumineuses que j'ai déjà remarquées. Mais ce qui me perturbe le plus, c'est l'absence d'enfants dans les rues.

Au sanctuaire, les jeunes Faes étaient pourtant nombreuses. Pourquoi les maintenir à l'écart de la ville ?

– Votre Magnificence, nous sommes arrivés. m'indique le vieux Fae, me sortant de mes réflexions.

Nous nous trouvons à l'entrée d'une salle colossale. Je distingue au fond un impressionnant trône tout en dorures. Mais le siège est vide.

– Mon Seigneur vous attend dans le petit salon sur votre droite. me signifie le serviteur, en me précédant.

Les soldats postés devant la porte barrent la route à Rennyn et Iantel qui nous escortent depuis tout à l'heure. D'un signe de tête, je leur indique de m'attendre ici. Je suis donc le majordome, en prenant garde de ne rien montrer de l'angoisse qui me saisit à l'approche du Grand Seigneur. Lorsque nous entrons dans le salon qui n'a rien de petit, le silence est étouffant. J'observe l'ancien Fae prendre le plateau des mains d'Ava, puis le déposer sur la table face à son maitre.

– Veuillez nous laisser ! ordonne-t-il, sans même me regarder.

Ava me lance un regard paniqué en découvrant que je vais me retrouver seule avec cet inconnu. Je me tourne alors rapidement vers elle pour lui signifier que tout est sous contrôle, même si ce n'est clairement pas ce que je ressens en cet instant.

Seul un hochement de tête m'indique qu'elle m'a comprise avant de s'éloigner.

CHAPITRE 7 - ALTHIDÉON

Lorsque nous sommes seuls, je porte enfin mon regard sur la princesse. Si elle est perturbée par la situation, elle ne le montre pas le moins du monde. L'assurance et la prestance qu'elle dégage m'irritent un peu plus. Après notre entretien d'hier, je n'ai pas réussi à trouver le sommeil. Son comportement m'a surpris. Je ne m'attendais pas à découvrir une femelle de sa trempe face à moi. Mais aujourd'hui, je ne me laisserai pas impressionner. J'ai eu la nuit pour m'y préparer.

– Princesse ! la salué-je solennellement d'un hochement de tête.
– Seigneur ! me répond-elle sur le même ton neutre.

Qu'elle s'abstienne des modalités dues à mon rang m'agace au plus haut point. Mais je n'en montre rien. Heureusement, mes balades matinales m'ont permis de décompresser. Je dois apprendre à la connaitre pour déterminer la meilleure solution pour mon avenir et celui de mon peuple. Lorsqu'elle s'assied face à moi, je dois fournir un effort considérable pour ne pas laisser dériver mon regard vers sa tenue. Encore une fois, elle porte une robe qui dévoile bien trop sa peau claire à mon gout. Je n'ai pas l'habitude de ce genre d'habillement. Ici, les femmes se couvrent entièrement. Il n'y a que durant de fortes chaleurs qu'elles exposent leurs jambes et leurs bras. Je ne leur interdis pas de se vêtir comme elles le souhaitent. Seulement, le poids des traditions est omniprésent dans notre vie de tous les jours. Nous vivons comme au temps de l'après-Grande Guerre, ce qui nous convient parfaitement. Jamais notre mode de vie n'a été remis en cause. Ce n'est pas cette jeune Fae provocante qui va y changer quoi que ce soit.

– Êtes-vous prêt à discuter du traité ? me devance-t-elle, m'agaçant davantage.

Je m'étais promis de lui montrer qui est le Grand Souverain, ici. Je ne dois pas lui laisser l'avantage, d'aucune manière que ce soit. Pourtant, je me retrouve encore une fois perturbé par cette femelle à la confiance exacerbée !

– Évidemment ! J'ai passé une partie de la nuit à consulter l'accord établi entre nos parents. Il a été rédigé en langue ancienne, je ne suis donc pas certain d'avoir compris toutes les subtilités qu'il regorge. lui signifié-je. Quels termes souhaitiez-vous revoir ? lui demandé-je.

« Moi, Orivalur, Grand Seigneur Fae et Souverain de l'Ancien Monde atteste qu'à l'approche de la noirceur, je rendrai ce qui a été prêté aux Ayenore.
Moi, Presnan, Grand Seigneur Fae et Souverain des Terres Dorées certifie que la dette des Ayenore sera alors honorée. »

Il n'y a rien dans ce texte qui puisse porter à discussion. Aucune contrepartie n'est réclamée. Il s'agit en fait du paiement d'une dette entre nos familles. Dette de quoi, je n'en ai aucune idée. Je ne comprends donc pas de quoi veut discuter la Princesse.

– Puis-je le voir ? me demande-t-elle.

Je lui tends alors le manuscrit. Elle passe bien trop de temps à l'examiner. Je remarque que ses yeux s'écarquillent légèrement tandis que sa respiration devient plus intense.

– Je… Je ne comprends pas. De quelle dette parle-t-on ? m'interroge-t-elle.
– Je l'ignore.
– Est-ce la seule feuille de l'accord ? Pourquoi m'envoyer ici ? Qu'est-ce que votre famille a prêté à la mienne ? s'impatiente-t-elle.

Je comprends alors que la princesse n'avait aucune idée du contrat qu'ont passé nos ancêtres. Les Ayenore se sont contentés de l'envoyer sur un bateau de l'autre côté du monde sans aucune explication.

– N'avez-vous pas interrogé votre père ? m'étonné-je.
– À Oymalon, on se contente d'obéir aux ordres du Grand Seigneur, crache-t-elle en me lançant un regard noir.

Je passe outre son insinuation qu'ici, à Beardale, mes ordres sont contestés. Ce n'est pas le plus important. J'ai l'impression d'avoir mis le doigt sur un sujet sensible pour la princesse et cela confirme mon hypothèse. On l'a envoyée ici, sans aucune explication. Elle n'a donc pas eu son mot à dire dans cet accord. Tout comme moi. Nous sommes tous deux victimes d'un contrat passé entre nos familles. Contrat dont nous ignorons tout. De quelle dette les Ayenore nous sont-ils redevables ? Qu'est-ce que ma famille leur a prêté ? Et quand ?

Face à cette princesse en furie, je conserve un masque inexpressif. Elle ne doit rien connaitre de mes incertitudes et de mes doutes. J'ai découvert l'une de ses faiblesses : son père. Je compte donc bien garder cet avantage pour moi et le tourner en ma faveur.

– Une princesse n'est-elle pas au courant des échanges diplomatiques ? commencé-je dans l'espoir de la déstabiliser.

Au lieu de me répondre avec véhémence, la princesse serre les dents tandis que sa peau rougit sensiblement. Je perçois presque la rage qui l'anime. Elle rêve de me tailler en petits morceaux, j'en suis convaincu. Décidé à tester ses limites, j'insiste :

– Ce traité fut l'occasion idéale pour votre père de se débarrasser de v…

Je n'ai pas le temps de finir ma phrase que la furie se jette sur mon bureau. Elle se penche vers moi, la respiration saccadée et les yeux luisants de colère. Je crois même voir danser une flamme au fond de ses iris.

– Ne me provoquez pas ! m'avertit-elle.

La colère qu'elle contient contamine l'air de la pièce. Elle est au bord de l'implosion. J'en aurais presque de la peine pour elle. Mais bien évidemment, je n'en montre rien. Je me contente de soutenir son regard sans faillir.

***

Cette femme n'a rien de commun avec celles que j'ai l'habitude de côtoyer. Jamais personne n'a osé s'opposer à moi aussi frontalement. Même le plus valeureux de mes guerriers ne se risque pas à me répondre. Son esprit rebelle à quelque chose… qui m'attire malgré moi. J'ai envie de découvrir ce qui se cache derrière ce tempérament de feu.

Je me sers une tasse de thé et dispose plusieurs dimsums sur ma serviette alors que j'entends encore le claquement mécontent des talons de la princesse. L'affaire s'avère bien plus compliquée que prévu. Si je me fiche de savoir pourquoi mes ancêtres ont signé cet accord avec les Ayenore, je ne peux cependant pas ignorer la partie du traité à propos de notre époque. Maintenant que cette Fae est ici, il faudra bien honorer cette partie du contrat. Je vais donc devoir prendre une décision concernant ma future épouse.

– Alors ? Comment ça s'est passé ? m'interroge Aneirin.
– Aussi bien que cela se pouvait vu les circonstances. lâché-je en m'enfonçant dans mon fauteuil.

Aneirin a été nommé comme mon garde personnel à mon couronnement. Nous ne nous connaissions pas avant cela. Nos enfances ont été totalement différentes. Lui a grandi dans un camp de guerriers tandis que je me prélassais bien à l'abri dans mon palais. Pourtant, nous nous sommes tout de suite bien entendus. Nos caractères sont assez semblables. Nous sommes tous deux de fervents solitaires et des combattants redoutables. Il est mon seul confident depuis que j'ai pris la place de mon père. De simple extraction, il m'aide aussi à maintenir le lien avec le peuple fae. Il comprend leurs intérêts et leurs aspirations mieux que quiconque. Il se trouvait à mes côtés lorsque j'ai découvert les termes de l'alliance.

– Était-elle au courant ? me demande-t-il en engloutissant deux gâteaux de riz à la rose.
– Apparemment pas.
– Intéressant ! lâche-t-il après avoir ingurgité une autre pâtisserie.
– En quoi est-ce intéressant ? je l'interroge cherchant confirmations à mes suppositions.

Depuis que j'ai été informé par le Conseil de cet

accord, j'ai chargé mon soldat le plus fidèle d'en apprendre plus sur cette famille. Il a ainsi envoyé ses meilleurs espions de l'autre côté des Eaux.

– La princesse n'est pas réputée pour être quelqu'un qui se laisse marcher sur les pieds.
– J'ai cru comprendre… ne puis-je m'empêcher de grogner.
– Que t'a-t-elle fait ? se moque-t-il ouvertement.
– Je dirais qu'elle a du mal à se contrôler.
– Vraiment ? se marre-t-il sans retenue.
– Sous ses airs condescendants de princesse se cache une vraie combattante. Il faut se méfier des apparences avec elle. Les blessures que la prêtresse a descellées sur sa peau ne me semblent pas que physiques.
– Cette femelle a l'air de te donner du fil à retordre. Tu n'es même pas un peu sensible à son charme ? ose-t-il me demander.
– Que veux-tu dire ? m'offusqué-je.
– Elle est réputée pour être l'une des plus belles Faes d'Axeator. Ne me dis pas que tu n'as pas remarqué qu'elle est de loin la plus charismatique Fae qu'il nous a été donné de rencontrer ?
– Encore faudrait-il que je puisse m'en approcher ! me semble-t-il bon de lui rappeler. Elle est tellement pugnace que le peu d'échanges que nous avons eu s'est soldé par des querelles.

Je me sers de ce prétexte pour tenter d'oublier le charme indéniable de la Princesse. Évidemment que j'ai remarqué sa beauté. C'est ce qui m'a sauté aux yeux lors de sa première apparition.

– Penses-tu qu'elle pourrait devenir une menace ? s'interroge mon garde personnel, en reprenant son sérieux.
– Non ! Elle me parait plutôt inoffensive. J'imagine qu'elle a simplement l'habitude d'obtenir ce qu'elle désire sans avoir à faire le moindre effort. Je sais gérer ce genre

d'individus.
– Comment prend Arlayna l'arrivée de cette concurrente ?
– Plutôt bien ! Elle n'a de toute façon pas vraiment le choix. Elle reste docile et compréhensive, comme toujours. Contrairement à d'autres… ne puis-je m'empêcher d'ajouter à voix basse.
– La séance du Conseil n'attend plus que toi. me rappelle-t-il à juste titre.

Le père d'Arlayna fait partie du Conseil, je ne suis donc pas étonné qu'il réclame une séance exceptionnelle. Je sirote la fin de mon thé et suis mon ami à travers le dédale de couloirs du Palais. Nous passons une petite cour pour enfin nous trouver face à l'édifice accueillant le Conseil du Grand Seigneur. Il fait face à une impressionnante fontaine, cadeau des Lirs. Chaque fois que je passe devant, je ne peux m'empêcher de me rappeler mon enfance. Lorsque mon père assistait au Grand Conseil, ma mère et moi avions l'habitude de l'attendre assis sur le bord de cette fontaine. Je m'amusais à donner vie dans ma tête aux animaux qui la décorent. J'inventais des scénarios où je devais les protéger des ténèbres qui envahissaient le palais. Mais c'est désormais mon tour d'affronter la noirceur de ce monde. Je dois faire avec les attentes de tous, tout en protégeant au maximum chaque être qui compose notre communauté. Je ferme mon esprit au passé. Mes parents m'ont laissé seul pour gérer leur clan. Je ne veux pas m'attarder sur ces moments de félicité.

Le Conseil est installé tout autour d'une table ronde. Comme il est de coutume, je m'installe entre Naefir, le père d'Arlayna et secrétaire des Finances et de la Trésorerie, et Hinil, le gouverneur d'Everfield et porte-voix du Peuple de Yeozerin. Les deux mâles présentent un parfait contraste : l'un conserve l'air serein qu'il arbore toujours. La peau brune de son visage est totalement lisse contrairement à son voisin qui porte la rage sur ses traits.

Les cheveux fraichement rasés de chaque côté de sa tête accentuent encore son air belliqueux. Naefir est furieux, cela ne fait aucun doute. Face à moi se trouvent Yaozui, mon premier conseiller, Goras, le sage et Lielong, la Grande Prêtresse des Virthana. Tous les trois observent la situation nonchalamment. La seule indication de leurs sentiments se reflète dans la luminosité de leurs veines. Enfin, aux deux extrémités de la table sont assis Gollian, secrétaire de la Protection et des Enquêtes du Royaume et le secrétaire du Divertissement et de la Culture, Kilyn, qui sont en pleine conversation concernant le temps qu'ils perdent sur l'organisation du prochain grand évènement à cause de cette réunion exceptionnelle. Tous faisaient déjà partie du Grand Conseil de mon père, à son époque.

– Nous devons discuter de l'arrivée de la Princesse Cliodhna. débute Naefir.

Chacun y va de son avis. La plupart d'entre eux sont d'accord avec le père d'Arlayna. Notre peuple a lutté de longues Lunes pour conserver la pureté de notre race. Nous nous sommes disciplinés à suivre les traditions pour maintenir l'intégrité de notre alliance. Mon union avec Arlayna va dans le sens des traditions, si chères au cœur de nos communautés respectives. Les Olaxidor et les Trayarus sont les alliés immémoriaux des Virthana. Nous avons vécu l'après-Grande Guerre ensemble. Nous avons fait prospérer l'intégralité de notre territoire. Ils ne comprennent donc pas pourquoi mes parents avaient mis en place cet arrangement avec les Ayenore. Ils ressentent cela comme une trahison, ce que je peux parfaitement comprendre. Pourtant, j'ai conscience que mes parents n'agissaient pas sans raison. Ils se sont toujours montrés justes et droits en tout temps. Alors, pourquoi agir de la sorte ? Pourquoi cacher cette alliance avec cette lignée si éloignée de nous ? Je me perds en conjectures tout en contemplant les dorures qui parent la table du Conseil.

– Qu'en pensez-vous, Mon Seigneur ? m'interpelle Yaozui.

Enfant, le premier conseiller de mon père était un peu comme un oncle pour moi. C'est avec lui que nous chassions. Il était même présent lors de mon apprentissage avec Huowáng . Son opinion a donc une grande importance pour moi.

– Je disais que nous ne pouvons pas omettre cette alliance avec les Ayenore. Avant la Grande Guerre, ils représentaient l'une des plus puissantes lignées. Ce ne serait pas judicieux de rompre un traité et de nous les mettre à dos. insiste-t-il.
– Je suis d'avis que nous ne pouvons négliger aucune option. lâché-je.
– Mais vous vous êtes engagé auprès de ma fille également ! enrage Naefir.
– De quoi accusez-vous Sa Seigneurie ? s'emporte mon conseiller le plus proche.
– De… Rien du tout ! affirme-t-il, parvenant tout juste à masquer son irritation.

Naefir m'a toujours soutenu depuis l'Ascension de mes parents et je lui en suis reconnaissant. Pour autant, il ne doit pas croire que je vais lui accorder de passe-droits. En tant que Grand Seigneur, je ne peux pas faire de favoritisme de quelque sorte que ce soit.

La suite du conseil est comme un bruit de fond à mes pensées. Je devrais me concentrer sur les conflits qui jaillissent dans la salle. Pourtant, je reste obnubilé par mon altercation avec la Princesse. Elle semble tout remettre en question par son unique présence. Tout était si simple avant son arrivée. Mon avenir était déjà tout tracé. Pour autant, je ne lui reproche rien. Elle est à peu de choses près dans une situation similaire à la mienne : obligé de s'en tenir à un traité passé il y a des Lunes. Je ne peux aussi omettre qu'elle animе quelque chose en moi. Quelque chose que je ne saurais pas expliquer. Mais que je compte bien découvrir.

CHAPITRE 8 - CLIODHNA

Pour qui se prend cet imbécile ? ! Grand Seigneur ? ! Tu parles ! C'est la rage qui me consume bel et bien. Je voudrais pouvoir lâcher prise ! Mais ici, c'est impossible. Je suis constamment sur mes gardes et cela commence sérieusement à peser sur mon moral. Soit des gardes m'observent du coin de l'œil, soit des femelles me scrutent de la tête aux pieds, comme si je n'étais qu'un animal sauvage. Ce n'est pas moi qui possède ces étranges striures lumineuses sur le corps ! Dans un élan de folie, je me précipite vers l'une des terrasses qui mènent à l'extérieur. Avant que les gardiens ne puissent intervenir, je saute par-dessus le rebord du balcon. Je pense être aussi surprise qu'eux par cet excès de spontanéité.

– Clio ! s'égosille Avaline en passant sa tête au-dessus de la rambarde. Je déteste quand tu fais ça. siffle-t-elle, en me fusillant du regard.

Sentir l'air bruisser le long de mes ailes me procure immédiatement ce sentiment de liberté que je recherchais. J'ignore les regards interloqués des soldats vêtus de blanc et suis le souffle du vent pour me propulser plus haut encore. Peu de Faes possèdent cette faculté à voler à cette altitude. Mais j'ai appris à manier les éléments dès mon plus jeune âge. Quand je voulais échapper à mon quotidien, je m'évadais par la fenêtre afin de mettre le plus de distance possible entre mon paternel et moi. La sensation de ne faire qu'un avec la nature apaise mes pensées immédiatement. Je me fiche bien de savoir que les habitants de la cité me voient. En cet instant, mon besoin de lâcher prise est bien trop puissant. Entre cette nuit abominable et le comportement du Grand Seigneur, mes nerfs sont mis à rude épreuve. Sous le coup de la fureur, je pourrais perdre le contrôle et mal agir vis-à-vis de lui. Conduite qui pourrait m'être préjudiciable. Je dois donc absolument me ressaisir. Cette alliance est bien trop importante pour mon peuple.

Même si j'ignore les véritables enjeux de cet accord, je sais que mon père n'agit pas sans buts précis. Désobéir aux ordres de ce Grand Seigneur de pacotille, c'est une chose. Mais ne pas suivre les indications de mon paternel est inconcevable. Je ne peux m'empêcher de repenser aux dernières paroles de ma mère :

Le jour du départ pour Beardale

Comme je l'imaginais, le Grand Seigneur Orivalur n'a pas daigné saluer le départ de sa propre fille. Je m'en doutais, évidemment. Mais la pilule est tout de même difficile à avaler. Je ne comprends pas pourquoi sa reconnaissance a autant d'importance à mes yeux. Cela n'a aucun sens que je porte tant d'attention à un Fae qui reconnait à peine mon existence. Je devrais le savoir depuis le temps et ne plus rien attendre de lui. Pourtant, je garde toujours en moi l'espoir qu'un jour il m'estimera comme mon frère. C'est simple, depuis ma maturité, mon paternel agit comme si je n'étais rien d'autre qu'une vulgaire figurante dans sa vie. Il requiert ma présence pour distraire son peuple ou quand il a besoin de moi dans ses manœuvres politiques. Au moins, les récriminations intempestives ont cessé. Pourtant, cette attention malvenue me prouvait que j'existais pour lui. Sa cruauté et sa violence me prouvaient qu'il me considérait comme une personne. Désormais, je ne suis plus qu'un jouet mis à sa disposition. Malgré tout, je ne cesse de vouloir l'atteindre. Qu'est-ce qui ne tourne pas rond chez moi ? !

Cet éloignement me permettra peut-être de sortir de cette relation qui m'empoisonne.

– Ma petite fée rose ! m'interpelle Drach, avant de me serrer chaleureusement dans ses bras.

Melandrach est un peu comme un deuxième frère pour moi. Avec Ran, ce sont eux qui m'ont appris tout ce que je sais de la politique et des combats. Grâce à eux, je suis aussi forte qu'une femelle fae peut l'être.

– Tiens ! Petit cadeau de départ. m'annonce mon ami en me tendant une étoffe. Ouvre-la ! m'ordonne-t-il devant mon regard perplexe.

Je découvre alors une longue lame effilée dans un fourreau aux couleurs de nos familles : pourpre et dorée. Je reconnais le travail méticuleux du père de mon ami. Qu'il m'offre l'une des lames de son père est un geste d'une grande valeur pour moi. Je sais quel attachement le lie à son paternel.

– Comme ça, tu penseras à moi chaque fois que tu embrocheras quelqu'un. plaisante-t-il.
– Merci, Drach ! lui réponds-je, plus émue que jamais.

Mon frère fait alors son apparition. Depuis la révélation sur sa relation avec Olivia, je ne sais plus trop quoi penser. Ran a toujours été un modèle pour moi. Cependant, j'ai encore du mal à accepter qu'il va bientôt avoir une femme. Quel rôle jouerai-je alors dans sa vie ? On ne peut pas dire que je me sois montrée des plus agréables avec sa promise. Je redoute donc que cette union m'éloigne de lui.

– Es-tu certaine de ce que tu fais ? Je pourrais intervenir en ta faveur. m'assure-t-il.
– Certaine ! Ne t'inquiète pas pour moi. Je ne suis pas une jeune Fae

sans défense, ne l'oublie pas. lui rappelé-je, en le serrant dans mes bras.*

Je n'ai jamais été du genre tactile avec qui que ce soit. Mais j'ai besoin de ce contact pour me donner la force d'affronter les épreuves qui m'attendent. Je sais que mon frère me soutiendra quoi que je fasse. Et cela n'a aucun prix à mes yeux. J'aimerais seulement que notre paternel se rende compte du sacrifice que je fais pour notre lignée.

– En cas de besoin, n'hésite pas à envoyer Rennyn me chercher. insiste mon frère en plongeant ses yeux dans les miens. Peu importe les Eaux qui nous séparent, nous ne sommes qu'un. La chair de ma chair. Le sang de mon sang. répète-t-il la formule que nous utilisions enfants.
– Promis. soufflé-je, en voyant ma mère approcher.
– Laisse-nous, veux-tu ! ordonne-t-elle à Ran.

Que ma mère désire me parler seule à seule me surprend. Je suis d'ailleurs étonnée qu'elle vienne me saluer sans l'assentiment de son mari.

– N'aie crainte, ma petite Clio ! Ce voyage était écrit dans les runes. Ouvre ton esprit à ta destinée. Tout se passera bien. assure-t-elle.
– Mais de quoi parlez-vous ? !
– Tu le sauras le moment venu. Aie confiance, mon enfant !

J'ai tourné en boucle ces propos dans ma tête depuis que nous avons embarqué. J'ai fini par croire que ma mère n'avait plus toute sa lucidité. Mais si elle savait des choses que j'ignore ? C'est grâce à cela que je parviens à garder la tête froide. Ma venue ici a une raison d'être, bien qu'elle me demeure inconnue. Comme j'aimerais pouvoir l'interroger à cet instant.

Au lieu de ça, je profite de ce moment de liberté pour détailler la cité. Elle me parait un peu plus petite qu'Oymalon. L'architecture est complètement différente. Ici, tout est en bois foncé et pierres rougeâtres. Cela n'a rien de comparable avec ma ville natale si lumineuse. Pourtant, j'ai la surprise de me sentir à l'aise dans cet environnement.

J'ignore si c'est la proximité de la nature qui joue un rôle. Mais j'ai l'impression qu'une infime partie de moi trouve dans cet endroit quelque chose qui n'existait pas chez moi. Est-ce que je perds la tête ? C'est possible ! Toutes ces lunes passées en mer ont sans doute déréglé mon système nerveux. Apercevant une étendue d'eau un peu à l'écart de la ville, je décide de m'y reposer quelques instants.

Le lieu me semble hors du temps. J'observe quelques créatures se désaltérer. Elles ne sont pas du tout perturbées par ma présence. Elles paraissent même en train de m'observer aussi de leur côté, comme si elles m'accueillaient parmi elles. Je m'approche de l'étendue d'eau, en prends en coupe dans ma main pour étancher ma soif. Avec tout cela, je n'ai même pas pris de petit déjeuner. Décidée à trouver quelques fruits à grignoter, je me dirige dans la forêt luxuriante. L'humidité devient plus intense à mesure que je m'enfonce vers l'inconnu. Je perçois les sons de diverses créatures : reptiles, oiseaux, petits mammifères à quatre pattes… Chaque découverte me pousse à m'aventurer plus profond dans cette forêt. C'est alors que je distingue une silhouette vaguement familière. Il s'agit de la jeune fille qui observait comme moi le spectacle des novices au sanctuaire.

– Eh ! Attends ! l'interpellé-je, voyant qu'elle semble vouloir à nouveau prendre la fuite. Je ne te veux aucun mal. lui assuré-je alors qu'elle s'est stoppée dans sa course pour me détailler.

Deux magnifiques yeux couleur argentée me scrutent attentivement. La jeune fille me parait plus jeune que ce que je m'étais imaginé aux premiers abords. Elle doit avoir tout juste une trentaine de Lunes. Que fait-elle ici, toute seule ?

– Tu ne devrais pas trainer toute seule aussi loin de la ville. lui signalé-je.

– Je ne suis pas seule ! me rétorque-t-elle avec une petite moue adorable.
– Où sont tes parents ? je l'interroge en me rapprochant d'elle.
– Qui êtes-vous ? me demande-t-elle, plutôt que de répondre à ma question.

J'ai beau scruter les alentours, je ne distingue la présence de personne d'autre que nous.

– Je suis la Princesse Cliodhna. Et toi qui es-tu ?
– Que faites-vous ici ? m'interroge-t-elle, une lueur nouvelle dans les yeux.
– Je… Je me suis perdue. Et toi ? Qui t'accompagne ? insisté-je.

Un frisson glacial me dévale alors la colonne vertébrale. Tous mes instincts me crient que quelque chose cloche dans cette histoire. Pourquoi une enfant se promènerait-elle seule dans la forêt ? Est-ce un piège tendu par des brigands ? Pourtant, lorsque je détaille la tenue de la jeune Fae, je constate que les étoffes qu'elle porte sont d'une qualité exceptionnelle. J'ai du mal à prendre la mesure de la situation. Cependant, toutes mes alarmes internes se déclenchent. Tous les entrainements que j'ai suivis et les combats auxquels j'ai participé m'ont appris à faire confiance à mon instinct. Je glisse donc ma main dans la fente de ma robe pour récupérer la lame que j'ai attachée à ma cuisse. Mais j'ai à peine le temps d'effleurer le manche en or que quelque chose me percute violemment à la tête. Des écailles blanches traversent mon champ de vision; avant que je ne sombre dans l'inconscience.

CHAPITRE 9 - ALTHIDÉON

Lorsque je sors enfin du Conseil, aucune décision n'a été prise. Si mes conseillers ont une grande influence sur mes actes, je suis le seul décisionnaire. Mon avenir et celui de mon peuple résident donc bien entre mes mains. Et je ne peux pas en faire n'importe quoi. Si ma tête me dicte de m'en tenir à l'alliance passée avec Arlayna, mon instinct me dit de ne pas laisser de côté cette opportunité d'union avec l'autre continent. Les Olaxidor sont déjà mes alliés. Ce mariage ne fera ainsi que renforcer les liens qui nous unissent déjà. Tandis qu'avec la Princesse Cliodhna, il en va tout autrement. Mon éducation me dit de rester dans ce que je connais. La tradition est une valeur importante pour mon peuple. Je ne suis donc pas habitué à prendre des décisions qui appellent un tel changement dans notre mode de vie. J'ai conscience que l'annulation de mon union avec Arlayna ne pourra pas avoir beaucoup de conséquences par rapport aux liens que j'entretiens avec sa famille. Je suis leur Grand Seigneur. Ils me doivent obéissance et respect en toutes circonstances. Le seul point négatif est que je briserai un serment que j'ai fait. Cependant, je n'avais à l'époque pas connaissance de l'engagement qui me liait aux Ayenore. Je ne peux donc pas en être tenu pour responsable. C'est un cri familier qui me tire de mes réflexions. Lorsque je lève les yeux au ciel, je remarque Bǎohù qui se tient au sommet de la fontaine. Le jeune dragon couleur ivoire de ma sœur me scrute avec insistance.

– C'est Dilya ? commencé-je à paniquer. Où est-elle ?

Le familier me jette un regard de compréhension avant de s'élever dans les airs. Je saisis alors qu'il veut que je le suive. Je monte sur le premier cheval que je trouve et me lance à sa poursuite. Qu'a donc encore fait ma sœur ? Quand il se dirige à l'extérieur du palais, je comprends que cette petite inconsciente a encore bravé mon interdiction. J'ai beau lui expliquer qu'elle n'est en sécurité qu'entre les murs de la cité, elle s'obstine à échapper à la surveillance de ses gardes. Je vais devoir sévir encore une fois. Devoir jouer le rôle de parents me rend dingue. Je ne comprends pas pourquoi nos parents nous ont abandonnés pour découvrir la paix de l'Ascension. Ils craignaient une guerre avec les Sarlen. Mais ne craignaient-ils pas pour leurs enfants ? Ils nous ont abandonné lâchement à notre sort, nous qui n'avions rien demandé. Nous allons devoir affronter l'horreur sans eux ! Mon inquiétude croît à mesure que nous nous éloignons davantage de la ville.

– Dilya ? ! Où es-tu ? crié-je quand le dragon se perd dans les branchages du Bois d'Obsidienne.

Je pose pied à terre en tendant l'oreille pour tenter d'entendre ma sœur. N'obtenant aucune réponse, je m'enfonce dans les sous-bois à la suite du familier de Dilya. L'angoisse me serre la gorge comme jamais et mes veines semblent vibrer au rythme de mon agitation croissante. Je ne peux m'empêcher de m'inventer des scénarios catastrophes. Pourquoi Bǎohù est-elle venue me trouver ? Si ma sœur se portait bien, elle serait montée sur son dos, non ? !

– Dilya ? ! scandé-je de plus en plus fort.
– Thidéon ? Par ici ! résonne la voix de ma sœur.

J'accélère ma cadence jusqu'à enfin la découvrir assise dos à moi. Je me précipite alors sur elle afin de déterminer l'ampleur de la situation.

– Tout va bien ? lui demandé-je, en inspectant son doux visage.
– Oui ! Oui ! s'agace-t-elle à ma proximité.
– Qu'est-ce que tu fais ici ? Et pourquoi avoir envoyé Bǎohù me chercher ? Je t'ai interdit de t'aventurer en dehors du palais, et toi tu ne trouves rien de mieux à faire que de te balader en dehors de la cité ! T'es inconsciente franchement ! commencé-je à m'énerver.

Évidemment, comme chaque fois, Dilya se renfrogne. Je déteste ce regard noir qu'elle me lance et sa façon de serrer ses bras autour d'elle de façon à me tenir à distance. J'ai souvent l'impression qu'elle me reproche la décision de nos parents. Comme si c'était ma faute s'ils nous ont abandonnés.

– Il ne s'agit pas de moi ! grogne-t-elle, en indiquant quelque chose derrière moi.

Ce que je découvre en me retournant me cloue sur place. Comment la Princesse s'est-elle retrouvée ici ? Inerte qui plus est !

– Que ? Qu'est-ce qui s'est passé ici ? lâché-je complètement dépité, en me rapprochant doucement de son corps.

Mon instinct me dicte de lui porter secours, comme

avec n'importe qui d'autre. Mais le fait qu'il s'agisse d'elle me met dans l'embarras.

– Elle m'a surprise dans le bois et a commencé à me suivre. Je ne sais pas ce qui lui est passé par la tête, mais elle a failli m'attaquer avec cette dague. m'explique-t-elle en tendant une lame sophistiquée vers moi.

Stupéfait, je demeure stoïque de longues secondes entre les deux Faes. Aurait-elle osé s'en prendre à une enfant ? Pour quelle raison ?

– Elle a failli t'attaquer ? ! enragé-je.
– Oui ! Mais Bǎo a réagi plus vite qu'elle. la félicite-t-elle.
– Je n'y comprends rien. soufflé-je, complètement perdu en détaillant la Princesse inconsciente.
– Tu la connais ? semble s'intéresser ma sœur.
– Peu importe. la rembarré-je, ne souhaitant pas la mêler aux affaires politiques du royaume.

Mon instinct me pousse tout de même à vérifier qu'elle est toujours en vie. Une attaque de dragon peut être fatale, c'est certain. Heureusement, le familier de ma sœur n'a pas encore atteint sa taille adulte… Quand je sens le pouls de la jeune Fae battre au niveau de sa carotide, je suis soulagé. Il aurait été de mauvais genre de tuer la fille du Grand Seigneur Orivalur.

– Nous allons rentrer en ville. Je l'interrogerai à son réveil. Et toi, tu vas rester sagement dans ta chambre ! lui certifié-je.
– Oui, Mon Seigneur ! grince-t-elle.

Je me rappelle avoir été opposé à l'autorité quand j'étais plus jeune. Mais le comportement de Dilya m'horripile de plus en plus. Je n'ai aucune idée de comment me comporter avec elle. Quand je me montre trop laxiste, elle en profite. Et quand je suis trop autoritaire, elle se contrefiche des limites que j'impose. J'ignore comment trouver le juste milieu et je déteste devoir tenir ce rôle pour elle. J'aimerais pouvoir n'être que son grand frère, celui à qui elle confierait ses problèmes, celui avec qui elle se liguerait contre nos parents… Mais tout cela est impossible. Et je dois me faire à ce nouveau rôle que je dois tenir dans sa vie. Je ne suis pas encore père et pourtant je me retrouve à devoir déjà endosser ce rôle.

Le retour au château s'effectue dans un silence pesant. J'ai installé la Princesse devant moi sur ma monture tandis que j'observe ma sœur rejoindre le palais à dos de dragon. Une fois les portes du palais franchies, je charge un garde de vérifier que Dilya a bien regagné ses quartiers et de l'y enfermer jusqu'à ma visite. Pour le moment, je dois m'occuper de Cliodhna. J'allonge la jolie Fae dans une dépendance non loin de mes appartements. Je ne souhaite pas impliquer plus de personnes que nécessaires dans cette histoire. Pourquoi la Princesse se promenait-elle sans ses gardes, en premier lieu ? Cela n'a rien d'ordinaire. Si la plupart du temps, je me déplace sans escorte, c'est parce que je me trouve dans ma cité. Je n'ai rien à craindre ici. Ce qui n'est clairement pas le cas de cette princesse étrangère.

Lorsque je nettoie sa blessure, la jeune femme commence à s'agiter. Je suis soulagé de constater que la commotion ne semble pas trop sérieuse. Mais je ne m'attendais pas à une telle véhémence dès son réveil. J'ignore si c'est le remède que j'applique sur sa plaie qui est trop douloureux, mais j'ai à peine le temps de réaliser ce qu'il se passe qu'elle empoigne ma main. C'est qu'elle a de la force ! Elle est à la limite de me broyer les os.

– Que… Qu'est-ce que vous faites ? s'insurge-t-elle avec véhémence.

Si je n'avais pas vu la lueur de panique dans son regard, je penserais que cette femelle est tout bonnement inébranlable. La vitesse à laquelle elle retrouve sa prestance est tout de même hallucinante.

– Que s'est-il passé ? me demande-t-elle plus calmement, comprenant que je ne lui veux aucun mal. Laissez, je vais le faire toute seule. insiste-t-elle en saisissant un linge froid pour faire dégonfler la bosse qui grossit au niveau de sa tempe.
– À vous de me le dire ! De quoi vous souvenez-vous ?
– Je suis partie en balade…
– Seule ? je me permets de l'interrompre.
– Oui, seule. acquiesce-t-elle comme si cela était tout à fait normal.
– Où étaient vos gardes ?
– Au palais, je suppose. me répond-elle d'une voix indifférente.
– Pourquoi vos gardes ne vous accompagnaient-ils pas ?
– Est-ce un crime de vouloir un peu de tranquillité ? ! objecte-t-elle.

Je ne peux pas la contredire. Je suis le premier à avoir besoin de mes promenades en solitaire chaque matin. Cela nous fait au moins cela en commun !

– Que comptiez-vous faire ? persévéré-je.
– Et si vous me disiez plutôt de quoi vous m'accusez exactement ? commence-t-elle à s'emporter, n'appréciant visiblement pas l'interrogatoire.
– Que comptiez-vous faire avec ça ? insisté-je en sortant la lame tranchante de mon ceinturon.
– Je… Rien du tout ! assure-t-elle, avec un semblant de panique dans la voix.
– Qui comptiez-vous blesser avec cette dague ? insisté-je, un tantinet plus menaçant en rapprochant la lame de sa gorge délicate.

Je n'autoriserai personne à nuire à ma sœur. Pas

même celle avec qui je suis censée m'unir. Je suis heureux de constater qu'elle prend la mesure de la situation. Ses yeux ne cessent de regarder dans toutes les directions alors qu'elle semble réfléchir à ses prochaines paroles. Quand elle rive son regard au mien, je perçois aussi que la température augmente sensiblement dans la pièce. À mesure que nous nous scrutons dans les yeux en silence, la chaleur devient plus intense. Mais aucune parole ne passe la barrière de ses lèvres tendues.

– Alors ? soufflé-je sous l'intensité qui se dégage de la pièce.

C'est comme si l'air risquait de s'enflammer à tout moment. Je ne comprends pas d'où provient cette sensation. Mais je sais que je n'en suis pas le catalyseur. Le temps semble s'étirer alors que nous nous jaugeons sans oser bouger. Aucun de nous ne veut baisser sa garde. La Princesse finit par poser une main brulante sur mon bras pour me faire lâcher la lame. Mais je demeure stoïque. Cela provient bien d'elle. Comment est-ce possible ? Et pourquoi ne m'en suis-je pas rendu compte plus tôt ? Elle accentue sa pression sur mon bras, mais rien n'y fait, je ne lâche pas.

Incrédule, elle défait sa prise sur mon bras et ne peut cacher sa stupeur.

– Comment est-ce possible ? souffle-t-elle en me détaillant comme jamais elle ne l'avait fait auparavant.

Ce que je découvre dans son expression est un mélange de peur, de stupéfaction et peut-être d'admiration. Je n'ai pas le temps de l'étudier davantage qu'elle remet en place son masque inexpressif. Je m'aperçois à cet instant que nous avons bien plus en commun que ce que je m'imaginais. Nous portons tous deux un masque. Le mien me permet d'endosser les responsabilités qui sont miennes.

Afin de protéger mon peuple et d'être respecté par mes pairs, je dois me montrer inébranlable. Qu'a pu vivre cette jeune princesse pour se préserver avec une telle carapace en permanence ? Ce qui est certain, c'est que je commence à discerner des émotions derrière cette armure. Et que plus je m'y pique, plus j'ai envie d'en apprendre davantage sur cette Fae si singulière.

CHAPITRE 10 - CLIODHNA

Tandis que le Grand Seigneur maintient la lame contre ma gorge, je sens le feu qui brule dans mes veines. Contrairement à mon habitude, je me nourris de lui, de sa rage destructrice. À Oymalon, j'ai pris l'habitude d'éteindre la moindre braise dès son apparition. Si mon père savait que Dagda m'a offert le don du feu, il s'en servirait contre moi. C'est pourquoi Ran m'a conseillé de lui cacher son existence. Dans mon royaume, aucun Fae n'a été béni du Feu Sacré. Personne n'a donc pu m'apprendre à le manier. Tout ce dont je suis capable, c'est d'éteindre les flammes qui m'embrasent quand mes sentiments deviennent trop intenses. Mais ici, je n'ai plus à me dissimuler. Au contraire, ce pouvoir pourrait être ma force. Je laisse ainsi le brasier prendre possession de mon corps. La sensation de pouvoir et de force que je ressens à cet instant n'a rien de comparable avec tout ce que j'ai vécu jusque-là. Je me sens vivante. J'ai l'impression de découvrir une part de moi qui me manquait depuis toujours. Je me sens complète. Je suis moi, enfin !

Forte de cette toute-puissance, je pose ma main sur le bras de mon agresseur pour le repousser. Je ne comprends même pas de quoi il m'accuse ! Il me traite comme si j'avais attenté à la vie de quelqu'un, comme une vulgaire criminelle. Pourtant, c'est moi qu'on a assommée, non ? ! Je n'arrive pas à saisir ses motivations. Au contact de sa peau, je sens mon énergie vibrer encore davantage. J'ai beau intensifier la pression de ma poigne sur son bras, il semble ne rien éprouver. Ne ressent-il pas la brulure du feu qui circule dans mes veines ?

– Comment est-ce possible ? soufflé-je en le détaillant minutieusement pour la première fois.

Pourquoi ne perçoit-il pas la force ardente de mon pouvoir ? J'ai pourtant bien l'impression que ma peau est en fusion ! Cela n'a aucun sens. À moins que… En plongeant mes yeux dans les siens, je distingue une flamme argentée qui me confirme mes soupçons. Il possède lui aussi le Feu Sacré. Je relâche alors la pression de ma main et il abaisse la lame entre ses doigts. Nous nous observons de longues secondes en silence. Je ne sais pas comment va se poursuivre cet échange. Est-il insensible à mon pouvoir ? Ou est-ce seulement parce que je n'ai pas appris à le maitriser suffisamment ?

– Puisque vous semblez débutante en la matière, sachez que votre feu ne pourra rien contre moi. semble-t-il lire dans mes pensées.
– Ce qui signifie que la réciproque est vraie ! lui fais-je remarquer avec un sourire narquois.

Il y a au moins ça de rassurant. Je ne peux pas m'attaquer à lui, mais il ne peut pas s'en prendre à moi en retour. Enfin, pas avec nos dons du feu, tout du moins. Le regard qu'il lance sur moi est comme un défi à relever. J'ignore ce qui lui passe par la tête, mais cela semble le contenter.

– Voudriez-vous en apprendre davantage sur vos compétences incandescentes ? me propose-t-il.
– Qu'y gagneriez-vous ? je ne peux m'empêcher de me montrer suspicieuse.
– Vous me devrez une faveur ! tente-t-il.
– C'est bien essayé, mais non !
– Disons que c'est pour m'excuser de mon accueil qui n'a pas été à la hauteur, selon vos dires.
– Que… Quoi ? !

Comment peut-il savoir ça ? Je ne me suis laissée aller à la confidence que lorsque je me trouvais seule avec Ava dans notre suite.

– Vous apprendrez vite que les murs ont des oreilles. Rien ne se passe ici sans que j'en sois informé. m'assure-t-il.
– Vous êtes bien présomptueux ! ne puis-je m'empêcher de le contredire. Vous devez donc savoir pourquoi je n'étais pas accompagné de mes gardes tout à l'heure. le mouché-je.

J'observe sa mâchoire se crisper devant ma mise en évidence de son ignorance. Pourtant, le reste de son corps demeure stoïque. En tout cas, je comprends davantage mon soudain besoin d'évasion. Ce n'était donc pas de la paranoïa de me sentir épiée à chaque instant dans ce palais. Je vais devoir me montrer prudente ou tourner cette information à mon avantage…

– L'offre vous intéresse-t-elle ? lance-t-il imperturbable.

Je préférerais me passer de toute aide émanant de la part du Grand Seigneur. Mais il serait stupide de décliner cette offre. Je rêve depuis toujours de pouvoir maitriser le feu qui brule en moi. Je ne peux pas refuser sa proposition.

– Oui, je souhaiterais en apprendre davantage. soufflé-je de mauvaise grâce.

– Bien ! Aneirin se chargera de votre apprentissage. m'informe-t-il. Reposez-vous, Princesse ! Nous nous verrons au déjeuner pour votre présentation à la Cour.
– Bien, Seigneur ! grincé-je en le saluant d'un léger mouvement de la tête.

Alors que je pensais qu'il allait s'offenser de mon outrage, un mince sourire étire ses lèvres furtivement, avant qu'il ne me laisse seule dans cette chambre qui m'est inconnue. Maintenant que l'omniprésence du Grand Seigneur n'est plus, je peux détailler mon environnement. La pièce tout en bois foncé et bordeaux est richement décorée. Une odeur masculine imprègne l'air, mélange de bois, de cardamome et de menthe. Un parfum envoutant. Il n'a tout de même pas eu la stupidité de me mener dans sa chambre ! ? Cela me rappelle que je n'ai pas eu le temps de parler de la jeune Fae que j'ai suivie dans les bois. A-t-elle été attaquée aussi ? Qu'est-elle devenue ? C'est alors que je me rends compte que je ne sais même pas comment le Grand Seigneur m'a trouvée. J'étais au beau milieu d'un bois, seule. Comment a-t-il pu retrouver ma trace ?

Je me précipite donc à sa suite pour obtenir des réponses. Mais lorsque je passe la porte, c'est Bilgard qui m'accueille.

– Votre Sublimité ! Mon maitre m'a chargé de vous raccompagner à vos appartements. m'apprend-il.
– Où est-il ?
– Je l'ignore, Votre Majesté. Le Grand Althidéon ne me tient pas informé de ses déplacements. m'assure-t-il avec un sourire qui laisse à penser que je suis totalement à côté de la plaque.

À peine ai-je franchi la porte de mes quartiers que le majordome se retourne pour retrouver ses occupations. Cette créature n'a rien de commun avec les domestiques d'Oymalon. Je ne cesse de m'interroger sur sa longévité tandis qu'il redescend le couloir à son allure si particulière. Je ressens presque une pointe de culpabilité envers lui. Pourquoi ? Je ne saurai pas vraiment en expliquer la raison. J'imagine que ce personnage m'attendrit en quelque sorte. Je ne le connais pas et ne compte pas en apprendre davantage sur lui. Mon père m'a vite fait comprendre que nous ne pouvions pas nous mélanger aux petites gens. Le fils du valet du Grand Seigneur Orivalur en a d'ailleurs payé le prix fort, à l'époque. Pour notre rapprochement, il a été exilé dans la Forêt Noire avec un membre en moins. Mon paternel a en outre veillé à ce que j'assiste à l'amputation du bras de mon ami. C'est la dernière fois que j'ai vu Alabyran en vie. Son corps n'a jamais été retrouvé, mais je ne me fais pas d'illusion quant à la fin qu'il a subie par ma faute. Depuis cet évènement traumatisant, je me tiens donc à distance de tous. Seule Avaline est parvenue à tromper ma vigilance et la surveillance de mon père. Mais, il faut dire qu'en public, nous ne laissons rien paraitre de notre complicité.

– Où étais-tu passé ?! s'énerve d'ailleurs cette dernière lorsque j'entre dans le salon de notre suite. Rennyn et Iantel te cherchent partout en ce moment même ! On n'a pas idée de disparaitre comme ça dans un royaume qu'on ne conn… Qu'est-ce qu'il t'est arrivé ? s'interrompt-elle, en se précipitant à ma rencontre.
– Quoi !? Ah ! Ça ! comprends-je quand elle pose ses doigts sur la plaie au niveau de ma tempe.
– Ce n'est rien. la rassuré-je tout de suite.
– Je me suis fait un sang de markhor ! s'emporte-t-elle.
– Un sang de markhor, sérieusement ? je ne peux m'empêcher de me moquer à l'évocation de cette expression d'un autre temps.
– Ne me cherche pas ! me rabroue-t-elle, en serrant ses bras contre elle, en signe d'agacement.
– Désolée. Je n'ai pas vu le temps passer. Qu'as-tu découvert en mon absence ? préféré-je changer de sujet.

Je sais qu'Ava n'est pas du genre à se lamenter sans rien faire ni à paresser. Je suis donc convaincue qu'elle a fureté un peu partout dans le palais pendant mon absence. Je l'observe rechigner quelques instants à me fournir les informations qu'elle a découvertes. Quand elle se retourne vers moi, les yeux pétillants, je sais que son ressentiment est passé. Mon amie possède un caractère très facile à vivre. Elle n'est pas rancunière ni envahissante. Mais ce n'est pas pour autant qu'il faut penser que l'on peut tout se permettre avec elle. Malgré sa gentillesse, elle est loin d'être naïve. Et son intelligence et sa perspicacité sont de réels atouts dans la vie à la Cour.

– Très bien ! souffle-t-elle pour la forme, en me précédant dans le salon. Tu es prête ? me demande-t-elle quand je me suis installée face à elle.
– Je n'ai jamais été aussi prête ! m'impatienté-je.
– Le Grand Seigneur est apprécié par ses sujets. Il se montre apparemment juste et droit envers son peuple. Mais il demeure toujours en retrait d'après ce que j'ai pu comprendre. Plusieurs Faes regrettent d'ailleurs cette distance qu'il maintient avec eux. Il semblerait que son prédécesseur était plus enclin à participer à la vie quotidienne des habitants de Beardale.
– Que sais-tu de son prédécesseur ? Est-il toujours en vie ?
– À la taverne, le tenancier n'a pas voulu m'en dire davantage sur l'ancien Grand Seigneur. Et tous les Faes que j'ai interrogés ont gardé le silence. Tout ce que je sais, c'est que cela fait moins d'une dizaine de Lunes qu'il a procédé à son Ascension.
– Et concernant les enfants ? Tu en as croisé en ville ? lui demandé-je soudain, me rappelant les jeunes filles du sanctuaire.
– Maintenant que tu le dis, c'est vrai que je ne crois pas en avoir croisé aujourd'hui. Leur scolarité se déroule peut-être à l'extérieur de la cité. tente-t-elle d'expliquer.
– Et les bébés, tu en fais quoi ?

– Je ne sais pas. C'est vrai que c'est étrange. Je vais essayer de me renseigner sur leur manière de procréer. Ils ont certainement un centre d'accouplement comme à Oymalon ! suppose-t-elle.
– Peut-être… acquiescé-je.
– J'ai découvert une information capitale pour ta mission. m'annonce-t-elle soudain gênée.
– De quoi s'agit-il ? l'empressé-je, complètement concentrée sur elle.
– Il semblerait que tu aies une concurrente vis-à-vis du Seigneur. annonce-t-elle avec une grimace.
– Quoi ? ! Qu'est-ce que tu veux dire ?
– Exactement ce que je viens de dire ! Ton Grand Seigneur a conclu une alliance avec les Olaxidor, alors que le traité entre vos familles était déjà acté.
– Ce n'est pas MON Grand Seigneur. crois-je bon de lui rappeler. Que sais-tu de cette rivale ?

CHAPITRE 11 - ALTHIDÉON

Lorsque je franchis la porte des quartiers de ma sœur, je suis soulagé de la trouver allongée sur son lit. Je craignais qu'elle ne se soit de nouveau échappée. J'espère que l'accident avec la Princesse la calmera au moins quelque temps.

– Comment va-t-elle ? demande nonchalamment ma sœur à propos de cette dernière.
– Mieux. Qu'est-ce qui t'as pris de t'aventurer seule dans ces bois ? la sermonné-je directement.
– Je n'étais pas seule !
– Băohù ne compte pas comme un garde entrainé ! m'insurgé-je.
– Il est bien plus efficace que certains de tes hommes ! me rembarre-t-elle.

Je déteste la relation conflictuelle que j'entretiens avec Dilya. Nous sommes incapables de nous parler calmement. J'aimerais dire que ces disputes sont exceptionnelles, mais ces derniers temps, elles sont plutôt la norme que l'exception. Je ne saurais dire depuis quand exactement nous sommes en conflit perpétuel, mais cela commence à me peser. J'aime ma sœur et je sais que la réciproque est vraie. Pourtant, en ce moment, nous sommes incapables de nous comprendre sur la moindre chose et elle commence clairement à dépasser les bornes. Il est temps que je lui rappelle qu'en plus d'être son frère, je suis surtout son souverain. Elle ne devrait pas l'oublier !

– Dil… Écoute bien ce que je vais te dire, car je ne me répèterai plus ! Je suis peut-être ton frère, mais tu ne dois pas oublier à qui tu t'adresses ! La prochaine fois que tu oses me répondre ainsi à moi, ton souverain, je ne me monterai pas aussi clément. Les passe-droits, c'est fini ! la préviens-je.
– Très bien, Grand Seigneur ! C'est mieux ainsi. De toute façon, depuis ton couronnement, je ne reconnais plus mon frère ! enrage-t-elle.
– C'est faux ! Je suis toujours le même !
– Ah bon ! ? Parle-moi d'Arlayna dans ce cas ? Deux femelles pour un seul Fae, tu ne crois que ce soit de l'abus de pouvoir, ça ! ?

L'arrogance de ma sœur n'a donc aucune limite ? Comment ose-t-elle m'insulter de la sorte ? Je dois agir vite si je ne veux pas que cette enfant s'imagine avoir tous les droits par la suite.

– Tu dépasses les bornes ! Je t'avais prévenu Dilya ! enragé-je. Je te consigne dans tes quartiers jusqu'à nouvel ordre. Je vais poster des gardes devant ta porte ainsi que dans la petite cour qui donne sur ta chambre. Tant que tu ne changeras pas d'attitude, tu resteras enfermée ici. J'exige des excuses de ta part ! la grondé-je. Si tu t'avises encore de me manquer de respect, je n'hésiterai pas à t'envoyer au sanctuaire. la menacé-je, avant de claquer la porte derrière moi.

Plus que tout, je souhaite protéger ma sœur de toutes ces manigances politiques. Si je la cache à l'intérieur du palais, c'est pour qu'elle échappe à toutes ces manœuvres de manipulation. Je n'ai aucune envie qu'elle se trouve impliquée là-dedans. C'est mon rôle de la protéger et je compte bien m'en acquitter. Si elle doit me détester pour cela, je suis prêt à en payer le prix.

***

Lorsque je rejoins la salle de réception, je ne me trouve pas au meilleur de ma forme. Les disputes continuelles avec Dilya me pèsent sur le cœur. La savoir enfermée, seule, dans ses appartements m'accable, mais je ne dois pas céder. Les réminiscences de ses paroles me font tenir, mais aussi réfléchir. Je dois admettre qu'elle n'a pas tout à fait tort à propos de la Princesse et d'Arlayna. Et c'est peut-être ce qui me met tant en rage. Cependant, je n'ai pas le temps de m'attarder là-dessus pour le moment. Je vais devoir affronter la présentation officielle de la Princesse Cliodhna. En cette occasion, je dois porter mon masque de fer afin de braver l'assemblée qui m'attend.

– Alors ? Prêt pour le grand soir ? se moque Aneirin, en se positionnant à mes côtés.
– Tu parles ! Je préférerais me pendre par les pieds au-dessus des Eaux ! lui soufflé-je tout bas. Barone Akkar ! Comment allez-vous ? interrogé-je la Fae ventripotente qui se présente à ma gauche.

S'ensuivent des dizaines d'interlocuteurs tous plus charmés les uns que les autres de pouvoir s'entretenir avec leur Seigneur. Je suis rarement présent aux divers diners qui sont organisés dans mon palais. Ces derniers temps, j'étais surtout occupé à prévenir le retour imminent des Sarlen. J'ai beau tenter d'oublier cette menace qui plane au-dessus de nos têtes, il est difficile d'en faire abstraction. D'autant plus que c'est la raison de la venue de la Princesse des Ayenore. J'esquive les interrogations des membres de ma Cour comme je le peux. Heureusement, mon garde veille au grain. Lorsqu'une question épineuse se présente, il m'invite à rendre mes hommages à d'autres convives. Tout à coup, le silence se fait dans la salle, je comprends alors que Cliodhna fait son entrée.

– Cliodhna, Princesse d'Oymalon, fille du Grand Seigneur Orivalur. la présente le juré-crieur.

Kilyn a mis les petits plats dans les grands pour cette soirée de présentation. En tant que secrétaire du Divertissement, c'est lui qui s'est occupé de l'organisation de ce bal. La décoration de la salle est somptueuse. Partout sont suspendus des lampions dans des tons rouges, couleur de ma famille et or, représentant celle des Ayenore. Le buffet est garni de plats typiques de notre région : des Sate - brochettes de viandes épicées, des Nasi Goreng - mélange de viande de gajular, légumes et riz frit, des Mie Ayam - plats à base de nouilles et des bols de Soto - soupes. Le buffet sucré est composé de desserts à base de riz gluant, de noix de coco, de bananes et de pandan, qui leur donne leur couleur verte caractéristique ; ainsi que de corbeilles de fruits abondantes. Ce mélange de saveurs épicées et sucrées me donne déjà l'eau à la bouche. Je ne peux qu'admirer le travail méticuleux de mon secrétaire. Toutes ces mises en scène ne font qu'accentuer la grandeur de mon royaume. Qu'il ait aussi fait appel au crieur montre l'importance qu'il porte à cette soirée. À Beardale, il est rare que nous ayons des invités dont nous ignorons l'identité. Même si notre royaume compte trois grandes cités, nous nous connaissons tous plus ou moins.

Comme ces deux derniers jours, je découvre la Princesse dans une tenue inhabituelle pour ma Cour. Cependant, je remarque qu'elle porte des bas opaques de couleur dorée sous une somptueuse tunique de la couleur du rubis. Si le haut reste profondément décolleté, je ne peux qu'apprécier son effort pour correspondre davantage aux tenues de mon peuple. Les exclamations qui se propagent dans la salle confirment mon ressenti. Je ne serais pas étonné de découvrir des modistes en plein travail jusqu'au lever de lune pour répondre aux nouvelles attentes de leurs clientes. La Princesse possède cette prestance et ce magnétisme que beaucoup recherchent tout au long de leur vie. La concernant, elle n'a pas grand-chose à faire pour attirer l'attention de tous. Je ne peux d'ailleurs m'empêcher de suivre le moindre de ses mouvements. Lorsqu'elle arrive à ma hauteur, elle esquisse une révérence parfaite à mon intention. Qu'elle se montre si docile à cet instant me parait suspect. Qu'a-t-elle donc en tête ? Il m'est impossible de le savoir puisqu'elle porte, elle aussi, un masque impassible. Toutes nos précédentes entrevues se sont soldées par un différend. Je suis ainsi étonné de la trouver de si bonne composition. Je l'observe saluer ensuite chaque membre de l'assemblée, comme si elle y avait sa place. Je ne peux qu'admirer l'assurance dont elle fait preuve dans une pièce où elle ne connait personne à part moi. Elle est maitresse dans l'art des présentations officielles. Du point de vue diplomatique, son comportement est irréprochable, je ne peux lui enlever ça.

C'est le regard noir de Naefir qui m'arrête dans mon observation. Je n'apprécie pas la façon dont il détaille la Princesse. Où est donc passée sa fille ? Arlayna n'est pas encore présente dans la pièce. J'imagine qu'elle veut s'assurer de faire une entrée digne de ce nom. La jeune Fae est la digne fille de son père. Elle sait se montrer docile quand la situation l'exige, mais c'est aussi une fine stratège. Je n'ai ainsi aucun doute sur le fait qu'elle compte exposer à sa rivale l'étendue de son influence à ma Cour. Arlayna a rejoint ma cité peu de temps après mon couronnement. Elle a su s'entourer des personnes haut placées de Beardale. Mais, avant toute chose, je sais qu'elle cherche à satisfaire les caprices de son père. À son regard, je comprends immédiatement que ce dernier n'est pas près d'accepter la présence de la Princesse Cliodhna. Il ne s'avouera pas vaincu si facilement, c'est une certitude. Je m'attends donc à voir débarquer Arlayna à tout moment. Son père l'a forcément briefé pour nous offrir un spectacle digne de ce nom. Il me tarde d'ailleurs d'étudier la réaction de la Princesse d'Oymalon à cette démonstration de force.

Perdu dans mes pensées, je me rends alors compte que les invités se dirigent vers la salle de réception. Comme toujours, la table principale qui m'est réservée contient une dizaine de places. D'ordinaire, ce sont les membres du Conseil et quelques convives triés sur le volet qui y mangent à mes côtés. Je suis donc étonné de découvrir la Princesse installée à la place d'honneur, située à ma gauche.

Je m'assieds ainsi à même le sol à ses côtés. Sur son visage, rien ne laisse penser qu'elle se sente mal à l'aise. Pourtant, je perçois la chaleur qui émane de sa peau. Depuis que j'ai appris que Dagda lui a fait don du Feu Sacré, je ne peux m'empêcher de m'interroger. La flamme sacrée n'a jamais été évoquée en dehors de mon royaume. Comment a-t-elle donc pu se retrouver de l'autre côté des Eaux ? Cela a-t-il un rapport avec l'alliance conclue entre nos familles ? Je reste totalement dans l'expectative.

Tandis que je continue de l'observer du coin de l'œil, son visage ne laisse passer aucune émotion. Je crois pourtant percevoir un pic de température à ma gauche. J'ai la sensation d'un feu incandescent qui brule à mes côtés. Je comprends alors l'origine de ce phénomène en découvrant qu'Arlayna a fait son entrée.

– Votre Grâce. vient-elle se prosterner devant moi, en ignorant sciemment la présence de l'étrangère à mes côtés.
– Arlayna. lui réponds-je, excédé.

Quel culot de faire son entrée de cette façon ! Je

reconnais bien là une stratégie de son père pour attirer l'attention, volant ainsi la vedette à notre invitée. Intérieurement, je bous autant que ma voisine, mais comme toujours je demeure impassible. Je ne dois pas montrer que leur affront me touche d'une quelconque manière. Ce serait leur donner bien trop de crédit devant mon assemblée. Je me concentre donc sur Cliodhna qui conserve son attitude détachée.

La Princesse n'en a certainement pas conscience, mais en s'asseyant à la place d'honneur, elle vient de faire un pied de nez à la stratégie des Olaxidor. Mon amante n'a jamais occupé la place d'honneur à mes côtés. Elle demeurait de son côté de la salle avec sa cour d'admirateurs. J'ignore d'ailleurs comment la Princesse a obtenu cette place. Je n'ai cependant pas le temps de m'interroger à ce sujet pour le moment. La tension qui règne autour de moi devient suffocante. La contrariété de ma voisine demeure illisible sur son visage, pourtant je perçois les ondes brulantes qui l'animent. Arlayna, de son côté, masque difficilement l'irritation qu'elle ressent à la proximité de la nouvelle venue. Mais très vite, sa bonne éducation se rappelle à elle et elle hoche une dernière fois la tête en signe de salutations. J'observe la mine renfrognée de son père Naefir, qui ne cache pas sa déception face à l'échec de son stratagème.

– Arlayna, fille du Seigneur de Boneport. Enchantée, Princesse. se force-t-elle à articuler avant de nous fausser compagnie.

Je peux comprendre que j'ai mis le père et la fille dans une position intenable, en les faisant espérer la couronne. Mais je ne peux pas prendre le risque d'un conflit diplomatique à cause d'un égo blessé. Je suis le Grand Seigneur, ce vieux Fae ne me dictera pas ma conduite ! J'ignore si c'est la dispute avec Dilya qui me remonte à ce point, mais j'ai du mal à tolérer ce genre de comportement.

Si je me montre intransigeant avec ma petite sœur, il en sera de même avec le membre du Conseil et sa fille. Suite à l'affront qu'ils viennent de me faire ouvertement, l'avantage de la lignée des Olaxidor s'amenuise. Même si je ne partage rien avec la Princesse Cliodhna, au moins elle sait se tenir en public !

– Comptiez-vous me parler de votre fiancée ? me susurre la voix froide de la Princesse, au creux de l'oreille. Ce genre d'esclandre ne peut se reproduire.
– Pour une fois, nous sommes d'accord.

Comment est-elle au courant ? Je me rends compte qu'il était stupide de croire qu'elle n'apprendrait pas mon alliance passée avec les Olaxidor. Les murs ont des oreilles, et cela peut apparemment se retourner contre moi. Il serait injuste de lui cacher ce genre d'informations. Elle est un pion dans le jeu de nos ainés, tout comme moi. Finalement, je me sens libéré d'un poids. Plus de cachotterie. Tout le monde est au courant de la situation. C'est mieux ainsi.

Les yeux rivés sur nos spécialités culinaires, nous échangeons quelques mots de manière indéchiffrable à ceux qui nous entourent.

– Que les choses soient bien claires, en aucun cas je ne partage. clarifie-t-elle. Une des deux alliances va devoir être brisée. Vous allez devoir assumer les conséquences de vos actes. siffle-t-elle, tout en gardant un visage serein, tourné vers l'assemblée qui nous observe scrupuleusement.

Personne ne pourrait se douter de la conversation animée que nous entretenons. Cette capacité qu'elle a de conserver un masque inexpressif me trouble énormément. J'ai l'habitude de paraitre impénétrable. Mais constater que nous possédons la même aptitude à masquer nos émotions, me prouve que cette femelle pourrait être une partenaire digne de ce nom. Elle est aussi douée que moi à ce jeu.

– Je contrôle parfaitement la situation, Princesse. N'ayez crainte !
– Permettez-moi d'en douter. grince-t-elle, la mâchoire serrée.

CHAPITRE 12 - CLIODHNA

Lorsque je passe les portes de mes quartiers, je suis éreintée. Toute la soirée, j'ai dû sourire et me montrer aimable envers tous. J'ai dû aussi faire mon possible pour ignorer les provocations de ma rivale. Les faux-semblants et le faste des bals ne me manquaient pas. Je déteste devoir me montrer souriante, cordiale et polie envers des individus qui je le sais me renieront une fois le dos tourné. Ce ne sont que des règles coutumières qui à la longue m'exaspèrent… Ça me demande beaucoup de l'admettre, mais si je suis tout à fait honnête avec moi-même, le sang-froid du Grand Seigneur face à toute cette mascarade m'a bien aidée à tenir le coup. Nous avons peut-être plus en commun que je ne le pensais...

– Alors ? Comment ça s'est passé ? m'interroge Ava, en venant me débarrasser de mon châle.
– Parfaitement bien ! Un bal ordinaire ! lâché-je ironique.

J'ai encore du mal à accepter la présence de cette Arlayna. Pour qui se prend-elle exactement ? Toute la soirée, elle l'a passée à se pavaner avec son troupeau de suivantes. Elle s'imagine déjà gagnante dans la course à la couronne. Car il s'agit bien de cela, j'en ai conscience. Je sais reconnaitre une femelle cupide quand j'en vois une ! Tout au long de la réception, elle n'a prêté attention qu'au Grand Seigneur acquiesçant à toutes ses observations et lui souriant constamment. Elle agissait comme si elle ne lui avait pas fait d'affront en attirant éhontément l'attention sur elle. Je déteste ce genre de personnage. Si je suis prête à beaucoup de choses pour assurer mon avenir, j'espère me montrer plus subtile que cette femelle.

Grâce à la proposition du Grand Seigneur, dès demain, je vais commencer à apprendre à maitriser le feu qui brule en moi. Depuis que je suis ici, c'est comme si une partie de moi s'éveillait. Et je compte bien la laisser s'exprimer. Il n'est plus question de me cacher. Je reste tout de même un peu dubitative sur les motivations du dirigeant à m'enseigner comment canaliser mon pouvoir. Je ne peux m'empêcher de me méfier de lui, bien qu'il se soit plutôt comporté comme un allié ce soir. Son attitude d'évitement vis-à-vis de ma rivale a été une heureuse surprise qui me conforte dans le fait que je pourrais accéder au trône. J'ai pris l'avantage sans avoir à lever le petit doigt grâce à ses manigances peu discrètes. Comme quoi agir comme une Grande Dame n'est pas inné ! Je suis une Princesse. J'ai été élevée et entourée par des Faes de cran qui ont sans cesse soif de pouvoir. Il est certain qu'ils m'ont transmis cette fièvre de gouverner.

Ma plus grande ambition est d'obtenir une place suffisamment importante pour agir pour le bien de mon peuple. Mon frère Ran m'a donné un aperçu de ce rôle en me nommant Conseillère du Gouverneur du Nord. Mais cela ne me suffisait pas. Je veux plus ! Je souhaiterais changer les choses et notamment pouvoir intervenir en faveur de la place des femmes sur Mag Mor. Et je sais que si Arlayna monte sur le trône de Yeozerin, la cause des femmes n'avancera pas. Bien au contraire.

J'ai remarqué les suivantes qu'elle envoyait dans ma direction pour me garder à l'œil. Cette Fae est mesquine, j'en mettrai ma main à couper. Elle mandate les autres pour faire son sale travail tout en s'assurant de garder les mains propres en concentrant son énergie sur celui qui détient le pouvoir. J'en ai vu des femelles de son genre tourner autour de mon frère. Je n'ai pas besoin qu'une vipère supplémentaire gravite autour de moi.

Lors de son enquête, Ava a appris qu'Arlayna est la plus jeune fille du Seigneur Naefir. Boneport, sa ville d'origine, est une cité prospère et les membres de sa communauté sont réputés pour être des guerriers puissants. Je ne peux que comprendre son désir de grimper les échelons. Son statut de fille d'un simple gouverneur ne lui offrirait pas de perspectives de cette ampleur. Je saisis donc que la place de Grande Dame lui tienne à cœur. Mais je ne compte pas m'effacer pour autant.

Cependant, l'élément clé de cette soirée n'a aucun lien avec tout cela. Un membre du Conseil s'est approché discrètement de moi pour me glisser un petit parchemin que je n'ai toujours pas pu consulter.

– Que sais-tu sur Yaozui, le Premier Conseiller ? interrogé-je mon amie, en déroulant le papier que j'ai dissimulé dans mon corsage.
– Pas grand-chose ! Pourquoi ? s'étonne-t-elle.
– Lis ça ! lui demandé-je en lui tendant le morceau de papier après l'avoir lu.
– Que… Qu'est-ce que ça signifie ? éructe-t-elle en levant les yeux dans ma direction.
– Je n'en sais rien. lâché-je, en relisant le message écrit dans un dialecte propre à ma famille.

« Clio, ma petite princesse, aie confiance en Yaozui. Si je t'ai laissé partir pour ces terres inconnues, c'est parce que je savais que tu y

trouverais des alliés. Laisse le feu te consumer, mon enfant !
Découvre ta voie !
Elincia, Grande Dame d'Ayenore »

Qu'est-ce que cela signifie ? Ma mère m'a envoyé sciemment ici ? Comment est-elle entrée en contact avec le Premier Conseiller d'un royaume que nous ne connaissions pas ? Pourquoi ne m'a-t-elle jamais dit qu'elle était au courant pour mon don venant de Dagda ? Mon paternel fait-il aussi partie de cette histoire ? Ma mère est-elle liée d'une façon ou d'une autre à cette alliance mise en place des Lunes plus tôt ?

Beaucoup de questions me traversent l'esprit à la découverte de ce message, mais aussi un certain soulagement que je tente de masquer du mieux que je peux. Cette lettre voudrait dire que mes parents ne se sont pas débarrassés de moi. Ils ne m'ont pas envoyée de l'autre côté du monde sans défense. Cela me donne un peu d'espoir pour la suite. Se pourrait-il que je ne sois pas qu'une simple marchandise pour mon paternel ?

Me rendre dans un royaume étranger pour m'unir avec un inconnu est une chose. Mais apprendre que ma mère a un rôle à jouer là-dedans est bien trop perturbant. La Grande Dame Elincia s'est toujours cachée derrière l'autorité de son mari. Pourtant, je ne peux m'empêcher de repenser à la jeune mère qu'elle était lorsque je n'étais encore qu'une enfant. Elle assistait le Grand Seigneur sans relâche dans ses entreprises. Elle le conseillait et lui faisait entendre raison quand il divaguait. Puis, peu avant que j'aie atteint l'âge de la maturité, les choses ont changé. J'ignore ce qu'il s'est passé. Ma mère s'est effacée de plus en plus, jusqu'à ne plus être que l'ombre de son mari. Maintenant, je me demande si elle n'agissait pas derrière son dos. Quand elle s'est effacée soudainement, j'ai cru que mon paternel l'avait privée de toute liberté. Et c'est certainement ce qu'il s'est passé… Mais si elle s'était montrée plus intelligente que lui ? Et si elle sauvait les apparences pour agir en toute discrétion ?

Ce soir, je ne peux rien faire de plus pour comprendre la situation dans laquelle je me trouve. Mais je gagne en estime pour ma mère. C'est peut-être d'elle que je tiens ma force et ma détermination à toute épreuve. Je saurai me montrer aussi subtile qu'elle l'a été. Toujours se méfier des apparences. Elle me l'a pourtant assez répété tout au long de ma vie.

Demain, je compte bien m'approcher de Yaozui pour comprendre les tenants et les aboutissants de ma venue à Beardale. Avec sa taille fine et ses longues mèches blanches, le Fae ne parait pas présenter la moindre menace. J'ai d'ailleurs remarqué que les veines qui parcourent son corps étaient plus ternes que celles des autres Faes. J'ai encore du mal à saisir comment fonctionne cette histoire de veines. Il me semble avoir compris que plus le Fae est jeune plus ses veines peuvent varier d'intensité. Quand son âge avance, celles-ci deviennent plus ternes jusqu'à se parcheminer. Pour l'heure, je dois me reposer, car Aneirin doit se présenter aux premières lueurs de lumière pour ma leçon enflammée.

***

Lorsque le garde frappe à ma porte, je suis déjà prête depuis de longues heures. En vérité, je n'ai pratiquement pas dormi de la nuit. Mon esprit était bien trop perturbé par la lecture du message de ma mère et l'appréhension à découvrir ce dont je suis capable avec mes dons.

– Votre Altesse ! me salue-t-il, quand je le rejoins, suivi de près par Rennyn et Iantel.

Les hommes de mon frère ignorent, comme tous,

mes facultés divines liées à Dagda. Je m'interroge ainsi sur la réaction que cette révélation va susciter chez eux. Iantel éprouve déjà suffisamment de méfiance à mon égard. D'autre part, je n'ai aucune envie de me ridiculiser devant eux. Je suis donc le garde, vêtu entièrement de blanc avec tout de même une pointe d'appréhension.

– Veuillez attendre ici ! signale-t-il à mes hommes lorsque nous arrivons devant un pavillon à l'écart du reste du château.
– Je ne pense pas que cela soit judicieux, Princesse ! m'interpelle Iantel.
– Restez ici ! je leur ordonne, avant de suivre mon professeur à l'intérieur du bâtiment.

Il me faut plus qu'un simple garde sous les ordres du Grand Seigneur pour m'effrayer. Dois-je lui rappeler que j'ai déjà combattu à ses côtés des créatures de la Forêt Noire ? Je ne suis pas une jeune Fae sans défense !

L'intérieur du pavillon ressemble à une sorte de manège à chevaux. Le sol est constitué d'un mélange de sable et de terre et la hauteur sous plafond est impressionnante. Les fenêtres sont masquées par des voilages clairs qui ne laissent filtrer que la lumière extérieure. Nous ne pouvons rien distinguer du dehors. Seule la brise qui souffle m'assure que nous ne nous trouvons pas en sous-sol.

– C'est l'endroit idéal pour développer vos capacités. m'assure le soldat, en enlevant la lourde cape qu'il porte sur les épaules.

Je l'observe ensuite relever ses mèches brunes en une sorte de demi-chignon sur le sommet de son crâne. Le regard scrutateur qu'il laisse courir sur moi me donne la chair de poule, mais je n'en montre rien et lui lance une œillade intrigante. Un sourire amusé se plaque alors sur ses lèvres. J'ai du mal à cerner ce Fae combatif. Il n'a rien de comparable avec les soldats que j'ai l'habitude de côtoyer. D'ordinaire, les guerriers de mon frère se montrent soit condescendants avec moi, soit ils m'ignorent. Je ne me trouve pratiquement jamais seule en présence d'un mâle, hormis avec Ran, Drach ou Alen. Je ne me sens donc pas vraiment à l'aise face à cette situation.

– Le Grand Seigneur a pensé que vous préféreriez ne pas avoir de témoins à votre entrainement. m'apprend-il.

Je suis surprise de constater que le Grand Seigneur se soit autant intéressé à mes conditions d'apprentissage. Quand il a évoqué le feu qui coule dans mes veines la dernière fois, j'ai d'abord cru qu'il se moquait de moi. Mais j'ai bien vu qu'il était lui-même insensible à l'embrasement de ma peau. Évidemment, je savais ne pas être la seule Fae bénie par le Feu Sacré. Seulement, c'est la première fois que je rencontre quelqu'un qui possède cette capacité et sait s'en servir.

– Bien. Commençons, si vous le voulez bien.
– Êtes… Avez-vous aussi été béni par le feu de Dagda ? l'interrogé-je, dans le but de savoir s'il est vraiment légitime en tant que professeur.

En guise de réponse, le Fae claque des doigts, faisant s'enflammer chaque bougie de la pièce. Bouche bée, je l'observe ensuite jouer avec une sorte de boule de feu entre ses doigts. Comme hypnotisée, j'étudie les différentes nuances du feu danser devant mes yeux. Le rouge se mélange à l'orange, au jaune et au bleu du feu incandescent. Le ballet des flammes m'envoute complètement. Savoir que c'est ce guerrier qui a créé cet élément par sa simple volonté est tout bonnement hallucinant. Sans même m'en apercevoir, je tends la main vers la boule ardente. Je perçois la chaleur qui en émane, pour autant je ne ressens aucune brulure. C'est plus la sensation d'une caresse chaude sur ma paume.

L'émotion qui gonfle ma poitrine est puissante. Je suis persuadée que mon masque inexpressif est tombé. Mais pour le moment, je ne m'en soucie pas. Entre ces quatre murs, face à un frère de feu, je peux laisser tomber mon masque. Il a de toute façon ordre de respecter mon intimité. Je suis tout bonnement bien trop émue de découvrir que j'ai vraiment cette capacité de contrôler le feu, ou tout du moins pour l'instant de pouvoir le toucher sans en subir les conséquences. Depuis le temps que je refoule cette part de moi, je craignais qu'elle m'ait abandonnée. Mais elle est toujours bel et bien là.

– Puis-je ? interrogé-je du regard mon instructeur.

Quand il acquiesce silencieusement, je me concentre sur mes mains qui englobent totalement le cercle enflammé. L'émotion me prend à la gorge et je demeure incapable de prononcer la moindre parole. Je tiens du feu entre mes mains ! C'est complètement délirant ! Mais peu à peu, l'intensité des flammes faiblit jusqu'à disparaitre. Déçue, je mets quelques secondes à reprendre mes esprits pour affronter le regard du soldat.

Pendant le reste de la séance, mon professeur s'évertue à m'expliquer que pour contrôler mon élément, je dois être en paix avec ce qui m'entoure, mais aussi avec moi-même. Autant dire que nous n'avons pas beaucoup avancé. C'est à peine si je suis parvenue à faire apparaitre une flammèche. Mais il me rassure tout de même en me disant qu'il n'y a pas de raison que je n'évolue pas, car j'ai déjà une immense capacité à canaliser mes émotions. Il ne me reste plus qu'à me connecter avec ce qui m'entoure et faire la paix avec mon passé...

CHAPITRE 13 - ALTHIDÉON

Cela fait plusieurs rondes que j'observe les entrainements de la Princesse avec mon garde personnel. Si au départ leurs leçons s'effectuaient à l'abri des regards, ce n'est plus le cas maintenant. C'est devenu un peu l'évènement attendu de la matinée par les membres de la Cour. La jeune Fae progresse rapidement. Elle est désormais capable de créer plusieurs globes de feu à la suite et de les maintenir dans les airs en parfait état, chose qui est loin d'être aisée. À la fin de chaque séance, mon ami me fait un compte rendu détaillé.

Mon espionnage ne se limite pas seulement à ces moments. Je me surprends à trainer aux abords de la Grande Bibliothèque quand on m'informe qu'elle s'y trouve. Je l'observe aussi lorsqu'elle passe de longs moments avec mon Premier Conseiller. Au cours d'une journée, nous nous croisons un nombre conséquent de fois et je m'étonne à tolérer davantage sa présence dans mon palais. De son côté, je constate également qu'elle se montre moins sur la défensive depuis que son entrainement a commencé. J'imagine qu'elle nous est reconnaissante de lui apporter un savoir qu'elle ignorait. Je la surprends même à échanger amicalement avec des membres du Conseil, chose qu'elle ne faisait jamais auparavant. J'ai l'impression qu'elle se fait peu à peu à la vie à Beardale.

– Althidéon ? ! Vous m'écoutez ? ! se renfrogne Arlayna qui est venue me rejoindre à mon bureau.

Elle souhaite savoir pourquoi nous ne partageons plus de moments d'intimité. En vérité, j'ai de plus en plus de mal à la supporter. Depuis l'affront qu'elle m'a fait au bal, j'ai l'impression de découvrir une nouvelle facette de sa personnalité. Et cela ne me convainc pas de passer plus de temps en sa compagnie. De plus, Naefir insiste lourdement pour que je rende officiel le titre de future Grande Dame de sa fille. Il agit comme s'il exerçait la moindre influence sur moi. C'est de mon avenir et de celui de mon peuple qu'on parle. Il ferait mieux de s'en souvenir. Je suis le Grand Seigneur. Personne ne me dicte ma conduite !

De plus, la nouvelle Lune et la libération des Sarlen approchent à grands pas. J'ai donc des préoccupations plus importantes à gérer qu'un égo blessé. Sans compter que je dois également traiter les problèmes quotidiens de mon peuple : maintien de l'ordre social, règlement des conflits, réponses aux demandes particulières. Je n'ai pas un moment à moi. Ce qui explique que je n'ai pas dormi dans un lit depuis de nombreuses rondes.

Je comprends que cet éloignement puisse la froisser. Mais il faut se rendre à l'évidence, j'ai besoin de prendre mes distances pour décider de la meilleure alternative. Qu'est-ce qui serait le plus profitable au peuple de Yeozerin ? La réponse est de plus en plus claire dans mon esprit. D'un point de vue diplomatique, la Princesse Cliodhna a un comportement exemplaire. De plus, elle respecte les traditions en gardant ses distances avec moi pour l'instant. Elle ne veut pas s'offrir à un mâle volage, elle a été claire sur ce point et j'apprécie ça chez elle. Contrairement à Arlayna qui donnerait corps et âme pour accéder au trône. Depuis le bal, je ne peux m'empêcher d'analyser l'attitude de la jeune Fae. J'ignore pourquoi je ne me suis pas rendu compte de ses manigances plus tôt. Il aura fallu la venue d'une princesse étrangère pour que j'ouvre les yeux sur la vraie nature d'Arlayna et de son père. Les complots font partie de la vie à la Cour et je l'accepte. Mais je refuse que quiconque se joue de moi de la sorte.

– Votre Seigneurie ! s'invite Sharandi dans mon bureau, complètement essoufflé.
– Oui ! ? Que se passe-t-il ?

Pour que ce soldat se permette de pénétrer dans mon bureau sans prendre la peine de frapper, c'est que quelque chose de terrible est arrivé. Immédiatement, mon imagination s'emballe en pensant à ce qui a pu arriver à Dilya. Malgré mon inquiétude grandissante, le guerrier demeure muet en fixant intensément Arlayna.

Si la jeune Fae s'est rapidement fait accepter par les membres de ma Cour, il n'en est pas de même concernant mes soldats. Je me rends compte qu'ils ont un bien meilleur instinct que moi la concernant. Je comprends donc que l'information n'a rien à voir avec ma sœur et plutôt avoir avec notre royaume.

– Veuillez nous laisser, ma chère. j'invite la jeune femme à se retirer.
– Mais Althi ! grince-t-elle, de mauvaise humeur.
– Arlayna ! N'oubliez pas à qui vous vous adressez ! Sortez, c'est un ordre ! je l'invective, avec un regard sombre.

Qu'elle se montre si familière avec moi en présence d'un de mes hommes me met hors de moi. Qu'elle se permette certaines familiarités quand nous sommes seuls passe encore. Mais là, elle n'a aucune excuse. L'alliance que j'ai entreprise avec son père, peu après mon couronnement, est un secret bien gardé. Seuls les membres du Conseil,

Arlayna et Aneirin étaient au courant il y a encore peu de temps. Lorsque j'ai conclu cette alliance, j'ignorais tout du pacte passé par mon père avec les Ayenore. Si j'ai éprouvé une certaine forme de culpabilité en l'apprenant, ce sentiment a maintenant disparu. Je dois me concentrer sur l'avenir. Désormais, je me dois d'agir en toute connaissance des choses.

– Il s'agit des Sarlen, Votre Altesse ! m'informe le soldat quand la porte claque derrière la jeune Fae. Ils se sont attaqués aux terres natales de la Princesse Cliodhna.

Je me saisis alors des parchemins que me tend le soldat. À mesure que je découvre le contenu du message, je sens le feu bouillir dans mes veines. Comment est-ce possible ? !

– Faites quérir la Princesse Cliodhna sur le champ ! j'ordonne sans perdre un instant.

De nombreuses questions tournent dans ma tête, tandis que je fais les cent pas dans mon bureau. Comment les Sarlen sont-ils parvenus à rompre le sort avant son échéance ? Pourquoi s'en prendre aux Ayenore en particulier ? C'est le conseil des Sages qui a pris la décision d'exiler cette lignée. Tous les clans sont responsables de leur bannissement. Alors, pourquoi s'attaquer spécifiquement à eux ? Et qu'est-ce que cela signifie pour notre alliance ? Qui seront les prochains sur la liste de ces monstres ?

Au commencement de notre ère, il y a plus de quatre mille Lunes, tous les Faes vivaient en harmonie. Tous les clans étaient liés les uns aux autres. Mais quand le nombre de naissances a commencé à diminuer radicalement, les conflits se sont multipliés. Au lieu de chercher ensemble une solution, les différentes familles se sont liguées les unes contre les autres. Nos guerriers se sont affrontés et beaucoup ont péri par les lames de Nuada.

Cependant, lorsque les Sarlen ont commencé à s'en prendre aux peuples désœuvrés, nos ancêtres ont compris que les choses allaient trop loin. Tous les clans se sont alors rassemblés dans un Conseil des Sages pour enrayer cette guerre qui ne faisait que détruire notre peuple plus rapidement. Les Sarlen ont été exilés pour avoir valorisé le pouvoir au détriment de la justice en s'attaquant à des êtres qui ne savaient pas se défendre. Et chaque guerrier Nuada a été privé de sa lame, l'épée de lumière étant la seule arme capable de tuer un Fae. Elles ont donc été détruites. Et le culte du Dieu Nuada a été proscrit.

Désormais, les Faes glorifient chaque naissance et chaque être existant. Il en va de la survie de notre espèce. C'est d'ailleurs pour cela que les Sarlen ont été bannis plutôt qu'exécutés pour leur folie pour une durée de cent quarante Lunes. Et cet exil devait s'achever à la fin de cette Lune. Nous ignorons donc comment les Sarlen ont vécu cette exclusion. Dans cette lettre, Orivalur m'assure qu'ils sont déjà de retour et qu'ils éprouvent une certaine rancune envers les autres clans. C'est exactement ce que je redoutais, tout comme mon père avant moi. Même si les commanditaires du massacre d'innocents ont sans doute quitté ce monde pour l'autre, leur descendance compte bien se venger de cette mise à l'écart. Il faut simplement espérer que nous saurons, comme nos ancêtres, arrêter la folie de cette famille à l'étendard noir.

– Que se passe-t-il ? s'enquiert la Princesse en pénétrant dans mon bureau comme une furie.
– Nous avons reçu des nouvelles d'Oymalon. lui confié-je, en lui tendant le parchemin.

Tandis qu'elle découvre le contenu de la lettre, je ne peux m'empêcher de la détailler. Ces dernières semaines, j'ai remarqué qu'elle ne s'embarrassait plus de ses tenues extravagantes en journée. Elle porte en ce moment même un ensemble typique de ma région : un pantalon ample de couleur bordeaux ainsi qu'une tunique assortie. J'ai d'ailleurs du mal à comprendre pourquoi la voir dans cette tenue quotidienne me touche davantage que ses vêtements provocants qu'elle revêt pour le diner. J'imagine que cette parure est plus pratique pour son entrainement. Ses cheveux roses sont regroupés en deux longues nattes serrées de chaque côté de son visage. De plus, elle ne porte aucune trace de maquillage sur sa peau de porcelaine. Elle me parait bien plus jeune et vulnérable ainsi. Constatant qu'elle demeure silencieuse, je ne peux m'empêcher de me rapprocher d'elle. Ses yeux pourtant si inexpressifs d'ordinaire se parent d'un voile d'inquiétude qui me serre la poitrine.

– Je… Je dois partir. souffle-t-elle en plongeant ses billes vertes dans mes yeux, avant de se tourner précipitamment vers la porte.
– Attendez ! la retiens-je par le bras. Une lettre vous est adressée personnellement.

Je tente d'ignorer le picotement dans mes doigts au contact de sa peau contre la mienne. Son parfum fleuri me submerge alors qu'elle fixe ma main du regard, avant de détourner les yeux vers l'enveloppe que je lui tends. Son regard devient alors incisif quand elle se détache de moi.

– Pourrai-je savoir pourquoi l'enveloppe est décachetée ? m'incendie-t-elle du regard.
– Je devais m'assurer du contenu de cette lettre avant de vous la remettre. tenté-je de me justifier.
– En quel honneur, je vous prie ? insiste-t-elle, tandis que je sens la température de la pièce augmenter sensiblement.

Cliodhna n'est pas ravie, c'est un fait. Mais je ne pouvais pas me permettre d'ignorer le contenu de cette lettre entre Orivalur et sa fille. J'ai besoin de toutes les informations pour prendre la bonne décision pour mon peuple. Je devais m'assurer qu'ils ne comptent pas me la jouer à l'envers. Si cela lui déplait, tant pis !

– En tant que future Grande Dame potentielle, je dois m'assurer du soutien inébranlable de votre famille.
– Le droit à la vie privée, vous connaissez ? enrage-t-elle.
– Entre partenaires, il n'y a droit à aucun secret.
– Que vous dites ! Je suppose que cela ne va que dans votre sens.
– Je vous assure que non. Je n'aurai aucun secret pour Ma Dame. lui certifié-je.

Le regard qu'elle me lance m'assure qu'elle n'en croit pas un mot. Pourtant, je n'ai jamais été aussi sincère. Je ne souhaite pas d'une union basée sur les non-dits. Pour moi, l'honnêteté et la loyauté vont de pair. Je ne désire pas d'une alliance où chacun tirera parti de l'autre en cachette. J'aspire à ce que tout soit clair entre ma compagne et moi. Sans cela, une union est vouée à l'échec.

– Bien ! Puis-je me retirer puisque vous connaissez déjà le contenu de MA lettre ? tente-t-elle de cacher son amertume.
– Je vous en prie. Nous discuterons de la suite des évènements plus tard. Je dois m'entretenir avec mon Conseil.
– Très bien, Seigneur. me salue-t-elle en grinçant des dents. Faites donc cela ! Tenez-moi à l'écart et dictez ma conduite, c'est un tellement bel exemple de partenariat ! siffle-t-elle, mécontente.

Lorsqu'elle se retourne, la tête haute, je crois apercevoir des étincelles enflammer le bas de sa tunique. Visiblement, je l'ai froissée. Mais elle ne doit pas oublier que nous ne sommes pas des partenaires. Pas encore, tout du moins…

CHAPITRE 14 - CLIODHNA

N'ayant pas la patience d'attendre de me trouver dans ma suite pour découvrir le contenu de la lettre, je sors du palais et me dirige vers un endroit que je sais à l'abri des regards. Quand j'arrive sous l'arbre à pluie, je m'empresse de sortir le parchemin de l'enveloppe. Les mots de mon père sont comme toujours incisifs. À aucun moment, il ne me demande comment les choses se passent pour moi dans ces terres inconnues. Il se contente de me donner des ordres comme si je n'étais qu'une marionnette dont les fils dansent sous ses doigts. Ce manque de reconnaissance est un parfait exemple de ma relation avec mon paternel. Je ne suis rien de plus qu'un pion dans son jeu. J'aimerais pouvoir dire qu'il n'en a pas été ainsi tout au long de ma vie, mais ce serait mentir. À vrai dire, j'estime que cette indifférence est un mieux dans un sens. Au moins, je ne subis plus ses reproches interminables. Cette distance entre nous aura eu cela de bénéfique. Pourtant, je me sens presque honteuse en songeant qu'Althidéon a lu cette lettre. Je n'ose imaginer ce qu'il pense de ma relation avec ma figure paternelle. Pense-t-il comme mon père que je ne suis pas digne d'intérêt ?

Ses dernières paroles ne cessent de résonner dans ma tête : « Je n'aurai aucun secret pour Ma Dame. ». Au vu de sa façon d'agir concernant la lettre, j'en doute. Pour autant, je peux m'empêcher de sentir une graine d'espoir germer dans mon cœur parce que, dorénavant, c'est tout ce qu'il me reste... J'ai eu à un moment l'optimisme de croire que mon père me reconnaisse pour ce que je suis. Mais maintenant que j'ai sa lettre entre les mains, mes espérances se sont volatilisées pour de bon. Je suis prête à laisser derrière moi ma vie à Oymalon, et à m'engager pleinement pour ce nouveau peuple. J'ai la sensation de me sentir enfin à ma place, ici. Mais le pense-t-il sincèrement ? Si nous nous unissions, aurai-je un véritable rôle dans cette communauté ? Je suis née pour régner. Je le souhaite tellement ! Si seulement j'étais certaine qu'il est digne de ma confiance…

Cette attente me rend dingue. Je déteste demeurer dans l'expectative. Chaque soir, je dois assister aux festivités de la Cour alors que mon esprit ne cesse de ressasser en boucle les différentes options qui s'offrent à moi. Je ne peux occulter l'éventualité que le Grand Seigneur ne me choisisse pas. Que ferai-je dans ce cas ? Rentrerai-je sur mes terres natales ? Tenterai-je ma chance ailleurs ? Le retour des Sarlen est maintenant à prendre en considération. Heureusement, mes séances d'entrainement avec Aneirin me permettent d'évacuer la pression qui devient de plus en plus intense sur mes épaules. Car je dois aussi conjuguer avec les mesquineries de ma concurrente.

Si elle ne m'attaque pas ouvertement, il n'en demeure pas moins que je sais que c'est à elle que je dois les divers désagréments que je subis ces dernières semaines. Il y a deux lunes, je me suis réveillée en pleine nuit en sentant d'horribles douleurs au niveau de mes jambes. Quand j'ai soulevé le drap, j'ai découvert des centaines de minuscules petites fourmis qui me recouvraient les jambes. À chaque morsure, j'éprouvais la sensation d'une lame qui traversait mon corps. J'ai réussi à me débarrasser des insectes assez facilement. Non sans mettre le feu à ma literie, mais passons. Mais la douleur a duré pendant de longues heures. Le lendemain matin, Avaline s'est chargée de trouver de quelle sorte d'insecte il s'agissait. Nous avons ainsi appris que ces fourmis sont courantes en pleine végétation. Mais qu'elles s'aventurent rarement à l'intérieur des villes. C'est donc bien que quelqu'un les a déposés sciemment dans mon lit. Évidemment, je n'ai aucune preuve contre Arlayna, si ce n'est son sourire suffisant lorsqu'elle m'a demandé si j'avais passé une bonne nuit.

Mais ce n'est pas le pire traitement qu'elle m'ait réservé. Il y a une dizaine de lunes, j'ai découvert une minuscule pieuvre à anneaux bleus alors que je prenais mon bain. L'animal m'a mordu à deux reprises avant que je parvienne à sortir de la baignoire. Je crois n'avoir jamais été aussi malade de ma vie. Je suffoquais et suais comme jamais cela ne m'était arrivé. J'ai véritablement craint mourir d'asphyxie. Heureusement, mon sang fae a permis d'éliminer le venin assez rapidement. J'ai dû tout de même rester alitée pendant plusieurs lunes. Encore une fois, la pieuvre n'a pas pu se retrouver dans l'eau de mon bain toute seule. Je sais donc que ma rivale est prête à tout pour parvenir à ses fins. Avaline m'a conseillé plus d'une fois d'en informer le Grand Seigneur, mais je m'y refuse. J'ai ma fierté. Je compte bien faire payer cette intrigante d'une manière ou d'une autre. La vengeance est un plat qui se mange froid et moi, je le préfère glacé.

– Votre Altesse. me surprend Aneirin.
– Aneirin. salué-je mon professeur. J'imagine que nos entrainements sont reportés au vu de la situation actuelle.
– Au contraire. Le Grand Seigneur propose de doubler vos entrainements si cela vous convient…

Dire que je suis surprise serait un euphémisme. Si j'ai bien compris, mon formateur est l'un des meilleurs soldats du Seigneur. Il est même son garde particulier. Pourtant, il propose que celui-ci m'entraine davantage. J'avoue ne pas bien saisir ses motivations. En tant que garde important, Aneirin devrait plus encore passer de temps à s'entrainer en prévision d'une attaque des Sarlen ou bien même de rester auprès d'Althidéon pour le protéger, non ?

– Évidemment, nous pouvons reprendre demain, si vous le préférez. poursuit-il imperturbable aux émotions qui m'assaillent.
– Non, non. Allons-y ! lancé-je en dissimulant mon courrier dans une de mes poches.

Je suis mon professeur jusqu'à une sorte de petite cour, en bordure de la cité. Mes pensées partent dans tous les sens. Je ne cesse de m'inquiéter pour ma famille. Le Grand Seigneur Orivalur assure qu'il n'y a pas eu beaucoup de pertes. Ran et Drach n'ont été que légèrement blessés et les enfants avaient été mis en sécurité dans le palais, juste avant l'attaque. Il y a surtout eu des dégâts matériels au niveau de la Porte d'Argent à Oymalon. Dans la lettre adressée à Althidéon, il a fait mention de l'héritier Sarlen qui aurait pris l'apparence de mon cousin Alen. Savoir que cet énergumène m'a sans doute côtoyée pendant plusieurs mois me donne la nausée. Nous devons nous montrer prudents. Nos ennemis ne respectent pas les règles faes. Nous ignorons donc jusqu'où ils sont prêts à aller pour nous nuire.

– Vous êtes prête ? me sort de mes pensées mon formateur, en se plaçant face à moi. Concentrez-vous sur la magie qui vous entoure. Fermez les yeux et oubliez tout ce qui n'est pas l'essence de votre pouvoir. m'encourage-t-il.

Pendant une bonne partie de la matinée, je m'entraine à faire jaillir des boules incandescentes. Le soldat dispose des cibles de plus en plus éloignées pour que je m'exerce au tir. Les premiers objectifs sont faciles à atteindre, mais plus le temps passe, plus mon corps se fatigue.

– Votre Altesse, vous devriez arrêter pour aujourd'hui. m'informe mon instructeur.
– Non ! Je peux encore faire une série de cibles. affirmé-je.

Au regard qu'il me lance, je sais qu'il n'est pas d'accord avec moi. Mais il n'en dit rien et s'éloigne pour me laisser l'espace nécessaire à l'exécution de la performance. Je me focalise alors sur les différents objectifs en imaginant ce Sarlen qui a pris la place de mon cousin. Je ne peux m'empêcher de visualiser le traitement qu'il a pu lui faire subir. Alen est-il seulement encore vivant ? Ma vision se trouble alors que je vise la cible la plus éloignée. Mes mains tremblent de fatigue et de la sueur perle sur mon front. Pourtant, je veux me prouver que j'en suis capable. Je prends donc une profonde inspiration et propulse ma boule de feu en direction de ma dernière cible. Tandis que je ferme les yeux de soulagement d'être allée au bout de l'exercice, un cri retentit à l'autre bout de la cour. Immédiatement, mon cœur s'emballe alors que j'inspecte les alentours. Les Sarlen, nous attaquent-ils ? Des flammes jaillissent de mes mains sans que je parvienne à les contrôler. Des lignes de feu s'envolent dans tous les sens et la panique menace de me faire perdre la tête.

– Princesse ! Calmez-vous ! tonne la voix d'Aneirin, avant qu'il ne me percute violemment pour enfouir mes mains du sable recouvrant le sol. Respirez profondément ! m'ordonne-t-il en plongeant ses yeux dans les miens. Voilà, comme ça. C'est bien. Inspirez. Expirez. continue-t-il à m'encourager.

Lorsque la panique reflue, la température de mon corps s'abaisse enfin. Le soldat me relâche doucement en me faisant m'asseoir. C'est alors que je remarque l'agitation qui règne autour de nous. Toutes les plantes de la cour sont calcinées et j'entends au loin, les gémissements plaintifs d'une femme.

– Que… C'est moi qui ai fait ça ? lui demandé-je horrifiée.
– Vous avez perdu le contrôle, cela peut arriver à n'importe qui vu les circonstances. J'aurais dû vous arrêter plus tôt ! s'accuse-t-il, en se positionnant face à moi. Venez ! m'invective-t-il en saisissant mon bras avec hâte pour sortir de la cour que j'ai détruite.

Les gémissements deviennent alors plus intenses. Aneirin demeure derrière moi pour faire barrage avec ce qui se déroule dans notre dos. La mine sombre qu'il arbore me dit tout ce que j'ai besoin de savoir. Je n'ai pas seulement brulé quelques arbustes. J'ai blessé quelqu'un.

– Laissez-moi passer ! lui ordonné-je d'une voix blanche.
– Ne vous inquiétez pas, nous nous occupons d'elles. me certifie-t-il.
– Poussez-vous ! tonné-je, plus autoritaire.

Je ne suis pas une enfant qu'il faut protéger à tout prix. Si j'ai porté préjudice à quelqu'un, je suis dans le droit de savoir de quoi il retourne et d'agir en conséquence. Je n'accepterai pas qu'on me laisse dans l'ignorance. J'observe le garde serrer les mâchoires avant de faire demi-tour pour m'escorter jusqu'à l'origine des plaintes.

Je découvre alors deux Faes en tenue jaune et rouge, signe qu'elles sont employées au palais. La première porte une brulure importante au niveau du bras droit. Mais c'est l'état de la seconde qui me préoccupe davantage. Une moitié de son visage et son cou sont marqués de vilaines brulures à vif et une partie de ses cheveux bruns a totalement disparu. Je suis horrifiée d'être responsable des plaies de ces domestiques. J'ignore ce qu'on peut lire sur mes traits en cet instant. Et à vrai dire, je m'en moque. Concentrée sur celles que j'ai blessées, je m'accroupis à leur hauteur. Je rassemble le peu de force qu'il me reste pour canaliser mes dons qui me viennent de Diancecht, le Dieu guérisseur. J'approche alors mes mains tremblantes en direction de celle qui souffre le plus.

– Votre Altesse ! semble m'avertir le garde personnel du Grand Seigneur.

N'écoutant que mon instinct, je passe outre le mouvement de recul des blessées et de l'avertissement d'Aneirin et applique ma magie guérisseuse sur mes victimes. L'apaisement qu'affichent leurs visages après quelques instants soulage un peu ma culpabilité. À cause de mon entêtement, deux innocentes ont été blessées. Je dois me concentrer à mon maximum pour que des souvenirs ne viennent pas troubler la paix que j'insuffle aux malades. Ce n'est pas le moment de m'apitoyer sur mon sort. Ce ne sont pas mes chairs qui brulent.

– Installez-les confortablement ! ordonné-je aux soldats qui se sont rassemblés autour de nous.

Après un signe d'assentiment de mon instructeur, les gardes s'exécutent. J'ai vite fait d'oublier qu'ici je ne suis personne.

CHAPITRE 15 - ALTHIDÉON

Ces dernières rondes, les conseils s'enchainent sans discontinuer. Gollian, le responsable de nos forces armées, ne cesse de nous proposer des plans variés en cas d'attaque des Sarlen. Géographiquement, nous sommes le royaume qui se situe le plus près de leur territoire. Je ne comprends donc pas pourquoi ils ne s'en sont pas pris à nous en premier. De plus, le fait qu'ils n'ont aucun problème à se transmuer en Faes existants me laisse perplexe. J'ai toute confiance en mes hommes. Mais je ne peux pas occulter que les membres de la souveraineté Oymalonnienne se sont fait berner de la sorte. Ils n'y ont vu que du feu. C'est pourquoi nous restons vigilants en toutes circonstances. J'organise régulièrement des interrogatoires au sein de mes soldats afin de m'assurer qu'aucun espion Sarlen ne s'est infiltré dans mes rangs. Cela demande beaucoup de gestion supplémentaire dont je me serais bien passé. La pression sur mes épaules devient de plus en plus intense à mesure que les rondes s'écoulent.

Entre le retour prématuré des Sarlen, Arlayna qui ne cesse de me harceler, le Conseil qui ne sait plus où donner de la tête et la Princesse qui semble avoir disparu depuis l'annonce de l'attaque de sa famille, j'ai du mal à garder pied. C'est dans ces moments que je regrette le plus l'absence de mes parents. Je ne peux m'empêcher d'imaginer la manière dont aurait réagi mon paternel. Il était un Grand Seigneur aimé et respecté par son peuple. Cependant, il n'a jamais eu à faire face à la guerre qui se prépare. J'ignore si mes décisions sont les bonnes. Je ne peux donc que m'appuyer sur mes hommes de confiance pour statuer.

Trop obnubilé par mes devoirs de Grand Seigneur, j'en ai mis de côté mes problèmes personnels, dont ma dernière altercation avec Dilya. Aux dernières nouvelles, elle était toujours enfermée dans ses quartiers; visiblement peu docile et encline à présenter ses excuses. Cependant, alors que je suis en pleine réflexion stratégique face à l'attaque imminente des Sarlen, un garde vient m'avertir que ma sœur s'est une nouvelle fois volatilisée. J'ai bien conscience que d'être cloîtrée à l'intérieur du palais doit lui peser. Mais avec la menace des Sarlen, cette précaution n'en est que plus nécessaire. Ma sœur est-elle donc si inconsciente pour s'aventurer je ne sais où ? Avant de céder à la panique, je m'interroge sur les éventuels endroits alentour et sûrs où elle aurait pu se rendre. Instinctivement, je pense au Jardin Secret dans lequel nous aimions nous réfugier lorsque nous étions enfants. Je me dirige ainsi vers le coin le plus reculé du Grand Jardin qui abrite notre cabane secrète en bambou. C'est peut-être stupide, mais je maintiens cette partie du jardin cachée, encore aujourd'hui. Même mes gardes n'y ont pas accès. Je ne souhaite pas que quiconque vienne troubler la quiétude de ce lieu à la symbolique si cher à mon cœur.

Lorsque j'aperçois les chaussons en soie mauves de Dilya dissimulés derrière l'une des branches de l'immense banian, c'est davantage le soulagement qui me saisit que la colère. Même si ma petite sœur m'exaspère par son comportement, il n'en demeure pas moins que je m'inquiète pour elle. Nous sommes les derniers membres de notre famille, je ne peux pas la perdre. Elle est tout ce qu'il me reste. Me trouver ici me ramène à mon enfance. Je ne peux compter le nombre de rondes que j'ai passées dissimulé dans cet arbre. Il m'intrigue depuis petit. J'ai toujours été fasciné par ses branches racines qui se développent comme de petits arbres indépendants. Notre cabane est nichée en plein cœur de cette multitude de troncs.

– Dilya ? ! Je sais que tu es là ! murmuré-je presque pour ne pas troubler l'atmosphère paisible du lieu.

Avec ma carrure d'adulte, je ne parviens plus à rejoindre la cabane de mon enfance. J'ai l'impression que les branches se sont encore multipliées depuis la dernière fois que je suis venu ici. Cela remonte à une dizaine de Lunes, lors de l'Ascension de mes parents. En fermant les yeux, je crois sentir le parfum de fleurs de frangipanier de ma mère et celui plus boisé de mon père. J'ai toujours du mal à comprendre leur décision. Pour moi, ils se sont montrés lâches. Ils ont préféré fuir l'affrontement. Je ne peux pas accepter qu'ils aient abandonné leur fille par peur de la confrontation. Dilya n'est encore qu'une enfant ! Et aujourd'hui, l'arrivée des Sarlen réveille davantage ma rancœur à leur égard. C'est surtout pour elle que je leur en veux.

– Dil ! Sors de là, s'il te plait. soufflé-je à bout de patience, en m'adossant à un gros tronc.

Être ici me rappelle bien trop distinctement les derniers moments que j'ai passés avec nos parents. Les au revoir avec ma sœur ont été déchirants. La petite ne cessait de hurler en les voyant se transformer en poussière pour s'envoler vers l'autre monde dans la lumière puissante de la Lune. J'ai dû la maintenir de force entre mes bras pour qu'elle ne les rejoigne pas. Elle était encore trop jeune pour comprendre ce qu'il se passait réellement. Pendant des rondes, elle a réclamé nos parents à cor et à cris. Puis, un jour, elle n'en a plus jamais reparlé. Ignorant tout de la psychologie infantile, je ne savais pas quoi faire. C'est le père d'Arlayna qui m'a soutenu durant cette période difficile. C'est pourquoi il m'est compliqué de prendre la décision d'écarter Arlayna du trône. Naefir a presque été comme un père pour moi à une époque. Je n'étais encore qu'un jeune Fae influençable, fragilisé par la perte de ses parents. J'étais tétanisé à l'idée de prendre la tête de tout un clan lorsque je me suis retrouvé dans l'obligation de régner. Je me suis beaucoup reposé sur lui et j'ai grandi à ses côtés. Je voulais m'unir à sa fille en reconnaissance du soutien qu'il m'a apporté. Mais en grandissant, j'ai gagné en assurance et en expérience. Et, j'ai ouvert les yeux sur certaines choses... Des paroles m'ont été rapportées par mes gardes. D'après les « on-dit », Naefir tentait de me prendre la place de Grand Seigneur. J'ai commencé à me méfier de lui. Ce que je prenais pour de la bienveillance et de la bonté d'âme n'était en fait que manipulation et manigances pour acquérir le trône des Virthana. Ceci n'était que des suspicions qui se sont avérées avec l'arrivée de la Princesse Cliodhna. Cette dernière actuellement aux abonnés absents ne sait pas que je suis au courant des farces que Naefir et Arlayna ont mis en place pour rendre son quotidien impossible. Ils ne perdent rien pour attendre. Ce genre de mesquineries a le don de m'agacer, mais je suis certain qu'il en faut plus pour déstabiliser une guerrière comme la Princesse. Ainsi, ils me facilitent grandement les choses dans ma prise de décision. Maintenant, il reste à agir avec diplomatie. Je ne peux pas me mettre à dos des alliés tels que les Olaxidor.

C'est le son de pas sur la terre meuble qui me tire de mes pensées. Dilya s'assied à mes côtés sans un bruit. Son regard se perd dans les hauteurs de l'arbre millénaire. Nous n'avons pas besoin de parler pour savoir à quoi nous songeons.

– Ils me manquent. souffle-t-elle d'une voix chargée

d'émotions.
– Je sais, princesse. lui assuré-je en la serrant dans mes bras pour lui apporter le réconfort que personne ne peut m'offrir.
– J'ai de plus en plus de mal à me souvenir du son de la voix de mama. me confie-t-elle, les larmes aux yeux.

Je n'ai jamais été à l'aise face à quelqu'un qui pleure. Et savoir que mes parents sont responsables de la détresse de ma petite sœur me détruit intérieurement. Je leur en veux tellement de s'être montrés si égoïstes ! Mais je dois passer au-dessus de cela pour être présent pour cette petite Fae si forte. J'inspire profondément avant d'entamer la chanson que notre mère nous chantait au moment du coucher.

Dilya se blottit plus encore au creux de mes bras en caressant mon bras qui l'entoure. Je profite de ce moment de tendresse qui est devenu rare ces derniers temps. J'inspire son parfum sucré qui me rappelle tant celui de notre mère tout en frôlant ses longues mèches pâles. Sa voix se joint timidement à la mienne au dernier couplet. À la fin de la chanson, je suis heureux de constater que ma sœur ne reprend pas ses distances avec moi. Au contraire, elle se tourne vers moi avec un léger sourire au coin des lèvres.

– J'avais presque oublié cette chanson. souffle-t-elle. Thid'... hésite-t-elle. Pardonne-moi pour la dernière fois et pour aujourd'hui. Je n'arrivais plus à respirer dans ce palais. Je te promets de ne plus recommencer. me jure-t-elle. Est-ce… Est-ce qu'on est vraiment en sécurité, ici ? me demande-t-elle droit dans les yeux.

Je me sens apaisé de constater que le conflit avec ma petite sœur semble réglé. Mais je perçois une flamme acérée me traverser lorsqu'elle me pose cette question épineuse. Je ne veux pas lui mentir, mais en même temps, je ne souhaite pas l'effrayer. La vérité, c'est que je ne sais pas vraiment à quoi m'attendre. J'opte donc pour la seule chose dont je suis certain :

– Je ferai tout ce qui est en mon pouvoir pour te protéger, Dilya. Mais tu ne dois plus disparaitre sans rien dire à personne. C'est trop risqué, tu comprends ?
– Oui… souffle-t-elle, dépitée.

À sa façon de m'observer et de tortiller une mèche de cheveux, je saisis qu'il y a autre chose qui la tourmente. Je me montre donc patient, attendant de voir si elle va se confier à moi.

– La Princesse… tergiverse-t-elle, en me dévisageant.
– Oui ? ! m'impatienté-je quand elle ne va pas au bout de sa pensée.

Dilya n'est pas au courant de cette histoire d'alliance. Je ne souhaite pas la mêler aux affaires politiques du royaume. Mais elle n'est pas stupide et j'imagine que les bruits de couloir sont arrivés jusqu'à ses oreilles. Je m'attends donc à ce qu'elle me parle de la situation avec Arlayna et Cliodhna. Arlayna s'est rapprochée d'elle assez naturellement quand elle s'est installée à ma Cour. Surement une autre manipulation dans le but de me soudoyer en me prenant par les sentiments. Réaliser qu'ils se sont sans doute servis d'une enfant me donne la nausée. J'imagine donc qu'elle ne comprend pas trop la situation. Comment lui expliquer les diverses alliances qui ont été passées ?

– Je… Je l'ai surprise en larmes, la nuit dernière. me surprend-elle. Tu penses qu'elle ne se plait pas ici ?
– Je… Il ne faut pas espionner les gens, Dil. Je te l'ai déjà dit ! ne parviens-je qu'à la réprimander.

Je ne m'attendais clairement pas à ce genre de révélation. Que s'est-il passé pour la mettre dans cet état ? Et comment cela n'est-il pas arrivé jusqu'à mes oreilles ?

Personne ne m'a rapporté le moindre évènement qui pourrait justifier des larmes. Ma sœur a-t-elle raison ? Sa famille lui manque-t-elle à ce point ? Il faut dire que je n'ai pas été très présent ces dernières rondes.

– … Je l'aime bien, moi.

Cette simple phrase me tire de mes pensées. Par Dagda ! Comment ma sœur a-t-elle pu s'attacher à cette princesse qu'elle ne côtoie même pas. D'autant plus que la dernière fois, elle l'accusait de vouloir attenter à sa vie.

– Qu'est-ce que tu racontes ? !
– Elle est gentille avec Bilgard. m'assure-t-elle.
– Comment ça ?

Je réalise alors que je ne connais rien des relations que la Princesse a pu nouer avec mon personnel. Seul Aneirin m'a affirmé au début de ses séances d'entrainement qu'elle était une élève assidue. Qu'elle se soit liée à Bilgard, ce vieux Fae à l'allure plus proche de la pierre qu'humanoïde, me surprend agréablement.

– Elle dissimule les théières et tous les plats qui sont lourds pour que Bilgard n'ait pas à les porter de nouveau à la fin de ses repas. lâche-t-elle précipitamment, de peur que je l'interrompe.
– Comment sais-tu cela ? Ne me dis pas que tu as osé utiliser ton don pendant ta punition ? ! lui demandé-je suspicieux.
– Pardonne-moi, Thidéon. souffle-t-elle avec un air malheureux. Je m'ennuyais tellement enfermée dans cette chambre. Mais j'ai retenu et appliqué les règles que tu as établies à son propos. Toujours rester à une distance raisonnable de mon corps physique et surtout respecter l'intimité de chacun. me récite-t-elle, presque solennellement.

Ma sœur possède le don de détacher son âme de son enveloppe corporelle. Si cela pourrait s'avérer une compétence plus qu'intéressante à la Cour, je refuse qu'elle s'en serve publiquement. Cela ne ferait que la mettre plus en danger, si l'on savait de quoi elle est réellement capable. Trop curieux pour en apprendre plus sur Cliodhna, je me garde bien de la réprimander.

– Qu'as-tu découvert d'autre ? ne puis-je m'empêcher de l'interroger.
– Je savais bien que cela t'intéresserait ! s'exclame-t-elle, un sourire triomphant aux lèvres. Je l'ai vu ralentir son allure pour s'adapter à celle du vieux majordome. Elle fait même en sorte d'enlever d'éventuels obstacles sur sa route. Et j'ai vu autre chose aussi. Elle semble ressentir des remords par rapport aux deux lingères qu'elle a maladroitement blessées durant son entrainement. Et en ce moment, elle veille sur Cahya et Nanda. C'est même elle qui prépare leurs remèdes. m'apprend-elle, heureuse de me révéler des informations. Et je peux lire dans leurs yeux, leur gratitude pour la Princesse.

Je n'ai pas été prévenu d'un quelconque accident. Ne voulant pas montrer mon ignorance, je me contente de hocher la tête. Aneirin va m'entendre ! Sont-ils proches au point de garder des évènements importants pour eux maintenant ! ? Je sens une colère que je ne contrôle pas monter en moi.

– Moi, je la choisirais elle. m'annonce-t-elle le plus naturellement du monde, confirmant qu'elle est bien au courant des bruits de couloirs. Maudits commérages !
– Je pensais que tu appréciais Arlayna. m'étonné-je.

Tout comme concernant Cliodhna, elle possède peut-être des informations intéressantes à me transmettre. Son visage se ferme immédiatement. J'ai du mal à comprendre de quoi il s'agit. Je pensais qu'elles s'appréciaient toutes les deux.

– Elle n'est pas gentille avec toi ? tenté-je de savoir. Que t'a-t-elle fait ? enragé-je intérieurement quand ma sœur secoue la tête négativement, sans oser me regarder. Tu peux tout me dire, Dil.
– Elle… Elle a dit que… que si… si je t'en parlais… sanglote-t-elle à présent. Tu allais… Tu allais me quitter toi aussi. me confie-t-elle dans un souffle.

La rage que je ressens en cet instant est incommensurable. Qu'elle ose s'attaquer à Dilya est au-delà de mes limites. Elle sait l'importance qu'a ma sœur pour moi. Comment a-t-elle pu la menacer de la sorte, en connaissant notre histoire ? Je ne peux tolérer ce genre d'agissements !

CHAPITRE 16 - CLIODHNA

Comme tous les jours en ce moment, je me rends dans la chambre où les domestiques que j'ai blessées ont été installées. Depuis hier, Cahya a repris son poste de lingère. Il ne subsiste aucune trace de sa brulure au bras, fort heureusement. Les blessures de Nanda commencent de son côté à cicatriser. Mais ma culpabilité, elle, persiste.

Je m'assieds à même le sol à côté du lit de la malade et me saisit du pot d'onguent.

– Votre Majesté, vous n'avez pas à faire cela. m'assure Nanda comme chaque fois que je m'occupe d'elle.
– Appelez-moi Clio ! lui rappelé-je.

Si au départ, je la soignais pour apaiser ma culpabilité, au fil des lunes, nous avons appris à nous connaitre. Les membres de la famille de Nanda sont lingères de génération en génération, au service du Grand Seigneur. Elle m'a expliqué que c'était un honneur pour elle. Althidéon est apparemment un bon dirigeant qui se soucie réellement de son peuple.

J'ai du mal à comprendre qu'elle ait pu me

pardonner aussi facilement mon ingérence. Elle a beau me raconter des anecdotes sur l'apprentissage de la gestion des éléments par des natifs de Beardale, ça n'apaise pas le poids de ma culpabilité. C'est ma faute si elle se trouve dans ce lit, défigurée. Pourtant, elle m'accueille toujours avec le sourire. Comment peut-elle se montrer si peu concernée par son apparence physique ? Elle a le droit de m'en vouloir. Elle devrait m'en vouloir ! J'ai du mal à comprendre.

– Je repasserai vous voir pour le déjeuner. lui assuré-je en me levant.
– Vous n'êtes pas obligée, Votre Grâce. m'assure-t-elle.
– Et me priver de toutes vos histoires ? plaisanté-je, en ouvrant la porte.

En refermant la porte, je découvre le Grand Seigneur adossé au mur d'en face, comme s'il m'attendait. Le regard qu'il porte sur moi est indéchiffrable. Cela fait plusieurs lunes que je ne l'ai plus vu. Lui devait être trop occupé à régler les conséquences du retour prématuré des Sarlen et de la menace qu'ils représentent. Quant à moi, je suis restée à l'écart, n'assistant même plus aux repas. Depuis l'accident, je ne me sens plus à l'aise en société. J'ai bien trop peur de blesser de nouveau quelqu'un par inadvertance.

– Votre Altesse. le salué-je, protocolairement.
– Princesse. me répond-il de la même façon. Vous ne vous présentez plus aux leçons d'Aneirin. reprend-t-il après quelques secondes de silence.
– Je suis occupée. prétexté-je.
– Puis-je marcher avec vous ? me demande-t-il, en se rapprochant de moi.
– Je… Oui, je vous en prie. balbutié-je, étonnée par sa question.

Nous longeons le couloir menant vers l'extérieur dans un silence cérémonieux. J'ignore ce qu'il attend exactement de moi en cet instant. Compte-t-il me renvoyer chez moi ? Va-t-il m'annoncer qu'il a choisi Arlayna comme future Grande Dame ? Je ne peux que comprendre sa décision. Qui voudrait d'une femelle incapable de se contrôler ? Personne ! D'autant plus avec la guerre qui se profile.

Je commence à me détendre alors que nous approchons de mes quartiers. Je n'ai qu'une hâte : me libérer de la présence du Grand Seigneur. Si d'habitude je suis plutôt encline à apprécier nos discussions conflictuelles, je ne me sens pas la force d'en affronter une aujourd'hui. Je n'ose pas jeter un regard dans sa direction de peur de lancer les hostilités. Je ne me reconnais plus ces derniers jours. J'ai l'impression d'avoir perdu toute confiance en moi. Et je n'aime pas me sentir aussi vulnérable. J'imagine que c'est encore le contrecoup de l'accident dans la cour extérieure. Avaline a bien essayé de trouver les mots pour me réconforter, mais pour moi, rien n'excuse mon comportement. J'étais épuisée. Je n'aurais pas dû aller au-delà de mes limites. Si mon paternel était là, je sais parfaitement qu'il me réprimanderait pour ma conduite. Je me suis montrée indigne de mon rang, de ma famille et de ma lignée.

– Attendez ! m'interpelle Althidéon en saisissant mon bras pour m'empêcher de me réfugier dans ma chambre.

Des fourmillements parcourent mon corps à son contact. J'ignore si c'est l'effet d'une connexion de notre don commun qui agit ainsi. Mais chaque fois que je me trouve à proximité de lui, de drôles de phénomènes se produisent. Ma peau bourdonne, mes sens s'aiguisent, mon cœur s'emballe et j'ai l'impression d'en perdre l'appétit. À son contact, je me tourne alors machinalement vers lui et mes yeux se plongent dans la profondeur de ses iris argentées. Un rare échange que j'ai toujours su éviter jusque-là. Mais aujourd'hui, je suis trop vulnérable pour me contrôler. Je me trouve encore plus déstabilisée par l'intensité qui habite son regard. Je dois me ressaisir !

– Pourrions-nous discuter ? me demande-t-il d'un ton que je ne l'avais jamais entendu utiliser.

Je ne peux que hocher ma tête en signe d'assentiment. J'ai bien trop peur que ma voix ne trahisse le trouble qui m'amine. Le Fae m'indique de tourner à droite dans le couloir d'une légère pression sur mon avant-bras. En temps normal, je me serais déjà dégagée de cette étreinte. Mais, aujourd'hui, l'idée ne m'a même pas traversé l'esprit. Quelques galeries plus loin, il m'invite à entrer dans une pièce à l'écart de la Cour.

– Laissez-nous ! ordonne-t-il.

Je comprends qu'il s'adresse aux gardes qui l'escortent en me tournant vers la porte. Je n'avais même pas remarqué la présence de ses hommes. Que m'arrive-t-il ? Je sais qu'en ce moment je ne suis pas en grande forme, mais tout de même, à ce point-là ! Je commence d'ailleurs à me demander si je n'ai pas été victime d'un sort ou d'un empoisonnement, car mon manque de concentration dépasse l'entendement. Serait-ce un nouveau coup d'Arlayna ? Depuis que je me soustrais aux repas formels, ses attaques avaient pourtant cessé. Je suis totalement perdue.

Quand le Grand Seigneur se tourne vers moi après avoir fermé la porte, son regard est indéchiffrable.

– Installez-vous, je vous prie. m'invite-t-il à m'asseoir sur une méridienne placée dans un coin de la salle.

Nous nous trouvons dans une sorte de boudoir. Tout ici suggère la féminité : les rideaux en soie rouge, les meubles en bois sombre finement décorés, les sculptures de nos grandes divinités ainsi que le linge de maison dans des tons beige. Je laisse mon regard se perdre partout dans la pièce sauf sur lui. Je ne comprends pas ce que nous faisons là.

– Souhaitez-vous me parler de l'accident ? me demande-t-il d'un ton qui me parait méfiant.

Nous y voilà ! C'est donc bien de mon comportement qu'il s'agit. Malgré moi, je ne peux m'empêcher de faire le parallèle avec le traitement de mon père. Il s'assurait toujours que nous soyons seuls pour m'administrer ses remontrances. Je sens une boule familière gonfler dans ma gorge. Je ne veux pas revivre ça. Si j'acceptais que mon paternel me montre sa déception en me punissant, je ne saurais le tolérer d'un autre.

– J'imagine que votre garde personnel vous a relaté tout ce qu'il y avait à savoir. lâché-je venimeuse.

Je suis heureuse de constater que ma verve est de retour. Je ne compte pas me laisser impressionner par ce Fae autoritaire. Je regrette de ne pas porter l'une de mes tenues sophistiquées en guise de bouclier.

– Il m'a informé qu'il s'agissait d'un simple accident. Est-ce la vérité ? me demande-t-il après une courte pause.

À quoi joue-t-il au juste ? Pense-t-il vraiment que j'ai blessé volontairement ses domestiques ? Son regard ne me lâche pas une seconde et je dois faire preuve d'une maitrise extrême pour ne rien laisser voir de mes sentiments.

– Évidemment que c'était un accident ! Pourquoi aurais-je…

À son air sérieux, je commence à comprendre ce que cela sous-entend. Il me soupçonne d'être une espionne des Sarlen. Mon égo crie au scandale et envoie une décharge électrique dans tout mon corps. À cette simple éventualité, je sens la rage bouillir dans mes veines. Mais je saisis aussi qu'il ne fait que son devoir de Grand Seigneur. Il doit s'assurer de ne pas avoir d'espions dans ses rangs. Nous avons commis l'erreur à Oymalon de faire confiance à nos proches et nous avons été dupés. Je ne peux donc pas lui reprocher de se montrer prudent, même avec moi.

– Je vous le redemande : était-ce un accident ? insiste-t-il.
– Je viens de vous dire que oui ! enragé-je. Pensez-vous vraiment que je m'allierais à ces raclures ? grondé-je sans pouvoir me maitriser.

Je suis si vulnérable en ce moment que j'ai du mal à contenir le feu ardent qui me consume de l'intérieur. Depuis l'accident, je n'ai plus osé extérioriser mon don et il ne demande qu'à s'exprimer de nouveau. Mes sens sont sens dessus dessous. Je comprends sa position. Mais qu'il m'associe à ces monstres qui ont attaqué mon royaume me fait complètement vriller. Je sens les flammes bruler dans mes veines. Je n'ai qu'une envie : laisser éclater ma frustration. Cela fait des lunes que le feu me consume, mais je me refuse à le laisser s'exprimer.

– Je ne vous connais pas. Les Dieux seuls savent de quoi vous êtes capables ! renchérit-il.

Ne se rend-il pas compte que je suis sur le point de rompre ? Je perçois même le reflet de la flamme qui brule dans mes iris, dans le fond de ses yeux quand il s'approche de moi.

– Allez-y ! souffle-t-il en posant ses mains de part et d'autre de mon visage pour me fixer droit dans les yeux.

C'est alors que je comprends ce qu'il fait. Il est tout à fait conscient de la culpabilité qui me ronge. Il me provoque pour m'inciter à laisser le Feu Sacré s'exprimer. Mais pourquoi fait-il cela ? Dans quel but ?

– Vous ne me ferez aucun mal, vous vous souvenez ? insiste-t-il. Vous pouvez lâcher prise. Mais n'oubliez pas qu'au plus profond de vous, votre objectif n'est pas de faire du mal. Ne l'oubliez jamais. Moi, je ne l'oublierai pas.

J'acquiesce difficilement, ferme les yeux et finis par lâcher prise. Immédiatement, je sens que mon corps se détend. Je perçois une chaleur réconfortante qui se répand depuis le centre de mon corps jusqu'à la pointe de mes pieds. J'expie toute ma frustration et ma culpabilité à travers mes flammes. Je me libère de toutes ces Lunes où j'ai dû cacher ma véritable nature. Je brule la relation dysfonctionnelle que j'entretiens avec mes parents. J'oublie tout ce qui n'est pas le Feu Sacré qui incendie mes veines.

– Cliodhna, ouvrez les yeux ! me demande Althidéon.

Ce que je découvre me terrifie et me fascine en même temps. Ma respiration se fait plus haletante en identifiant une bulle incandescente qui s'est formée autour de nous. Les flammes qui jaillissent de mes mains se réverbèrent sur les parois de cette bulle invisible qui nous isole du reste du monde. Mon souffle se coupe lorsque mon regard se pose sur le Fae qui me fait face. Ses vêtements ont totalement disparu pour laisser place à une peau recouverte d'encre. Je découvre la marque de Dagda, assez similaire à la mienne, positionnée bas sur ses hanches. Mais ce n'est pas le plus impressionnant. Les veines lumineuses, typiques de sa race, vacillent sous la puissance de notre magie. Celles dissimulées sous le dessin d'un dragon cracheur de feu me donnent l'impression que la bête est réelle. Je distingue même des flammes sortant de sa gueule. Ses yeux noirs semblent, eux aussi, me scruter tellement le dessin est magnifiquement réalisé. Les ailes immenses de l'animal se déploient en direction de ses épaules. Enfin, la queue et les pattes du reptile semblent s'enrouler tout autour de ses cuisses. Je ne peux m'empêcher de rougir quand mon regard remonte pour observer l'œuvre dans sa totalité. Il est magnifique. Le dragon est magnifique et impressionnant.

Mes yeux glissent ensuite vers le visage d'Althidéon. Ses cheveux paraissent totalement en feu ainsi que ses sourcils. Pourtant, je ne distingue aucun signe d'inconfort chez lui. Son regard est quant à lui rivé sur moi. Il m'observe comme je viens de le faire à son égard. C'est alors que je me rends compte que je suis moi aussi entièrement nue. Nos vêtements ont dû partir en fumée sur nos corps en éruption. J'ignore pourquoi, mais c'est la panique qui m'assaille tout à coup. Je ne me suis jamais sentie aussi exposée de toute ma vie.

– Tout va bien. tente-t-il de me rassurer d'une voix rocailleuse.

Il ne semble pas vouloir mettre fin à cette parenthèse enchantée que nous partageons.

CHAPITRE 17 - ALTHIDÉON

Je n’ai jamais rien vu de tel. La Princesse est totalement recouverte par les flammes. La rage et la détresse que je ressens à travers ses attaques enflammées me touchent d’une manière que je ne savais pas possible. Je me sens connecté à cette femelle comme je ne l’ai jamais été avec quiconque. C’est… déroutant. Je m’assure de maintenir en place la bulle protectrice que j’ai invoquée pour ne pas provoquer d'incendie dans le palais. Vu la puissance de notre duo, je ne doute pas qu’il risquerait de partir en flammes en quelques secondes.

Après une longue discussion avec Aneirin, j’ai su ce que je devais faire. Il m’a appris qu’elle refusait de s’exercer de nouveau au Feu Sacré. À la suite des confidences de Dilya concernant le fait qu’elle soigne les lingères qu’elle a blessées, j’ai vite compris que c’est la culpabilité qui la ronge. Je le comprends, mais vu les circonstances, je ne peux pas lui laisser le luxe de ne pas maitriser pleinement son don. Cela s’avère trop périlleux de garder un tel pouvoir hors de contrôle. Il en va de sa sécurité, tout comme de celle de mon peuple. Je me devais donc d’agir. Et quel meilleur moyen que de la provoquer ?

Nous ne nous connaissons pas beaucoup, mais je savais qu'elle ne résisterait pas longtemps à mes attaques. Je veux lui prouver qu'elle peut utiliser son don sans risquer de blesser quiconque. Si je dois me charger moi-même de son apprentissage pour cela, je le ferai.

– Cliodhna, ouvrez les yeux ! lui demandé-je pour qu'elle se rende compte de la force qui l'habite.

Pour une fois, le masque sur son visage a totalement disparu et je me repais de la moindre émotion que j'y vois passer. La stupeur laisse place à la panique puis à l'émerveillement lorsqu'elle découvre la bulle protectrice qui nous isole du reste du monde. Mais quand elle pose les yeux enfin sur moi, j'ai du mal à garder mon sang-froid. Je préfère détourner le regard pour ne pas risquer de faire éclater la paroi protectrice. Mais ce répit est de courte durée. Mes yeux ne peuvent s'empêcher de se poser sur la sublime Fae qui me fait face. Je parcours alors l'ensemble de son corps, c'est plus fort que moi. Ce qui ne m'aide clairement pas à calmer mes ardeurs. Les courbes de la Princesse sont magnifiques. Elles mettent tous mes sens en émoi, et je sais pertinemment que mes veines vont trahir le trouble qui m'anime.

Lorsque nos yeux se rencontrent de nouveau, j'ai conscience que la faim qui m'habite est visible à bien des égards. J'observe alors la Princesse changer d'expression. Elle me parait totalement perdue, tout à coup.

– Tout va bien. lui assuré-je d'une voix rendue rauque par le désir que m'inspire cette femelle.

Peu à peu, l'intensité du feu se réduit jusqu'à disparaitre complètement. J'aurais voulu que cela dure éternellement. Je n'ai pas souvent l'opportunité de pouvoir relâcher la pression de cette façon. C'est comme si le poids de mes responsabilités s'était effacé pendant cette parenthèse. J'éteins les dernières flammes avant de conjurer la bulle qui maintient le reste du monde à l'abri. Je me dirige ensuite vers l'une des nombreuses garde-robes de ma mère pour trouver quelque chose pour couvrir la Princesse.

Quand je reviens dans la pièce, je suis étonnée de découvrir la jeune Fae complètement recroquevillée sur elle-même.

– Eh ! Tout va bien ! tenté-je de la rassurer, en déposant un peignoir en soie sur ses épaules.
– Je… Je suis tellement désolée. lâche-t-elle dans un hoquet. Je n'ai jamais voulu leur faire de mal. m'assure-t-elle, comme si cet exercice avait brisé ses barrières.
– Je le sais. C'est pour cela que vous ne pouvez pas vous permettre de ne plus vous entrainer. insisté-je pour qu'elle comprenne bien ce que j'attends d'elle.
– Je ne veux pas prendre le risque de blesser de nouveau quelqu'un. me contre-t-elle.
– Le meilleur moyen de ne plus blesser personne, c'est de contrôler votre don.
– Mais…
– Vous ne pouvez pas me blesser, vous vous souvenez ? Vous en avez eu la preuve formelle à l'instant, non ? ! Si pour vous rassurer, je dois moi-même me charger de vos entrainements, je le ferai. lui assuré-je. Princesse Cliodhna, il est primordial que vous contrôliez votre Feu Sacré. Vous ne pouvez pas contenir votre flamme éternellement. Cela est bien trop dangereux.
– Vous allez vraiment vous charger de mon apprentissage ? me demande-t-elle en relevant enfin les yeux dans ma direction. Mais… Vous… Vous devez déjà être débordé avec les Sarlen.
– Ce n'est pas un problème. lui assuré-je.

Garantir la sécurité de tous est bien plus important que mon petit bien-être personnel. C'est mon rôle de veiller à la sureté de ma cité et je m'en acquitterai sans jamais me plaindre. De plus, cela me permettra de reprendre mon entrainement. Chose que je n'ai plus vraiment eu le temps de faire ces derniers temps. Avec la guerre qui se profile, ce n'est plus une option. Et puis, il y a plus désagréable que de partager des moments de cette intensité avec la Princesse. Je pourrais même finir par y prendre goût…

***

J'ai la sensation que les rondes sont sans fin en ce moment. Entre l'entrainement de Cliodhna, les réunions du Conseil qui n'en finissent plus, les rapports inquiétants qui nous parviennent de l'autre côté des Eaux et l'agitation du peuple qui règne dans mon royaume, je n'ai plus un instant à moi. Heureusement que je m'accorde encore quelques instants de répit au lever du jour avec Huowáng . Ces moments de lâcher prise sur le dos de mon dragon de feu me sont nécessaires pour ne pas perdre la tête. Sentir la brise tiède dans mes cheveux et observer mon royaume depuis le ciel m'apporte un sentiment de confiance et de pouvoir qui me permet d'affronter les rudes journées qui m'attendent. Le lien qui m'unit à mon familier me rappelle aussi que je ne suis pas seul. Je profite de ces moments de symbiose pour repousser toutes mes incertitudes. Je me gorge du doux parfum des frangipaniers qui se répand dans l'air et de la symphonie des créatures qui s'éveillent. Je me sens en parfaite harmonie avec la nature qui m'entoure. Je sais que Dagda nous protègera des conflits qui s'annoncent.

Avec tout cela, je n'ai pas encore pris le temps de régler le problème d'Arlayna. J'ignore comment m'y prendre exactement. J'ai conscience que ma sœur m'a dit la vérité. Elle n'aurait aucun intérêt à me mentir à ce sujet. Mais je ne peux pas accuser la fille de Naefir sans preuve. Ce sera la parole de Dilya contre celle d'Arlayna. Je ne souhaite pas mettre en avant le rôle de ma petite sœur dans ma décision. Je ne désire pas qu'elle soit mêlée aux affaires de la Cour de quelque manière que ce soit. Depuis l'Ascension de nos parents, j'ai pris à cœur de la maintenir à distance des manigances qui règnent dans notre monde. Je sais que je ne pourrai pas la protéger éternellement. Elle devra, elle aussi, assurer son rôle en temps voulu. Mais en attendant, je ferai ce qu'il faut pour la préserver.

Après plusieurs tours autour des Crêtes Versatiles, Huowáng comprend que c'est le moment de rentrer en ville. Il effectue un dernier virage serré et s'envole vers le palais. Je ferme les yeux pour profiter de ces ultimes moments de répit.

– Qu'est-ce donc ? me surprend une voix féminine alors que je me laisse glisser le long de mon dragon.

Le reptile couleur feu tourne alors sa tête en direction de la Princesse. Il la scrute comme il jaugerait un adversaire. Huowáng est un solitaire, un peu comme moi. Il est méfiant avec les Faes qu'il ne connait pas. Seule Dilya est parvenue à l'approcher jusqu'ici. Pourtant, je suis étonné de constater qu'il ne gronde pas à l'approche de Cliodhna.

Nos séances d'entrainement m'ont permis de me rendre compte que l'étrangère est loin d'être comme je me la représentais. En société, elle parait toujours distante et froide tout en dégageant une assurance à toute épreuve qui impose le respect. Mais quand nous nous trouvons seuls, elle est différente. C'est une élève appliquée, persévérante et soucieuse de bien faire. Lorsqu'Aneirin me faisait ses comptes rendus, je pensais qu'il enjolivait les choses en me parlant de la docilité et de l'application de son apprentie. Cependant, il n'en est rien. La jeune Fae est avide de connaissances. Cela se voit en ce moment même à la manière dont elle détaille mon familier. Elle ne le regarde pas avec peur ou appréhension. Ce que je lis dans ses yeux s'approche davantage de la fascination, je dirais.

Quand nous avons des invités, nous faisons en sorte de dissimuler notre force secrète. Personne en dehors de nos alliés n'a connaissance des créatures que certains d'entre nous parviennent à lier grâce à leur don de Dagda. Si les pouvoirs des éléments sont courants dans mon royaume, la connexion avec les dragons est rare. Seuls six gardiens sont élus par ère. Cinq dragons sont déjà rattachés à des Faes : Changshe, une dragonne de la Lune, liée à notre ancienne prêtresse Shenarah; Hulong, un dragon de la Terre, rattaché à Zeno, un guerrier méritant ; Baishe, un dragon de la Lune, uni à Lusha, notre meilleur tailleur ; Bǎohù, une dragonne de la Terre, reliée à ma sœur et Huowáng , mon dragon de Feu. Il ne demeure donc plus qu'un dragon à invoquer. Beaucoup tentent la cérémonie de l'attachement, mais aucun n'a encore été élu digne du dernier dragon.

– Je vous présente Huowáng , mon familier.
– Votre familier ? ! m'interroge-t-elle en posant ses yeux sur moi.
– Certains élus de Dagda ont cette capacité à se lier avec une créature élémentaire.
– Vous voulez dire qu'il y a d'autres créatures de ce genre ? s'émerveille-t-elle, en continuant de détailler la bête qui ne la quitte pas du regard, elle non plus. C'est un dragon, n'est-ce pas ? Puis-je le toucher ? s'enthousiasme-t-elle en posant des yeux brillants vers moi.

Je me tourne alors vers mon ami de toujours pour tenter de comprendre son ressenti. Il demeure imperturbable face à l'examen minutieux qu'il subit, et ne montre aucun signe d'inconfort.

– Je préfère vous prévenir tout de suite : il s'agit d'un dragon de feu. Sa peau est donc brulante et il n'a pas l'habitude de se laisser approcher.

À peine ai-je fini ma phrase que l'intrépide se rapproche pour poser une main délicate au niveau de la patte de la créature. La Princesse demeure silencieuse tout en promenant sa main vers la poitrine de Huowáng . Je m'aperçois que la respiration de la jeune Fae s'accélère à mesure qu'elle approche de la tête de la créature. Pourtant, elle ne fait aucun geste brusque ni ne s'éloigne. L'observer apprivoiser cette créature imposante dont elle ignore tout force le respect. Jamais je n'aurais imaginé assister à un tel spectacle. Quand elle se trouve complètement face à mon familier, je ne peux m'empêcher de me rapprocher, sur le qui-vive. J'ignore si je crains que la Princesse s'en prenne à lui ou que mon dragon l'attaque. Néanmoins, je m'aperçois qu'ils n'ont nullement besoin de moi. La Princesse s'enorgueillit et pose alors sa main sur la joue brulante de la créature. Observer ses minuscules doigts à portée de crocs accélère dangereusement les battements de mon cœur. De son côté, elle ne semble pas perturbée le moins du monde. Cette femelle n'est pas comme les autres. J'ignore si c'est la folie ou la témérité qui la guide, en cet instant. Mais je ne peux qu'être impressionné par son audace.

– Il est magnifique ! souffle-t-elle dans ma direction.

Le son de sa voix parait ramener à la vie mon dragon qui s'éloigne d'un battement d'ailes en lançant un cri strident. Instinctivement, je me place devant Cliodhna qui s'est écroulée au sol, pour faire barrage. Huowáng me jauge alors pendant plusieurs secondes avant de pousser un hurlement et de disparaitre dans les airs à vive allure. Que vient-il de se passer ?

CHAPITRE 18 - CLIODHNA

J'ai du mal à comprendre ce qu'il vient de se passer. Un instant, il me semblait entrer en contact avec cette imposante créature et la seconde d'après, je me retrouve sur les fesses à l'observer évaluer la situation. Le Grand Seigneur se place entre nous comme s'il voulait me protéger de cette bête féroce.

Je lui suis reconnaissante de me permettre d'en apprendre davantage sur mes capacités, pour autant, je demeure méfiante vis-à-vis de lui. J'ignore encore ce qu'il compte faire de moi. J'aimerais penser que le fait qu'il m'entraine est un signe en ma faveur. Cependant, nos contacts se limitent uniquement à ces séances d'entrainement. Notre don commun nous rapproche, c'est inévitable. Mais je ne connais rien de lui en dehors de la sphère diplomatique. J'ignore tout de sa véritable personnalité. Moi, mieux que quiconque, sait que celui qu'il laisse paraitre publiquement peut être différent dans la sphère privée. De plus, l'absence d'enfant dans les rues de la cité m'intrigue toujours autant. Avaline a bien essayé de se renseigner, mais c'est comme s'il y avait un statu quo.

J'ai bien tenté d'interroger Nanda, mais la lingère

n'a pas voulu épiloguer sur le sujet. Elle m'a simplement révélé qu'ils suivaient les traditions en protégeant leur progéniture. Je ne sais pas ce que cela signifie. Mais le fait de le cacher ne peut pas être bon signe, à mon avis. Dans mon royaume, les Faes cajolent leurs enfants. Chaque naissance est un petit miracle que nous célébrons. Pourtant, ici, j'ignore de quoi il retourne. J'aimerais pouvoir interroger le Grand Seigneur à ce sujet, mais je doute d'obtenir la moindre réponse. Si le peuple se tait, cela ne peut être que sous l'ordre de son dirigeant.

– Vous allez bien ? me tire de mes pensées le Grand Seigneur, en me tendant une main pour m'aider à me relever.
– Oui. Je… Que s'est-il passé exactement ? l'interrogé-je, en acceptant son aide.
– J'imagine qu'il n'a pas apprécié votre approche ! se moque-t-il, quand je me trouve à quelques centimètres de son visage.

L'air autour de nous se charge immédiatement d'une tension que j'ai du mal à analyser. Depuis qu'Althidéon s'occupe de ma formation, je ne peux nier l'attraction qui existe entre nous. Ce serait comme de réfuter l'existence du monstre que je viens de voir. C'est impossible ! En sa présence, je perçois une chaleur réconfortante qui s'immisce dans chaque parcelle de mon corps. Et lorsque nous sommes aussi proches l'un de l'autre, c'est comme si je me trouvais dans le Désert Venteux que j'ai découvert sur une carte de la région. Ma bouche est sèche, ma température corporelle monte en flèche et j'ai du mal à réfléchir clairement.

Depuis le temps que je demeure sur les terres des Virthana, j'ai pu me faire ma propre idée sur mon prétendant. Et j'avoue être agréablement surprise. J'aurais pu tomber sur bien pire partenaire. Il est reconnu comme étant un dirigeant compétent et magnanime. En tant que professeur, il sait se montrer patient et perfectionniste. Et pour ne rien gâcher, sa beauté n'est plus un fait à établir. Aux premiers abords, la particularité de son peuple avec des veines lumineuses apparentes pouvait me paraitre étrange, mais je me suis familiarisée avec ce trait physique. Aujourd'hui, je trouve même cela presque séduisant.

– Êtes-vous prête pour votre leçon ? me demande-t-il en haussant un sourcil malicieusement.
– Prête ! lui assuré-je, pressée de passer à l'action.

Depuis le premier jour, le Seigneur me fait m'exercer dans une sorte d'arène à ciel ouvert, à l'écart de la cité. J'apprécie que nous n'ayons pas de spectateurs pendant ces séances. Il s'applique même à former une bulle protectrice pour me rassurer lors de nos exercices. Je suis toujours un peu traumatisée par les brulures que ma négligence a causées à Nanda. La lingère se remet tout juste de ses blessures. Sa chevelure a même recommencé à pousser depuis quelques lunes. Pourtant, aujourd'hui, je constate qu'il ne s'attèle pas à invoquer la barrière magique.

– Vous ne… ? tenté-je de formuler, l'inquiétude me gagnant à la perspective de ne plus avoir cette sécurité.

Il sait que j'ai besoin de cela pour me sentir suffisamment en confiance pour me servir de mes dons. Sans cette protection, je me sens incapable de laisser sortir le feu qui brule en moi.

– Mettez-vous en position ! m'ordonne-t-il, ne relevant pas mon hésitation.
– Vous… Vous oubliez quelque chose ! lui rappelé-je, incertaine.

Je tente de camoufler le raz de marée d'émotions qui me saisit à la perspective de m'exercer sans cette protection à laquelle je me suis habituée. J'ai pris goût à me servir de mon Feu Sacré. C'est l'une de mes motivations premières à affronter les longues journées qui m'attendent. Mais sans ce bouclier, je ne sais pas si je parviendrai à garder le contrôle de mes flammes.

– Nous n'aurons plus besoin de cette protection superflue. Princesse, vous n'en avez peut-être pas conscience, mais je vous assure que cette bulle est devenue inutile depuis plusieurs séances. Vous avez le contrôle de votre don, faites-moi confiance. affirme-t-il.

Je lui lance un regard lourd de sens qui lui montre bien qu'il n'a pas encore gagné l'entièreté de ma confiance. Il ajoute donc :

– Ou plutôt, faites-vous confiance…

J'inspire profondément et tente d'estomper la crainte qui me tenaille. Grâce à mes professeurs, je sais que j'ai la capacité de me contrôler. Il est grand temps que je reprenne confiance en moi. Depuis quand suis-je devenue si couarde ? J'essaie de sortir l'image du visage partiellement calciné de Nanda de ma mémoire. Je me reconnecte avec l'essence même de ma personnalité. Je ne suis pas une poule mouillée, je ne l'ai jamais été. Je dois arrêter de m'apitoyer sur mon sort.

Je m'immobilise et demeure concentrée sur mon objectif : contrôler mon Feu Sacré. Je perçois les encouragements de mon nouvel entraineur :

– Je suis là pour vous aider, vous vous souvenez ?

Je dois essayer. Je ne peux pas me permettre d'accumuler plus de frustrations quand je sais qu'Arlayna m'attend aux moindres tournants du palais. Elle prend un malin plaisir à se trouver sans cesse sur mon passage en ce moment. Je ne peux pas risquer d'exploser à n'importe quel instant. Il me faut extérioriser ces flammes qui brulent continuellement en moi.

Lorsqu'il me voit concentrée, il reprend :

– Bien ! Aujourd'hui, vous allez tenter d'éteindre mes boules de feu ! m'apprend-il, en formant de ses deux mains une sphère incandescente qu'il lance ensuite dans ma direction.

L'avantage de m'entrainer avec lui est que je suis immunisée contre son Feu Sacré. Nous ne pouvons donc pas nous blesser mutuellement avec nos flammes. Heureusement pour moi, car le premier essai est un échec cuisant. Le projectile m'explose en pleine poitrine. Loin de me décourager, je lui fais signe de renouveler l'expérience. Je vais y arriver, il ne peut en être autrement !

– Quel est l'intérêt de savoir éteindre vos flammes ? l' interrogé-je, puisque je suis insensible à son pouvoir.
– Vous êtes immunisée contre mon feu par votre don, mais ce n'est pas le cas de tous les Faes. Avec cette aptitude, vous aurez la capacité de protéger vos semblables. Ne souhaitez-vous pas vous repentir ? Avec cette maitrise, vous ne craindrez plus de blesser accidentellement quiconque.

Ces mots raisonnent en moi comme une illumination. Mon don peut être bénéfique à mon peuple. C'est une motivation suffisante pour que je m'attèle à cet exercice avec ferveur. J'ai conscience que rien ne pourra jamais effacer ce que j'ai fait à cette pauvre Nanda. Mais avec cette maitrise, je vais être capable de sauver du feu un maximum d'innocents.

Constatant que je ne parviens pas à comprendre comment arrêter ses projectiles, Althidéon me propose d'inverser les rôles. Il m'invite alors à lancer une boule brulante dans sa direction. À mi-chemin, un phénomène étrange se produit. La sphère incandescente se désintègre en fumée rougeâtre. C'est stupéfiant ! Je n'avais pas imaginé les choses comme ça. Le visualiser m'aidera peut-être dans mon apprentissage.

– Apprenez-moi ! exigé-je, pleine d'enthousiasme.

Il se place alors à mes côtés et m'explique la marche à suivre. Le feu se nourrit de l'air qui nous entoure. Il me faut donc le priver de cet apport pour qu'il se consume intégralement. Le Seigneur m'aide même à mémoriser les gestes nécessaires à l'incantation. Sur le papier, c'est plutôt simple. Mais en vérité, cela exige une concentration exacerbée. Chose qui m'est difficile, apparemment. Toute ma vie, j'ai pris l'habitude de dissimuler ce que je ressens. La sérénité que je peux laisser paraitre en surface cache les tourments qui m'habitent à chaque instant. Et c'est un véritable frein à mon apprentissage. On ne se sépare pas de ses mauvaises habitudes en une lune. C'est très compliqué. En plus de cela, depuis que j'ai vu les atouts du Grand Seigneur, ma libido part en vrille.

Lorsqu'il se positionne derrière moi, je sens instantanément la chaleur de son torse me réchauffer. Il éveille un feu ardent qui sommeille depuis trop longtemps au creux de mon ventre. Il croit bien faire en me prodiguant ses conseils à l'oreille, mais je ne perçois que son souffle contre ma peau brulante. Je tente de retenir le feu qui ne demande qu'à s'échapper de mes pointes de cheveux. De petites étincelles me trahissent pourtant. Quand la séance est terminée, je suis toujours incapable d'éteindre ses flammes et mon corps, lui, menace de s'enflammer.

***

– Tout va bien ? s'enquiert Avaline lorsque je la retrouve dans le petit salon de notre suite, après l'entrainement.
– Oui. Oui. Enfin, je crois… déclaré-je, perturbée.

– Qu'est-ce qu'il s'est passé ? me demande-t-elle en dénattant mes cheveux.
– Je… Je me sens bizarre. lui confié-je incertaine.
– C'est-à-dire ?
– Je ne sais pas… Ce n'est rien ! Laisse tomber !
– Ça n'a pas l'air d'être rien. Tes mains tremblent, Clio. Et ta température corporelle est trop élevée. remarque-t-elle en touchant mon front. Que s'est-il passé ? insiste-t-elle.
– Tu sais que le Grand Seigneur possède le même don du Feu que moi ? amorcé-je.
– Oui. Et ? m'incite mon amie à continuer.
– Cela engendre de drôles de choses lorsqu'on combine nos deux pouvoirs... ça ajouté à nos entrainements...
– Clio, où veux-tu en venir exactement ? Tu sais que tu peux tout me dire ? me rassure-t-elle, voyant que j'ai du mal à lui confier clairement le fond de ma pensée.
– Je crois qu'il me plait…
– Vraiment ! ? s'étonne mon amie avec un petit sourire mesquin au coin des lèvres.
– Depuis que je me suis retrouvée nue avec lui dans cette boule de Feu... Tu aurais dû voir ce que nous avons été capables de créer ensemble. Je n'ai jamais rien vécu de tel !
– Attends ! Attends ! Tu peux répéter ça ?

Je sens Ava piquée dans sa curiosité et surexcitée par ce que je lui confie. Je ne lui avais pas parlé de cet épisode jusque-là.

– J'ai été la première surprise. Et je ne te ferai pas un dessin. Mais crois-moi, c'était intense.

Tout part à vau-l'eau depuis que je suis arrivée ici. En venant sur ces terres, je devais m'unir au Grand Seigneur pour renforcer la puissance de ma famille. Je n'avais pas imaginé que cette alliance pouvait être autre chose que diplomatique. J'ai pour habitude de toujours garder mes distances et de prendre la fuite lorsque des sentiments rentrent en jeu. Mais qui parle de sentiments ? Non ! Il n'est pas question de ça ici, mais de désir et rien d'autre.

– Tu as le droit de le désirer. m'assure-t-elle, semblant lire dans mes pensées.
– Je le sais. lâché-je, peu convaincue.

Chaque fois que j'ai agi sous le coup de l'émotion, mes actes ont eu des conséquences. Je me souviens encore de la première fois où le regard de mon paternel a changé sur moi. C'était une journée particulièrement chaude. Ran avait disparu avec Drach et Alen, comme c'était souvent le cas à l'époque. Étant plus jeune qu'eux, ils ne me conviaient pas à toutes leurs activités. Je les avais donc suivis à leur insu dans une sorte de bar. Je ne savais pas encore ce qu'était un bordel ni à quoi ce genre d'établissement servait. Quand j'ai vu des femmes tourner autour de mon frère sans aucune pudeur, je me suis précipitée au château. J'ai couru jusque dans les appartements du Grand Seigneur pour lui apprendre ce que j'avais découvert. J'ai été surprise lorsqu'il m'a conduite dans une pièce à l'écart pour m'infliger ma première correction. Je n'oublierai jamais les détails de la cheminée en marbre blanc ni le son de la cravache sur mes chairs. Mais plus que tout, c'est l'expression de dégout qui marquait les traits de mon père qui restera gravé dans ma mémoire jusqu'à mon Ascension.

Je n'ai jamais compris pourquoi il avait agi de la sorte à ce moment-là. Il me punissait peut-être pour avoir désobéi, en plus d'avoir rapporté les actes de mon frère. Mais cette violence gratuite sans explication… Mes yeux d'enfant l'ont pris comme si c'était moi la fautive, comme si je n'avais aucune valeur. Le dégout que j'ai lu dans les yeux de mon paternel à cet instant m'a détruit. J'ai su que plus jamais je ne devrais exprimer quoi que ce soit. C'est ce moment où j'ai laissé la peur parler pour moi qui s'est révélé l'élément déclencheur au désaveu de mon père. Depuis lors, il ne m'a plus jamais regardée comme la petite fille que j'étais à l'époque. Je n'ai plus été pour lui que source de déception et de désagrément.

CHAPITRE 19 - ALTHIDÉON

– Mon Seigneur ! me salue mon plus proche conseiller.
– Yaozui ?! Que se passe-t-il ? m'inquiété-je en le découvrant à la porte de mes appartements.
– Il est temps ! m'annonce-t-il, énigmatique. Veuillez me suivre, Votre Altesse. me demande-t-il, d'un ton qui n'admet aucune réplique.

Je n'ai jamais vu mon Conseiller aussi crispé. Son air guindé habituel est remplacé par une expression soucieuse qu'il réserve d'ordinaire au Conseil.

– De quoi s'agit-il ? m'enquiers-je, en faisant signe à Aneirin de nous suivre, en sortant de mon bureau.
– Vous le saurez en temps voulu. persiste-t-il à rester secret.

Nous le suivons donc à travers un dédale de couloirs, avant de nous trouver devant les quartiers des invités. Pourquoi sommes-nous ici ? Le vieux Fae se présente alors aux gardes de la Princesse, qui nous laissent passer sans encombre. Mes espions m'avaient indiqué une certaine complicité entre mon premier conseiller et

Cliodhna. Mais j'ignore les termes de leur relation. Je ne vois pas ce que pourraient avoir en commun deux êtres si diamétralement opposés. C'est donc très intrigué que je pénètre dans le salon de la Princesse.

– Yaozui ? Que nous vaut cet honneur ? l'interroge la dame de compagnie, avant de se rendre compte de ma présence. Votre Altesse ! me salue-t-elle profondément, avant de sortir de la pièce pour aller trouver sa maitresse, j'imagine.

Quelques instants plus tard, Cliodhna nous rejoint. Elle porte l'une de ses tenues auxquelles je ne suis pas habitué. La robe est en tissu presque transparent et recouvre à peine son corps. Comme souvent lorsque nous nous trouvons à proximité ces derniers temps, l'air se fait plus lourd et je peine à me concentrer sur autre chose que la présence de la jeune Fae. La tension entre nous est palpable et je suis certain que toutes les personnes présentes dans la pièce la perçoivent aussi surement que si un dragon se tenait au milieu du salon. Je m'arrache à la puissance envoutante de la Princesse pour me focaliser sur mon conseiller.

– De quoi s'agit-il ? l'interpelle d'ailleurs, l'objet de mon attention.
– Il est temps ! reprend-il, toujours énigmatique, en lançant un regard que je ne comprends pas à la Princesse.

Je n'apprécie pas cette complicité qui ressort de cet échange visuel. Mon conseiller est censé m'être loyal. À moi et à personne d'autre ! Il ne devrait donc pas manigancer avec une princesse d'un autre royaume.

– Que me cachez-vous ? commencé-je à perdre patience en les regardant alternativement.
– Asseyez-vous, Votre Altesse ! me conseille celui qui semble m'être déloyal.
– Je préfère rester debout !

– Soit ! souffle-t-il, soudain mal à l'aise. Vous devez savoir que je n'ai jamais agi contre vous, Mon Seigneur. amorce-t-il.
– Cessez donc vos courbettes et expliquez-moi de quoi il retourne ! m'emporté-je, en me dirigeant vers lui menaçant.

Du coin de l'œil, j'observe Aneirin soudain sur ses gardes. Lui non plus ne sait pas à quoi s'attendre. Il scrute chaque recoin de la pièce, craignant une attaque-surprise, j'imagine. Il faut dire que tout ce suspens est mauvais pour nos nerfs. Nous sommes des soldats avant tout. Je déteste perdre mon temps en bavardages, même si j'ai dû m'y faire en endossant mon rôle de dirigeant.

– Je suis le garant de l'alliance qui a été passée entre vos familles, comme l'était mon père en son temps. lâche-t-il comme une bombe.
– Que ? Quoi ? m'étonné-je. Qu'est-ce que ça signifie ? Et pourquoi ne pas m'en avoir parlé quand j'ai passé un accord avec les Olaxidor ? lui demandé-je.

Yaozui a conservé son titre de Premier Conseiller, car mon père lui faisait entièrement confiance. Confiance que je lui ai accordée à mon tour sans problème. Alors, pourquoi me cacher ce genre d'information ? Je ne me trouverais pas dans cette situation périlleuse s'il ne m'avait pas dissimulé ce traité.

Le conseiller m'explique ainsi que chaque génération de nos familles respectives a signé la même sorte d'avenant à l'accord original. Chacun s'engageant à renforcer cette alliance quand le temps serait venu. Le contrat remonte à plusieurs générations. Il m'explique que le premier échange concernait une femelle Virthana qui a été envoyée à Oymalon pour parfaire son éducation. Celle-ci avait alors attiré l'attention du jeune prince du Royaume avec lequel elle voulait s'unir. En échange de cette union, il a été décidé que les Ayenore devraient procurer une mariée à Beardale quand ceux-ci en auraient besoin. Une prêtresse Virthana avait prévu une grande bataille dans de lointaines Lunes et que seule l'alliance de deux fortes lignées permettrait de ressortir vainqueur de cet affrontement. C'est ainsi que le traité a été passé. Yaozui m'explique alors que le retour des Sarlen a été l'élément déclencheur à la réponse de cette alliance.

Mille et une questions tournent dans ma tête, c'est pourtant une question de moindre importance qui passe la barrière de mes lèvres :

– Avons-nous des liens de parenté ?
– De très lointains. m'assure-t-il. La princesse possède un pourcentage très faible de sang Virthana dans ses veines, ce qui explique sa maitrise du feu. me révèle-t-il.
– Qui était le garant de l'alliance de vote côté ? j'interroge Cliodhna.
– Ma mère. lâche-t-elle, gênée.
– Vous saviez tout depuis le début ! m'emporté-je. Pourquoi ne rien en avoir dit ? !
– J'ignorais tout ceci avant d'arriver ici ! me confie-t-elle, une lueur dangereuse dans le regard.
– Et je devrais vous croire sans me poser de questions ! ?
– C'est la vérité, je vous donne ma parole. J'en ai la preuve dans la correspondance avec ma mère. J'ignorais tout de ceci. affirme-t-elle de nouveau.

Je comprends mieux son attitude la dernière fois. C'est difficile de faire confiance à quelqu'un que l'on connait à peine. Pourtant, je sens au plus profond de moi qu'elle me dit la vérité. Elle n'aurait rien à gagner à me mentir, tout comme mon conseiller. Si j'en veux à Yaozui de m'avoir caché ces informations capitales, la Princesse, elle, n'y est pour rien dans toute cette histoire. Une fois de plus, nous ne sommes que des pions placés là pour répondre aux présages de Faes qui ont quitté ce monde pour l'autre il y a des dizaines, voire des centaines de Lunes.

– Laissez-nous ! j'ordonne à toute l'assemblée, en fixant la jeune Fae dans les yeux.

La dame de compagnie lance discrètement un regard interrogatif à sa maitresse, avant de sortir de la pièce. Rapidement, nous nous retrouvons seuls. J'ignore si j'agis comme il se doit. Mais je ne vois pas comment faire autrement.

– La confiance ne s'acquiert pas avec de belles paroles. commencé-je.
– Je peux vous apporter la preuve de ma sincérité. propose-t-elle, plus protocolaire.

L'atmosphère dans la pièce se modifie alors que la Princesse m'observe dans l'attente d'une réponse. C'est comme si la température avait chuté de plusieurs degrés tandis que jusqu'ici je percevais cette onde de chaleur particulière quand nous nous trouvons à proximité. J'ai la sensation que ce phénomène est dû à la déception qu'elle ressent à mon égard. Elle s'apprête à tourner les talons quand je l'interromps :

– Ce ne sera pas utile.
– Je vous demande pardon ? s'étonne-t-elle, en plongeant ses yeux dans les miens.
– Si nous devons travailler ensemble, nous devons apprendre à nous faire confiance. Autant commencer dès maintenant. Je vous crois. assuré-je.

La Princesse me détaille plus intensément, en demeurant impassible. Je donnerais tout pour savoir ce qu'elle pense en cet instant. Cependant, je crois que ma décision lui plait, car je perçois l'attraction qui nous lie s'intensifier significativement. Je pourrais presque la toucher du bout des doigts.

– Donc… Commençons depuis le début. décidé-je de me lancer. Comme vous le savez surement, j'ai pris la place de l'ancien Grand Seigneur quand il s'est envolé lors de son Ascension. Mais ce que vous ignorez certainement, c'est que j'en veux à mes parents de s'être montrés si égoïstes. lâché-je à haute voix pour la première fois en dix Lunes. À votre tour ! lui proposé-je, sans aller plus loin dans mes confidences.

Le regard intrigué et désolé qu'elle pose sur moi remue quelque chose dans ma poitrine. Je l'observe croiser ses bras sur son torse, hésitante. J'ignore si elle va se laisser prendre au jeu. J'aimerais que ce soit le cas. Apprendre à nous connaitre ne peut que nous être bénéfique pour la suite.

– Je n'ai pas une relation très saine avec mes parents, non plus. avoue-t-elle, d'une voix incertaine en détournant le regard. Notamment avec mon paternel. souffle-t-elle si bas que je ne suis même pas sûr de ses paroles.

J'ai l'impression qu'on lui arrache les mots de la bouche tellement ils lui paraissent difficiles à prononcer. Je pense bien avoir mis le doigt sur un problème très personnel au sujet de la Princesse. Qu'est-ce que cela peut signifier ? Je ne peux m'empêcher de repenser aux marques que les tests de son arrivée ont révélées. Le Grand Seigneur Orivalur est-il responsable de ces traces sur sa peau ? Je voudrais l'interroger davantage, mais je dois respecter les règles tacites de notre jeu. Je ne suis pas prêt à aborder plus en profondeur la rancœur que je ressens envers mes parents. Je dois respecter le fait qu'elle ne souhaite pas m'en dire plus sur le genre de relation qu'elle entretient avec son paternel. Avançons étape par étape !

La vulnérabilité que j'entraperçois dans ses yeux l'espace d'un instant m'assure que nous sommes sur la bonne voie. Tous ces moments que nous passons ensemble m'ont montré sa nature profonde. Elle n'est pas, ou du moins pas seulement, la Princesse froide et vindicative qu'elle veut laisser voir. Tout comme je ne suis pas uniquement un dirigeant distant. J'apprécie la facette d'elle qu'elle affiche en société : toujours apprêtée et un brin arrogante. J'apprécie également la jeune Fae courageuse et déterminée que j'ai découverte lors de nos entrainements. Et par-dessus tout, je succombe à la Princesse qui laisse tomber son masque pour me montrer ses failles. Elle n'est pas si insensible qu'elle prétend l'être. J'aime la maitrise qui la caractérise, mais j'aime encore plus quand elle s'en sépare.

Avec Arlayna, nous nous croisions déjà lorsque nous étions enfants. Et j'ai appris à la connaitre quand elle a rejoint ma Cour. Elle m'est toujours apparue d'une nature plutôt joviale et un tantinet manipulatrice. Mais depuis l'arrivée de Cliodhna, je me demande si je la connaissais vraiment. Elle représentait à mes yeux la candidate idéale au titre de Grande Dame. Mais qu'elle se soit attaquée à la Princesse gratuitement et surtout jouée de la crédulité de ma sœur, je ne peux le tolérer. Si j'ai une limite, c'est celle-là ! Et elle l'a franchi…

– J'ai besoin de m'évader avec Huowáng chaque matin avant de débuter ma journée. décidé-je de lui révéler.
– Votre dragon, c'est ça ?! s'enthousiasme-t-elle à la mention de mon familier.
– C'est ça. Il semble d'ailleurs vous apprécier, vous savez ?! Il n'est pourtant pas du genre amical d'ordinaire.
– Est-ce que… Pourrais-je vous accompagner ? hésite-t-elle.

Je n'ai jamais laissé personne m'accompagner lors de mes balades quotidiennes. Pas même ma petite sœur. J'ai besoin de ce moment en solitaire pour me ressourcer. Pourtant, la perspective que Cliodhna se joigne à moi me semble… naturelle.

– Venez avec moi demain matin, avant notre entrainement ! me surprends-je à l'inviter.
– Avec joie. m'assure-t-elle, un sourire timide aux lèvres.

La tension dans la salle devient plus intense alors que nous ne nous quittons pas du regard. Je reconnais immédiatement la lueur qui fait briller les yeux verts de la Princesse. Du désir. Mais, je ne veux pas céder à mes instincts primaires qui me dictent de me jeter sur sa bouche. Je dois m'éloigner tant que je parviens encore à me contrôler. Après nos confessions, ce n'est ni le lieu ni le moment pour s'abandonner au plaisir de la chair.

– À demain, alors. lâché-je précipitamment. Je viendrai vous chercher aux premières lueurs du jour. soufflé-je avant de quitter la pièce.

CHAPITRE 20 - CLIODHNA

Quand Althidéon passe la porte, je peux enfin respirer de nouveau normalement. Cette connexion entre nous devient de plus en plus puissante, je le sens. Mon corps tremble, ma peau est moite et les battements de mon cœur sont désordonnés. Comment un simple mâle peut avoir autant d'influence sur mon corps, sans même me toucher ? C'est complètement insensé !

– Tout va bien ? s'inquiète Avaline en me rejoignant sur le fauteuil.
– Oui, je vais bien. tenté-je de m'en convaincre.
– La tension entre vous était palpable même à travers la porte ! m'apprend-elle avec un regard malicieux.

Ava oublie souvent que je n'ai pas eu la même éducation qu'elle. La plupart des Faes expérimentent ce qu'est la séduction à l'adolescence pour parfaire leur éducation. Pour ma part, je n'ai pas eu le loisir de m'y adonner. Je n'ai jamais ressenti le besoin d'assouvir ce genre d'appétit. Pour autant, je ne suis pas innocente non plus. Mon rôle en tant que Princesse est de fournir des héritiers à ma lignée. Mes parents ont d'ailleurs été soulagés de constater que je suis fertile. Si j'étais resté à Oymalon, j'aurais dû participer à ma première cérémonie de la Lune Dorée.

Quand un cycle lunaire s'achève, l'astre se pare d'un halo lumineux doré intense. Pendant cette phase, les Faes femelles sont alors fertiles jusqu'à ce qu'il disparaisse. Durant cette période de fêtes, les féconds s'adonnent à la procréation sans répit. J'avoue éviter tout le faste de ce cérémonial habituellement. Toute cette débauche me met bien trop mal à l'aise. Mais ce que j'éprouve à proximité de ce mâle me perturbe totalement. Je sens une faim que je ne connais pas se développer en moi. Et ça me fait peur, je ne vais pas mentir. Moi qui d'ordinaire ai du mal à comprendre cet appétit sexuel, je crois saisir la fièvre qui les tenaille.

– Il souhaite que nous apprenions à nous connaitre. lui signifié-je.
– Et toi ? Qu'est-ce que tu veux ?
– Je… Je ne sais pas. soufflé-je, dépitée. Hormis avec toi, je ne suis pas très à l'aise pour les confidences. Mais avec ce mâle, c'est différent. Je n'avais pas envisagé pouvoir me lier à lui d'une autre façon que politiquement.
– Et c'est une mauvaise chose, tu penses ?
– Je ne sais pas. Ma mère s'est complètement effacée face à son mari. Je ne veux pas devenir comme elle. lui confié-je pour la première fois. Si je garde mes distances avec les autres, ce n'est pas uniquement, parce que je suis une solitaire ou que je crains les conséquences que cela pourrait avoir à cause de mon père. J'ai peur de me trouver dans la même situation que ma mère. Quand j'étais petite, elle avait sa propre personnalité. Elle agissait comme bon lui semblait. Elle conseillait même le Grand Seigneur. Mais peu à peu, elle s'est effacée… jusqu'à oublier de protéger ses enfants. lâché-je amère. Je ne veux pas devenir comme elle.
– Je comprends ce que tu veux dire, Clio. Mais tu ne sais peut-être pas tout. Elle a tout de même comploté derrière

ton père pour s'assurer que tu viennes ici. Elle savait que t'envoyer ici te permettrait de développer ton don du Feu. Tu ne peux pas faire abstraction de cela. Et puis, dans tous les cas, tu n'es pas ta mère. T'ouvrir aux autres ne signifie pas que tu vas te perdre. m'assure-t-elle.

Face à mon silence, elle continue :

– Peu de personnes peuvent se targuer de te connaitre, mais je pense être l'une d'elles. Tu es forte, Cliodhna. Ce n'est pas un mâle qui va t'enlever ça, j'en suis certaine.

J'aimerais être aussi confiante que mon amie. Mais comment l'être quand le seul modèle de couple que je connaisse est aussi dysfonctionnel ?

***

Quand le Grand Seigneur frappe à la porte, je suis déjà prête depuis longtemps. Il faut dire que ma nuit a été assez courte. Je n'ai eu de cesse de me repasser les paroles d'Ava et j'étais surexcitée à l'idée de monter à dos de dragon avant mon entrainement. J'ai décidé de porter une tenue plutôt simpliste, selon mes critères. La tunique longue couleur du rubis que je porte ceinture ma poitrine joliment. Dessous, j'ai enfilé des braies moulantes foncées assorties à des bottes qui m'arrivent à mi-mollet. J'ai rassemblé mes cheveux en une longue natte qui pend dans mon dos. Cette tenue me met en confiance. C'est donc décidée que j'ouvre la porte.

Althidéon est vêtu de son éternel costume de Grand Seigneur : un ensemble clair qui fait ressortir les veines lumineuses qui parent sa peau, ainsi qu'une cape aux couleurs de sa lignée.

– Princesse. me salue-t-il. Êtes-vous prête ? me demande-t-il après avoir détaillé ma tenue.

– Votre Seigneurie. le salué-je en sortant de ma suite.

La tension est déjà palpable entre nous alors que nous nous dirigeons à peine vers les hauteurs du palais. Nous n'échangeons pas un mot de tout le trajet. Pour ma part, je suis bien trop nerveuse pour espérer faire la conversation. Et j'ai bien trop peur que des trémolos dans ma voix ne trahissent mon agitation.

Quand je repère la magnifique créature qui nous attend sur le toit du palais, ma nervosité se transforme en fébrilité. Je vais vraiment monter sur ce mastodonte. Je ne me rappelais pas qu'il était aussi impressionnant. Les écailles cramoisies de sa peau luisent à la lumière du jour qui se lève. C'est comme s'il était paré d'or. Ses ailes puissantes s'abaissent à notre approche et son regard se rive dans notre direction. Je décide de rester un peu en retrait alors qu'Althidéon salue son familier d'une caresse au niveau de son museau. La créature semble apprécier le contact de son maitre, en fermant les yeux pour humer son odeur. Puis je me retrouve avec deux regards intenses posés sur moi. Le grand Seigneur parait comprendre que j'ai besoin de temps pour m'habituer au monstre qui me fait face. De son côté, les yeux reptiliens du dragon ne me lâchent pas une seconde. Je ne parviens pas à interpréter la façon dont il me détaille. Est-ce qu'il apprécie ma présence ou non ? Ou au contraire est-il complètement indifférent à ma compagnie ? Je n'ai pas le temps de m'interroger plus longtemps que le Fae tend la main dans ma direction.

– Approchez sereinement et confiante comme vous l'avez fait la dernière fois. m'explique-t-il. S'il réagit, c'est qu'il perçoit votre angoisse.
– Il a une façon de me jauger qui ne me rassure pas du tout. avoué-je.
– Pourtant, je suis certain qu'il vous apprécie plus que vous ne le croyiez. Approchez ! Faites-moi confiance ! me lance-t-il, une lueur malicieuse au fond des yeux, tout en me

présentant sa main.
– On en revient donc toujours à ça ! ne puis-je m'empêcher de constater, en saisissant tout de même sa main.

Je m'avance alors lentement, sans lâcher la bête du regard. Je dois lui montrer que j'ai le dessus. Mais la créature semble déterminée à me fixer, elle aussi. Lorsque j'arrive enfin à la hauteur du grand Seigneur, un courant électrique parcourt tout mon corps à son contact. Je suis obligée de lâcher le regard de la bête pour me plonger dans celui du Grand Seigneur. Il parait si serein ! Tout en gardant ma main dans la sienne, il accompagne la seconde jusqu'au museau de son familier afin qu'il prenne connaissance de mon odeur. Le dragon semble tolérer ma présence. Je ne sais pas si c'est dû à cette connexion à trois ou s'il m'apprécie réellement. En tout cas, ce que nous sommes en train de partager est unique.

– Vous voyez, vous n'avez rien à craindre. m'assure-t-il en relâchant ma main.

Sentir la force de la créature que je touche est exaltant. Je perçois toute la puissance contenue sous ses écailles. Lorsque sa tête se tourne dans ma direction, je le salue timidement. Geste qu'il semble comprendre, car il baisse sa tête en guise de reconnaissance avant de s'allonger pour que nous puissions monter sur son dos.

– Vous pouvez encore changer d'avis. me prévient le Seigneur en plongeant son regard dans le mien.
– Vous apprendrez que lorsque je prends une décision, je m'y tiens. lui annoncé-je en m'appuyant sur la main qu'il me tend pour grimper sur le dos de la créature.
– Je suis heureux de le savoir.

La force brute qui vibre entre mes cuisses me fait immédiatement oublier la tension qui règne entre ce mâle et moi. À cet instant, je me sens plus puissante que jamais alors que nous sommes toujours au sol. Je crois que je vais me souvenir de cette expérience tout au long de ma vie. C'est ainsi que la chaleur du corps d'Althidéon derrière moi ravive le feu ardent entre nous.

– Passez cela ! m'indique-t-il en positionnant sa cape sur mes épaules. Le vent peut être glacial en altitude. me prévient-il. Êtes-vous prête ? Il est grand temps de décoller !

Je me cramponne sans pouvoir parler. Mes mains tremblent et les battements de mon cœur s'intensifient. Il émet un sifflement qui fait se relever le dragon. Nous nous trouvons maintenant à plusieurs mètres de hauteur. L'appréhension se mêle désormais à l'excitation. Je crains autant que j'attends le moment où nous allons nous envoler. J'ai déjà expérimenté la sensation de voler grâce à mes ailes. Mais ici, sur le dos de cette créature, c'est une tout autre perception.

Immédiatement, je sens des bourrasques nous emporter. C'est comme si nous flottions dans un courant d'air. J'ai déjà ressenti cette sensation, mais à une tout autre échelle. Les palpitations de mon cœur s'accordent au rythme effréné du battement des ailes du dragon. J'observe la cité réduire de taille de plus en plus jusqu'à n'être plus qu'un minuscule point noir dans un paysage luxuriant. Enfin, la créature semble arriver à la hauteur qu'elle visait et se stabilise. Le vent se calme alors, et je peux étudier à ma guise tout ce qui m'entoure. Le sol est couvert de zones boisées plus ou moins denses. Par endroit, je distingue même des étendues désertiques. Quelques temples se perdent dans la végétation. Je remarque que comme chez moi, il y a peu de villages éloignés de la capitale. Tout ici me parait plus sauvage. J'imagine que c'est parce que je ne connais rien de ce continent. Observer la vie depuis le ciel donne une sensation de pouvoir inouïe. On peut vite y devenir accro. Je comprends mieux pourquoi Althidéon ne peut déroger à cette balade matinale.

– Tout va bien ? me demande-t-il au creux de l'oreille, pour que je puisse l'entendre malgré le bruit du vent.

C'est alors que je prends réellement conscience de notre proximité. J'ai l'impression que mes sens sont décuplés. Son parfum boisé complexe emplit mes narines. Son souffle dans mon cou envoie des décharges électriques dans chacune de mes terminaisons nerveuses. Le contact de son torse dans mon dos enflamme mes sens. Je me fais l'effet de n'être qu'un amas d'hormones en ébullition. Je me surprends malgré moi à m'appuyer davantage contre son torse pour renforcer la proximité entre nous. Je n'ose pas me retourner de peur qu'il devine mes pensées inappropriées.

C'est alors que la bête rue entre mes cuisses. Le dragon émet un cri strident qui m'oblige à poser mes mains sur mes oreilles pour le supporter. La peur s'imprègne en moi tandis que le Grand Seigneur resserre son étreinte autour de ma taille d'une main. Il essaie d'apaiser le monstre de son autre main, tout en émettant des paroles que je ne comprends pas. J'imagine qu'il s'agit d'un langage que comprend la créature. L'animal semble d'ailleurs se calmer tout en se dirigeant vers une haute montagne.

– Ne vous inquiétez pas Princesse ! tente-t-il de me rassurer. Nous allons faire une petite pause. m'apprend-il.

Le monstre s'approche alors dangereusement d'un surplomb à vive allure. Craignant que nous ne nous écrasions, je pose ma main sur celle d'Althidéon et la serre très fort tout en fermant les yeux et priant les Dieux.

CHAPITRE 21 - ALTHIDÉON

Quand la Princesse saisit ma main dans la sienne, une étrange sensation se répand dans ma poitrine. Je resserre instinctivement mon étreinte autour d'elle. Je peux comprendre que la conduite musclée de Huowáng peut surprendre. Mais je sais que nous sommes en sécurité avec lui. Il se montre parfois brusque, c'est vrai. Cependant, il ne prend jamais de risque incontrôlé lorsque je suis avec lui. La présence de Cliodhna semble toutefois le perturber. J'ignore de quoi il retourne exactement, mais je n'ai pas vraiment le temps de m'attarder sur ça pour le moment. À la crispation de la colonne du dragon, je comprends qu'il a besoin d'une pause. J'ai conscience que quelque chose déstabilise mon familier. Ce n'est pas notre poids additionné qui lui pose problème, je le sais.

Lorsqu'il atterrit au niveau d'un surplomb rocheux, je ne perds pas de temps à descendre. Quand je me réceptionne au sol, je fais signe à la Princesse de se laisser glisser le long de la patte de la créature. Je lis sur son visage une myriade d'émotions. Un instant, je crains qu'elle reste paralysée sur le dos de la bête. Mais c'est bien mal la connaitre. Il ne lui faut que quelques instants pour recouvrer son aplomb et me rejoindre. À peine son pied effleure-t-il la roche que Huowáng prend son envol. Je rattrape de justesse la Princesse qui manque de se retrouver face contre terre. Le comportement de mon familier avec la jeune Fae est étrange. Je connais Huowáng par cœur et je ne l'ai jamais vu agir de la sorte. Il tolère sa présence et accepte même qu'elle s'approche de lui, mais au bout d'un moment, c'est comme s'il ne supportait plus sa proximité. Quelque chose en elle le déstabilise. Mais je ne saurais dire quoi.

En tout cas, Clio ne semble pas contrariée par la chute à laquelle elle vient d'échapper de justesse. Je ne l'ai jamais vu la mine si enjouée. Je crois même percevoir l'esquisse d'un véritable sourire sur ses lèvres. Cette balade parait la ramener à la vie. Elle était si éteinte ces dernières rondes…

– La vue est magnifique ! s'extasie-t-elle, me sortant de mes pensées.

Mon royaume est splendide, c'est un fait. Mais je suis bien trop occupé à observer la jeune Fae pour me gorger de ce territoire que je connais par cœur. Heureusement, le dragon nous a déposés sur un surplomb suffisamment large pour que nous soyons à l'aise. Je le surveille au loin effectuer des figures dans les airs pour se détendre. Je ne suis pas sûr qu'il comprenne lui-même ce que lui provoque la jeune princesse. Nous sommes ainsi deux dans la même situation. Cette Fae est tellement énigmatique que je ne saurais pas par où commencer. Pendant le vol, j'ai perçu l'attraction qui nous pousse l'un vers l'autre, inexorablement. Je ne peux plus me voiler la face. La Princesse Cliodhna me procure des sensations qu'aucune autre n'avait provoquées. Il n'est pas seulement question d'attirance physique ou sexuelle, c'est au-delà de toutes ces frivolités. Lorsqu'on est ensemble, j'ai le sentiment que les choses nous dépassent. La Princesse est belle, cela va de soi. Mais de ce point de vue, il existe bien d'autres Faes tout aussi charmantes. Non, ce qui me fascine chez elle, c'est son esprit contradictoire. Elle apparait aux premiers abords comme quelqu'un de froid et distant. Pourtant, son comportement envers Bilgard puis avec les lingères montre bien qu'elle se soucie des autres. D'autre part, je dois admettre que j'admire son sens de la répartie et le courage dont elle fait preuve en toute occasion. Mais au-delà de sa force de caractère, je crois que c'est la vulnérabilité que j'ai entrevue quand elle a parlé de sa famille qui me touche le plus. Je me reconnais en elle, aussi dingue que cela puisse paraitre.

– Par les Dieux ! s'écrie la Princesse me ramenant au moment présent.

Lorsque je suis son regard, je découvre que d'autres dragons ont rejoint mon familier. La vision qui s'offre à nous est juste stupéfiante. Le lever du jour donne des éclats irréels aux cuirasses des créatures surnaturelles. Des reflets argentés s'invitent sur leurs écailles brillantes. Mais le plus renversant demeure leur gabarit. Changshe, la plus ancienne dragonne, mesure presque la taille d'une petite montagne. En tant que dragon lunaire, sa peau parait aussi dure et lisse que du marbre. Elle forme un parfait contraste avec Bǎohù, le familier de ma sœur. Étant la plus jeune, l'animal atteint à peine la hauteur d'un arbre centenaire. Sa peau blanche à l'aspect noueux, caractéristique des dragons de la Terre, est toujours étrange à observer. Mais le plus déroutant reste de les regarder évoluer tous ensemble dans les airs. C'est une chose suffisamment rare pour que cela m'interpelle. Baishe effectue une sorte de parade séductrice envers sa compagne Changshe. Il ne cesse de suivre le moindre de ses mouvements tout en remuant ostensiblement ses ailes dans sa direction. De son côté, Bǎohù résiste aux assauts de Hulong, qui ne parait pas impressionné par les cris de remontrance de la jeune dragonne. Mais c'est le hurlement déchirant de mon familier qui me pousse à analyser la situation. Pourquoi tous les dragons viendraient nous saluer ? Et surtout, pourquoi Huowáng semble-t-il souffrir à ce point ?

– Pourquoi n'y ai-je pas pensé plus tôt ? ! me reproché-je, comprenant ce qui se joue ici.
– Que se passe-t-il ? m'interroge Cliodhna en se positionnant à mes côtés.
– Vous devriez vous asseoir, Princesse. lui conseillé-je.
– Pourquoi cela ? me demande-t-elle méfiante.
– Vous vous souvenez que je vous ai parlé de la capacité de certains élus de Dagda à se lier avec une créature élémentaire ?
– Oui, plus ou moins. acquiesce-t-elle, sans comprendre où je veux en venir. Mais pourquoi vous… Non ! Attendez ! Vous ne croyez pas que… appréhende-t-elle.
– Il n'y a qu'un moyen de le savoir…

D'ordinaire, la cérémonie s'effectue au moment du passage de statut d'enfant à celui d'adolescent. Ainsi, le dragon grandit en même temps que son invocateur. Le lien qui se crée alors entre l'animal et le Fae est si puissant que rien ne peut les séparer. À la disparition de son alter ego, le dragon se transforme en poussière pour rejoindre son maitre dans l'autre monde. J'ignore l'effet que peut avoir une invocation tardive, ni même si celle-ci est seulement possible. Mais cela ne coute rien d'essayer. Il doit y avoir une raison pour que les élémentaires reconnaissent la Princesse. Et à part le fait qu'elle soit une invocatrice, je ne vois pas d'autres réponses éventuelles.

J'explique alors à Cliodhna en quoi consiste cette cérémonie sous l'œil vigilant des créatures mystiques qui nous observent de loin. Je sais que nos familiers sont liés à nous. Ils partagent certains traits de caractère de leur partenaire. Ainsi, j'ai conscience qu'ils comprennent parfaitement la situation. Le regard intense que pose

Huowáng sur la Princesse me déstabiliserait presque. De son côté, la jeune Fae demeure concentrée. Elle mémorise avec application chacune de mes paroles et des gestes qu'elle va devoir effectuer. Mon peuple est formé dès le plus jeune âge à ce genre de rituel. Ainsi, quand le moment est venu, nous nous rendons au pied du temple de Dagda pour l'invocation. La présence du peuple et de la prêtresse ne fait partie que de la tradition instaurée par mes aïeuls, tout comme le fait de réaliser cette cérémonie à proximité du temple. Ce ne sont nullement des éléments déterminants à l'exécution du rituel. Nous pourrons donc nous en passer aujourd'hui.

– Êtes-vous prête ? lui demandé-je, une fois certain qu'elle a tout mémorisé.
– Oui !

La détermination qu'elle met dans ce simple mot m'assure qu'elle est prête pour ce qui l'attend. Comme aucun de nous ne l'a été à l'époque de son invocation, je ne lui ai pas expliqué ce qu'il se passera après avoir prononcé les paroles consacrées. C'est un voyage qu'elle doit effectuer seule sous le regard du père des Dieux. Mais ce qui est certain, c'est qu'elle n'en sortira pas indemne…

CHAPITRE 22 - CLIODHNA

Je crois ne m'être jamais sentie aussi anxieuse de toute vie. Le regard insistant du dragon de feu ne m'aide clairement pas à calmer mon appréhension. Il y a quelques semaines, je ne connaissais même pas l'existence de ce genre de créatures. Les dragons relevaient pour moi de l'imaginaire de quelques individus. Il faut dire que le climat tempéré de mes terres natales n'est pas propice à leur équilibre biologique. Ils ont besoin d'un environnement sec et venteux pour survivre. Désormais, je ne peux nier leur existence alors que cinq paires d'yeux aux pupilles reptiliennes observent le moindre de mes gestes. Tenter de faire abstraction de leur présence s'avère aussi simple que d'ignorer une lame enfoncée dans la poitrine. J'inspire un grand coup et commence par tracer au sol les symboles représentant le père des Dieux à l'aide d'un morceau de roche qu'Althidéon a décroché pour moi.

Je trace en premier le signe de Dagda : le chaudron magique. Puis en forme de cercle, j'ajoute les différents symboles élémentaires : la Lune, la Terre, l'Eau et le Feu. Je m'accroupis ensuite au centre du cercle et récite les paroles consacrées en langue ancienne. J'ignore ce qui doit se passer exactement. Je tourne alors mes yeux vers Althidéon. Le regard qu'il pose sur moi me déstabilise l'espace de quelques secondes. Je ne sais pas comment interpréter la lueur brillante qui danse dans ses yeux. Mais avant que je puisse l'interroger, il me fait signe de reprendre l'incantation. Sentant le poids du regard des créatures surnaturelles toujours aussi insistant, je continue donc le chant mystique. C'est alors qu'une drôle de sensation me saisit. Ma tête se met à tourner pendant quelques secondes avant que je sente mon corps partir à la dérive. Quand je rouvre les yeux, le paysage autour de moi a complètement changé. Oubliées les roches rougeâtres des Crêtes Versatiles. Disparus les dragons et le Grand Seigneur. Que se passe-t-il ?

Je suis sidérée par cette transformation de paysage si abrupte. Je me trouve en plein cœur de grandes étendues verdoyantes. L'air embaume l'odeur prenante de l'herbe fraiche et de la terre humide. Je ne comprends pas ce que je fais ici. Althidéon s'est bien gardé de me prévenir que ce genre de chose allait arriver. En même temps, je devais bien me douter que le lien avec un dragon n'allait pas être aussi aisé qu'une simple cérémonie. Je distingue dans le ciel la Lune sacrée, je ne me trouve donc pas dans une autre dimension. Je cherche des indices pour comprendre où je me trouve. Mais rien ne m'évoque un endroit que je connais. Je décide alors de partir à la découverte de mon environnement. Plus j'avance dans cette espace verdoyant plus les herbes se font grimpantes. C'est comme si elles poussaient au fur et à mesure que j'avance. Elles finissent par m'ensevelir, de la même manière que le ferait un champ de céréales. Sur la pointe des pieds, je ne vois toujours rien de plus que cette immensité verte. Je ne peux rien faire d'autre que d'avancer en espérant en sortir. Je commence même à devenir claustrophobe là-dedans. Mais, la peur n'a pas le temps de m'envahir que je suis interrompue dans ma marche par un attroupement inattendu d'individus.

Prenant mon courage à deux mains, je m'approche

d'eux sur le qui-vive. J'ignore ce que me réserve cet endroit. J'imagine qu'il s'agit d'une quelconque épreuve pour déterminer si je suis suffisamment valeureuse pour mériter l'attachement d'un familier. Lorsque je me trouve à portée de voix, je me rends compte que ce sont divers fermiers qui évoquent une invasion d'insectes dans leurs champs. Ils semblent totalement impuissants face à la situation. À Oymalon, en tant que Conseillère du Gouverneur du Nord, j'ai déjà dû lutter contre ce genre de désagrément. Je pense donc savoir quoi faire pour régler le problème.

– Faelis ! salué-je l'assemblée qui se tourne vers moi à mon approche.

Immédiatement, les Faes me regardent avec méfiance. Certains me dévisagent ostensiblement tandis que d'autres se détournent rapidement. En temps normal, je ne me serais sans doute pas attardée à aider des inconnus. Mais je suis persuadée que c'est le Dagda qui m'envoie une épreuve pour juger de mes capacités. Il ne peut s'agir que de cela.

– À quel genre d'invasions avez-vous affaire ? demandé-je au Fae le plus proche.
– Des jangfei. m'apprend-il, le regard scrutateur.

Avec Ran, nous avions dû faire face à une offensive d'arachnoïdes. Je ne vais donc pas pouvoir utiliser la même technique pour me débarrasser de ces insectes volants. Heureusement, ma formation de guérisseuse m'a permis de me familiariser avec toutes sortes de créatures animales et végétales. Toutes ces heures passées à étudier ne seront finalement pas si vaines. Je sais comment repousser les jangfei. J'observe les alentours et découvre un tas de bois sec non loin.

– Nous allons avoir besoin de plus de bois secs. informé-je

le paysan qui ne me quitte pas des yeux.
– Et pourquoi ça ? me demande-t-il dubitatif.
– La fumée incommodera les insectes qui ne sauront plus où se poser. lui expliqué-je. Si vous avez de la poudre cayé, cela sera d'autant plus efficace.

Plusieurs regards sceptiques se tournent vers moi. Cependant, la situation est tellement critique que je crois qu'ils seraient prêts à faire n'importe quoi pour sauver leurs récoltes. C'est donc avec soulagement que j'observe les Faes se disperser pour apporter ce que je leur ai demandé. Pendant ce temps, je tente de me souvenir de la formule permettant de prolonger l'effet de poudre de cayé sur les cultures. Ainsi, les fermiers n'auront pas à renouveler l'apport de fumée en attendant que les jangfei passent leur chemin.

Ici, le temps ne semble pas exister. Ce qui peut sembler des heures sont des minutes ou l'inverse. Je n'ai aucune notion du temps qui passe. Ne les voyant pas revenir, mais percevant des voix lointaines, je décide de me laisser guider par celles-ci. Les cultivateurs ont été rejoints par les villageois pour disposer des buchers comme je leur ai conseillé. Je me mêle à eux pour les aider. À mon signal, les Faes enflamment le bois sec, saupoudré de poudre enchantée. Nous commençons par une extrémité des prés pour finir par l'autre. Ainsi, les insectes qui ne meurent pas étouffés par les fumées s'enfuient hors des terres cultivées. Je passe de longues heures à encourager les fermiers, tout en récitant les formules magiques adéquates. Quand nous terminons de protéger les dernières cultures, je suis épuisée. Ma tenue est couverte de cendres et mes cheveux empestent la fumée. Mais au moins, nous sommes parvenus à libérer les terres agricoles de l'invasion de ces petites bêtes affamées. Ce sont des familles entières que nous venons de sauver de la misère. Je redécouvre ce sentiment agréable de savoir que j'ai été utile. Que ce que je fais n'est pas vain. La reconnaissance que m'accordent ces Faes que je ne connais pas n'a rien de comparable en ce monde. Agir fructueusement est l'une des choses les plus gratifiantes que je sois amenée à faire. C'est ce sentiment que je ressentais lorsque j'intervenais en tant que conseillère de mon frère. C'est ce pour quoi je suis douée et j'espère retrouver ce rôle en qualité de Grande Dame des Terres Dorées. Car je suis bien déterminée à obtenir cette place qui me revient de droit. Une jeune Fae rousse me tend un panier garni de fruits et viandes séchées, en guise de reconnaissance.

– Je ne peux pas accepter. tenté-je de lui rendre son présent.

Le regard perçant qu'elle me lance m'assure que je viens de l'offenser. J'effectue donc un mouvement de la tête en guise de remerciement. Je ne souhaite pas les blesser inutilement. D'un dernier signe de la main, je prends congé de cette petite communauté si soudée. Ma tâche accomplie, je pensais retourner auprès d'Althidéon comme par magie, mais ce n'est pas le cas. Si je me trouve toujours ici, c'est que ma quête n'est pas terminée. Malgré mon état de fatigue, je ne veux pas perdre de temps. Je n'aime pas m'imaginer inconsciente à la portée de quiconque. J'accorde une relative confiance à Althidéon, c'est vrai. Pour autant, je ne suis pas tout à fait sereine face à la situation.

Je finis par croiser un sentier qui me mène au cœur d'une forêt. La Lune étant à mi-parcours, je sais que la nuit est encore loin. J'ai conscience que tous les bois ne sont pas comme la Forêt Noire. Mais je ne m'aventurais jamais de mon plein gré au cœur des bois en pleine obscurité. Je préfère rester prudente. J'ai combattu bien trop de créatures sauvages pour me laisser prendre au piège.

La nature me parait étonnamment calme tout autour de moi. Je ne perçois aucun bruit d'animal. Même la légère brise qui attisait les buchers tout à l'heure semble avoir disparu. Cela ne peut pas être bon signe. Quelque chose se prépare, j'en suis convaincue. Inspectant ma ceinture, je remarque immédiatement l'absence de la dague que m'a offerte Drach. Je ramasse alors un bout de bois de taille admirable et soupèse son poids pour m'assurer qu'il fera une arme efficace, en cas de besoin. Des voix retentissent soudain :

– Non ! Non ! Par les Dieux ! gémit une voix masculine.
– Laissez-nous ! supplie une autre voix.

Je ne sais pas s'il s'agit d'un stratagème pour m'attirer dans un piège, mais je ne peux ignorer la panique que je perçois en entendant la supplique. Je m'approche donc le plus discrètement possible afin d'analyser la situation. Un Fae d'au moins deux mètres menace un couple, recroquevillé au sol, à l'aide de ce qui me semble être une hache. J'inspecte attentivement les alentours pour être certaine d'avoir tous les éléments en main. Mon frère s'est fait un devoir de m'apprendre à toujours étudier le terrain avant de me lancer dans un combat. Il serait fier de moi en cet instant. J'inspire un bon coup pour écarter le sentiment de manque qui me saisit à la gorge et me concentrer sur l'essentiel : repousser l'attaquant.

Je m'approche à pas feutrés de l'assaillant par-derrière et me prépare à frapper. Mais lorsque le regard du couple se tourne dans ma direction, l'agresseur réagit au quart de tour. Il balance sa hache vers moi. J'échappe à une entaille mortelle de justesse, grâce à mes réflexes instinctifs. Je dois mon salut à l'entrainement intensif que m'ont fait suivre Ran et Drach quotidiennement. Même si cela fait plusieurs semaines que j'ai mis de côté ma discipline, mes automatismes demeurent intacts. J'esquive une seconde attaque en observant mon adversaire. Ses bras sont musclés, mais son jeu de jambes laisse à désirer. C'est là-dessus que je dois me concentrer. Je constate rapidement qu'il ne possède pas une myriade de coups. Il tente sans cesse une attaque frontale que je parviens à éviter sans difficulté. Ce qui ne fait qu'augmenter sa rage et donc son manque de concentration. Mon frère m'a toujours dit que face à un adversaire supérieur en force brut, le mieux est de l'amener à s'épuiser et de l'attaquer au moment où il s'y attend le moins. C'est pourquoi lorsqu'il soulève sa hache dans ma direction une énième fois, je ne perds pas de temps et enfonce le bout de mon bâton sous son bras. La douleur lui fait alors lâcher son arme, que je m'empresse de récupérer. Aussitôt en main, je balance l'outil en direction de son bras. La lame affutée ne manque pas sa cible et entaille profondément son biceps. Le brigand semble totalement abasourdi quand il découvre l'ampleur de sa blessure. J'arrive presque à voir l'os de son bras sous le flot de sang violet qui coule sans discontinuité. Alors que je m'apprête à donner un coup fatal à mon adversaire, un cri me fait me retourner.

La vieille Fae apeurée au sol m'indique trois assaillants se dirigeant vers nous. Je n'aurai jamais le dessus face à autant d'opposants. Je me précipite alors vers le couple pour les relever et les mettre à l'abri au plus vite. Si nous voulons avoir une chance contre ces bandits, nous ne devons pas perdre de temps.

CHAPITRE 23 - CLIODHNA

Je me saisis du bras du mâle qui est blessé à la jambe et fais signe à sa compagne de me suivre. Nous courons aussi vite que nous le pouvons, sous les sons bestiaux des bandits qui nous ont pris en chasse. Je ne perds pas de temps à vérifier à quelle distance ils se trouvent de nous. Ils ne nous ont pas rattrapés, c'est plutôt bon signe. J'imagine que leur corpulence les ralentit un peu. C'est une bonne chose pour nous.

– Venez par ici ! m'indique la femelle en saisissant mon bras quand le bruit de nos poursuivants a disparu.

La Fae femelle me tire par le bras comme pour me signaler la marche à suivre. Elle semble connaitre un endroit où nous pourrons être à l'abri. Avant de m'engager, je jette un dernier coup d'œil derrière nous. Nos assaillants semblent hors d'atteinte.

Toujours sur le qui-vive, je la suis en soutenant son compagnon dont la condition physique se dégrade à vue d'œil. C'est alors que je me rends compte que le mâle est bien plus âgé que je ne le pensais. Il ressemble un peu à

Bilgard avec sa peau parcheminée. C'est un véritable miracle qu'il soit parvenu à courir aussi longtemps avec des membres autant raides. Constatant que les brigands ont sans doute fait demi-tour, je ralentis l'allure et m'adapte à celle de l'ancien. Je ne peux m'empêcher d'observer l'endroit où les veines lumineuses ont laissé la place à des sillons desséchés. Althidéon ressemblera-t-il à ça dans plusieurs ères ? Que je pense au Grand Seigneur à cet instant me déstabilise davantage. Que je pense à lui dans un moment pareil en dit long sur ce qui se passe en moi. Je suis en train de vivre un calvaire et j'arrive encore à penser à lui ! On dirait bien que ce parcours initiatique ne m'en apprendra pas que sur l'affiliation aux Dragons... Je découvre une partie en moi, que je ne m'autorisais pas jusque-là. Althidéon est en train de gagner ma confiance et peut-être même plus encore.

Clairement, mon esprit part en vrille. Qu'est-ce qui me prend de penser à lui de la sorte ? C'est un peu à cause de lui si je me trouve dans cette situation à ne pas savoir quoi faire ! Suis-je dans une sorte d'épreuves des Dieux ? Ou bien le Seigneur m'a-t-il piégée pour se débarrasser de moi ? J'avoue ne pas savoir vers quelle option me tourner.

– Voilà ! Nous sommes arrivés ! indique la femelle en ouvrant la porte d'une sorte de cabane tout en bois.

J'ai l'impression de me trouver face à une maison de poupées. Les murs de la façade sont totalement recouverts de plantes grimpantes. La maisonnette s'intègre parfaitement dans les bois. Il faut posséder un œil aguerri pour distinguer la porte et les fenêtres de la demeure. Je conduis le vieillard Fae à l'intérieur en soutenant la plus grosse part de son poids. Il n'est clairement pas au mieux de sa forme.

– Par ici ! m'indique sa compagne en me dirigeant vers la chambre de la maisonnée.

Je dépose le blessé sur un lit à même le sol, alors que la femme me fait signe de la suivre à l'extérieur de la pièce. Elle referme doucement la porte derrière nous, non sans avoir lancé un regard inquiet au blessé.

– Nous ne vous remercierons jamais assez, demoiselle. m'assure-t-elle. Nous n'avons hélas rien à vous offrir en compensation. Les malotrus nous ont volé nos provisions. m'apprend-elle désolée.
– Ce n'est rien. la rassuré-je doucement. Avez-vous de quoi soigner votre compagnon ? lui demandé-je soucieuse en entendant les gémissements du blessé.
– Il doit me rester un fond de potion par là. m'indique-t-elle en se dirigeant vers le petit espace cuisine de l'habitation.

Découvrir l'exiguïté de leur demeure me parait surréaliste. J'ai comme la sensation que les murs se rapprochent de nous au fur et à mesure. Je suis habituée à vivre dans un palais. Ma chambre est certainement plus grande que la totalité de leur maison. C'est inconcevable pour moi. Évidemment, j'ai conscience que tout le monde n'a pas le même mode de vie que moi. Mais il y a une différence entre le savoir et le vivre réellement. Je fais partie des privilégiés de ce monde, je le sais. Même si cela n'a pas que des avantages, je me rends compte que mon existence est confortable à bien des égards. Je n'ai pas à craindre de manquer de nourriture ni à redouter de ne pas avoir de toit sur ma tête. C'est un luxe que ce couple ne possède pas.

Cependant, nous ne pouvons en rester là. Nous sommes peut-être à l'abri momentanément de nos ennemis, mais il va falloir aussi s'occuper de ce qui est en train de tuer le compagnon de cette Fae à une vitesse fulgurante. Je ne vais pas les abandonner à leur propre sort, je suis concernée dorénavant. Alors, bien déterminée à trouver un remède contre le mal qui ronge ce vieillard, je me dirige vers la sortie. Je ne trouverais rien dans cette maison qui puisse nous aider. Je perçois au loin des grognements qui m'avertissent que je dois rester vigilante. Je fais alors signe à la Fae sur mes pas de demeurer à l'abri à l'intérieur, au chevet de son époux. J'observe les alentours pour déterminer ce qui pourra m'être utile. Tout d'abord, déceler le mal. Ce n'est pas une blessure physique, ni même une mort naturelle qui l'attend, il s'agit clairement d'un empoisonnement. Le brigand l'a sans doute infecté en le neutralisant. Il suffit d'une petite entaille pour que le venin se répande. Le fait d'être en forêt est une bénédiction. La nature regorge de remèdes.

Lorsque je reviens, au bout d'un temps que je ne saurais déterminer, le blessé s'est assoupi. Mais son état s'est aggravé. Sa peau semble aussi dure que la pierre et ses veines ne luisent pratiquement plus. Ce n'est pas bon signe. De grosses larmes perlent sur les joues de sa compagne. Il n'est pas trop tard, une étincelle de vie subsiste encore, j'en suis certaine. Il est hors de question que je baisse les bras sans avoir essayé. Je ne dois donc pas perdre de temps.

Je commence par préparer une décoction pour apaiser la douleur. C'est le plus rapide à faire. Je m'empresse de l'amener à sa compagne afin qu'elle en badigeonne son corps. Ensuite, je retourne dans la cuisine pour la seconde partie, la plus compliquée. Pendant que les herbes médicinales infusent, je m'attèle à réciter les incantations que m'a apprises ma formatrice. Je ne peux m'empêcher de revoir l'image de ce couple si soudé dans la douleur. Cette façon qu'a cette Fae d'accompagner son mari et de pleurer son état m'est inconnue. Je n'ai jamais vu cette complicité chez mes parents. Ils ont toujours été trop pudiques pour montrer leur sentiment. C'est à peine si je les voyais ensemble en dehors des représentations publiques. Je me demande même s'il existe un lien intime entre eux ou si ce n'est vraiment qu'une union diplomatique. Voilà, ce qu'ils m'ont laissé en héritage, cette image dissoute du couple.

***

C'est un craquement sonore qui me tire de mon sommeil. Je me suis assoupie peu de temps après avoir donné à boire la décoction au malade. Une odeur désagréable de brulé incommode mes narines et me réveille sur le champ. Les murs du séjour sont en feu et une poutre vient de s'effondrer dans le coin cuisine. Je me dirige alors au pas de course dans la chambre. Là, la vieille Fae tente en vain de soulever le corps de son mari. Ne perdant pas de temps, je l'aide à porter à bout de bras le corps toujours statufié du blessé. Malgré le vacarme du feu qui se répand et du bois qui craque dangereusement, le Fae reste plongé dans un sommeil de plomb. Nous traversons ainsi la maisonnée à grandes enjambées pour sortir de cette fournaise. Le feu ne m'atteint pas, mais ce n'est pas le cas de mes protégés. Les cheveux de la femelle commencent à roussir, tout comme ses vêtements. Le blessé semble moins sensible aux flammes, sans doute préservé par l'épaisseur anormale qu'a prise sa peau. Je me concentre alors sur eux pour les protéger comme je peux de l'assaut des flammes. Une fois hors de danger, je me focalise comme mes formateurs me l'ont appris sur les flammes jaillissant de la petite cabane et tente d'étouffer le feu qui la grignote. Enfin, l'intensité des flammes commence à baisser pour ne plus laisser que de légers frémissements. Pourquoi n'y ai-je pas pensé plus tôt ? Si cela avait été le cas, j'aurais pu sauver l'intégralité de la maison de ces malheureux. Quelle idiote ! Mais je n'ai pas le temps de m'appesantir sur ma bêtise qu'un nouveau cri strident résonne dans mon dos.

Les poils de ma nuque se hérissent immédiatement. L'odeur du danger est presque palpable tandis que je me retourne pour découvrir à quoi j'ai affaire. Inconsciemment, je crois que je sais déjà ce qui m'attend. J'ai reconnu le hurlement de l'animal si semblable à celui de Huowáng . Il

ne peut s'agir que de l'une de ces créatures.
Malgré le fait que je réalise qu'il s'agit d'un dragon, rien ne pouvait me préparer au monstre qui me fait face. La bête dépasse largement la hauteur des arbres environnants. Sa présence au milieu de toute cette végétation me parait totalement incongrue. Les écailles cuivrées qui recouvrent sa peau me semblent onduler comme les lueurs d'un feu. L'effet est complètement hypnotique. Je reste de longues secondes à admirer la beauté sauvage de cet animal. Mais lorsque sa gueule s'ouvre pour donner un nouvel élan à l'incendie qui ravageait la demeure, je reprends le contrôle de la situation. J'invoque une bulle protectrice autour du couple et de ce qu'il reste de sa maison de toutes mes forces, en me positionnant devant les innocents. L'utilisation de mon don n'est pas encore instinctive pour moi. Des Lunes à cacher cette faculté ne s'oublient pas si facilement.

Lorsqu'une paroi translucide se dresse tout autour d'eux, je crois d'abord halluciner. Mais le fait que les flammes ne les atteignent pas n'est pas une divagation de mon esprit. J'y suis parvenue. Je suis heureuse de constater qu'en cas de danger, mon don devient plus conciliant. Gagnée par la confiance, je m'avance ainsi vers la créature. Ses yeux argentés reptiliens me jaugent sans aucune honte. L'animal s'amuse même à feinter des approches pour me tester. Je prends alors sur moi pour ne pas reculer. Voir cette créature à la force phénoménale me provoquer agite quelque chose au fond de mes entrailles. J'ignore comment et pourquoi, mais j'ai la certitude que le dragon ne me fera rien. Je tente un pas de plus dans sa direction pour juger de son comportement. La bête porte alors tout son intérêt sur moi. Je distingue ses naseaux se dilater visiblement tandis qu'elle parait humer mon odeur.

De mon côté, je détaille sa cuirasse impressionnante. Elle semble faite à partir de roches en fusion comme celle du familier d'Althidéon. Plus j'avance vers elle, et plus la créature montre des signes d'agitation.

J'ignore si c'est de l'impatience, de l'anticipation ou autre chose. Mais elle semble lutter pour rester immobile à mon approche. J'ai la sensation de tenter de dompter un fauve. Le dragon, ou plutôt la dragonne selon toute vraisemblance, me hume et me jauge avant de donner son verdict. Malgré les battements frénétiques dans ma poitrine et la moiteur de mes mains, je demeure stoïque face à cet examen. Je ne peux pas me laisser impressionner maintenant. Arrivée à sa hauteur, je lève la main pour toucher enfin la peau brulante de l'animal. Il n'y a plus aucun doute dans mon esprit : c'est une dragonne de feu. Celle qui pourrait être mon familier si je me montre à la hauteur. La créature pousse un cri strident au contact de mon épiderme, mais je ne tressaille pas. Mes années de maitrise auront finalement un but insoupçonné… Je plonge mon regard dans celui de la bête pour lui faire comprendre qu'elle a trouvé son égale. La créature ouvre alors sa gueule pour pousser un hurlement avant de déverser son feu brulant directement sur moi. Contrairement à tout à l'heure, je sens la chaleur des flammes qui incendient mes chairs. Je me consume…

CHAPITRE 24 - ALTHIDÉON

Étant passé par là avant elle, je sais que ce qu'elle est en train d'expérimenter est périlleux, angoissant et certainement terriblement long pour elle. Ici, cela fait peu de temps qu'elle a perdu conscience au milieu du cercle sacré. Mais je me souviens que l'on perd toute notion du temps une fois plongé dans l'univers chimérique de Dagda. Malgré tout, je ne peux m'empêcher de m'inquiéter. Un sentiment d'angoisse me gagne comme si je craignais qu'elle ne se réveille jamais. Pourtant, je sais que cela n'est pas possible ! Si elle échoue, elle se réveillera sans avoir tissé de lien avec un familier et cela s'arrête là. Mais, c'est plus fort que moi. Mes yeux demeurent figés sur son corps immobile à l'affut du moindre mouvement qui annoncerait son retour. Je ne peux plus me voiler la face : ce sentiment que je ressens est révélateur de mon attachement à la princesse. Je n'en reviens pas de parler d'attachement ! Entre manigance, alliance et royauté, il est très rare d'éprouver ce genre de lien affectif lorsque tout n'est que pouvoir. Je ne pensais pas cela possible, et pourtant…

L'angoisse ne fait que croitre quand je constate que mon familier devient de plus en plus impatient. Sent-il mon appréhension ? Perçoit-il des choses que je ne peux capter ? Redoute-t-il le verdict des Dieux, comme moi ? Inconsciemment, depuis que j'ai compris que Cliodhna pourrait être la sixième élue des Dieux, je ne peux envisager que cela ne se réalise pas. Qu'elle soit l'élue de Dagda ne donnerait que plus de poids à notre alliance. Concevoir le contraire maintenant m'est tout bonnement impossible, car je veux que ce soit elle. Je veux qu'elle soit celle qui m'accompagnera dans ma destinée. Il n'est plus question qu'une autre prenne cette place. La Princesse m'a montré la force qui est sienne et je désire l'avoir à mes côtés. Je veux qu'elle me pousse dans mes retranchements pour que je devienne un meilleur Seigneur que mon père avant moi.

C'est alors qu'un cri déchirant explose mes oreilles. Cliodhna hurle à s'en arracher les cordes vocales tandis qu'une nuée cuivrée s'échappe de sa gorge fine. Ça y est, c'est le moment ! Le verdict est tombé ! Je crois ne jamais m'être senti aussi fébrile. J'ai l'impression d'assister à mon propre jugement.

J'observe la fumée se muer en une forme gigantesque. Je distingue des éclats cuivrés qui réverbèrent la lumière du jour, des yeux à la pupille verticale argentée semblent me jauger tandis que le cri de la Princesse se brise en un dernier son déchirant. Immédiatement, je me détourne de l'apparition pour porter assistance à la jeune Fae. Cliodhna est accroupie, la tête basse, au milieu du cercle. Son corps est agité par des tremblements incontrôlables. Je me souviens encore de mon propre retour à la réalité. Le contraste entre la chaleur de l'étreinte enflammée et la violence de la chute m'avait complètement tétanisé sur le coup. J'étais totalement désemparé. Il m'avait fallu un certain temps pour comprendre que je n'étais pas mort brulé par le feu du dragon.

Lorsque je franchis le cercle consacré, c'est pourtant un regard d'une clarté infinie qui me jauge.

– Vous ne m'aviez pas tout dit ! m'accuse-t-elle d'une voix rendue rauque d'avoir trop crié.
– Cela fait partie du processus. me justifié-je, alors que des cris stridents retentissent dans mon dos.

Les yeux de Cliodhna s'ouvrent comme des soucoupes alors que son regard se fixe derrière moi. En me retournant, je découvre une magnifique dragonne de feu à la peau de la couleur du cuivre qui crie sa fureur. Mon familier ne perd pas de temps pour se présenter à la femelle. Il est possible que ce soit celle qu'il attend depuis si longtemps. Les dragons sont des créatures sauvages qui nous permettent de les approcher parce qu'elles le veulent. Ce n'est pas parce que j'ai invoqué mon familier, que je suis son maitre. Il n'en est rien. Nous sommes égaux l'un à l'autre. Mais je sais que l'apparition de sa compagne va quelque peu modifier la relation qui me lie à lui. Sa priorité ira à sa moitié, je l'ai déjà observé. Pour autant, cela ne diminuera pas l'attachement qui nous unit. Un couple de dragons se soutient mutuellement. Cela signifie aussi que si je suis danger, ce ne sera pas un familier qui viendra à ma rescousse, mais bien deux. Ils me protègeront, tout comme ils défendront Cliodhna, je le sais. C'est le genre de lien que je souhaiterais construire avec la Grande Dame qui partagera mon trône.

Il n'y a plus aucun doute : c'est bien elle ! Dagda l'a jugée apte à se lier à un familier. J'ai encore du mal à le réaliser. Une agréable sensation s'épanouit au creux de mon ventre et j'ai l'impression qu'un poids s'enlève de mes épaules en comprenant tout ce que cela implique. Les Dieux l'ont reconnue. Plus personne ne pourra s'opposer à cette union…

Tandis que les dragons accueillent le nouveau membre de leur groupe, je me tourne vers ma future Dame. Physiquement, elle est indemne. Il n'y a que son esprit qui ait voyagé pour l'épreuve des Dieux. Pourtant, quelque chose a changé en elle. Je lis dans ses yeux un sentiment d'accomplissement. Elle seule sait ce qu'elle a vécu pendant son voyage initiatique. Mais elle semble y avoir acquis bien plus qu'un familier. Elle m'impressionne. Alors que la plupart des gens sortiraient traumatisés par ce qu'elle vient de vivre, elle parait encore plus résolue qu'avant l'épreuve.

– Quelle est la suite ? me demande-t-elle, constatant que je l'observe.
– Dagda vous a béni du Feu Divin et a reconnu votre valeur en vous confiant un familier. Votre légitimité ne peut plus être remise en cause. lui assuré-je.
– Parce qu'elle était contestée ? s'interroge-t-elle légitimement.

En effet, sa place sur le trône des Virthana aurait pu être contestée. Elle n'est pas originaire de nos terres, contrairement à Arlayna, qui est de nos contrées et dont la lignée est alliée à la mienne depuis des générations. Mon peuple s'attendait plus ou moins à une union avec une princesse du royaume. Immanquablement, les habitants de Beardale se montrent méfiants à son égard. Ils ont été aussi surpris que moi par l'annonce de l'Alliance cachée. Mais je sais que l'apparition de son familier va changer la donne. Elle porte en elle le Feu Sacré comme les plus Grands de nos terres. Désormais, elle sera reconnue comme membre à part entière de notre communauté.

– Vous êtes une étrangère ici. Mon peuple ne vous connait pas. je lui rappelle. Mais je vous assure que ce qu'il vient de se produire va tout changer.

Elle semble méditer mes paroles de longues secondes avant de se diriger sur le bord de la falaise. Je l'observe alors lever la main vers son familier. La dragonne qui était jusque-là occupée à faire connaissance avec ses congénères perçoit immédiatement le signe de la Princesse.

– Comment s'appelle-t-elle ? la questionné-je.
– Mènnyála. souffle-t-elle, en posant ses doigts sur la gueule de la dragonne qui l'a rejoint.

Reine incandescente. Je ne peux qu'approuver ce nom. La facilité avec laquelle elle s'est liée à l'animal me déconcerte totalement. Mènnyála est aussi massive que mon familier et ne parait pas le moins perturbée par la découverte de ce nouvel environnement. Elles semblent toutes deux aussi à l'aise que si elles se connaissaient depuis toujours. Je me souviens de la difficulté à s'adapter à ce nouveau lien. Pourtant, je n'en perçois aucune trace dans leur relation. Cliodhna entreprend même de monter sur le dos de sa créature sans perdre de temps. L'aplomb de la jeune Fae ne cessera jamais de me surprendre. Je ne sais pas quels obstacles elle a dû affronter pendant les épreuves de Dagda. Mais ce qui est certain, c'est qu'elle en est sortie plus confiante que jamais.

D'un signe de tête, j'indique à mon familier de se poster à côté des femelles. Je ne veux pas laisser la Princesse seule pour son premier vol. Cela peut être impressionnant et j'ignore si la dragonne est digne de confiance. Lorsqu'elles s'envolent, je n'ai pas besoin de signifier à Huowáng de les suivre. Je crois que nous sommes sur la même longueur d'onde. Je ne lâche pas des yeux la silhouette de la Princesse qui reste concentrée sur sa monture. Ma cape qu'elle porte toujours sur ses épaules claque au gré des changements de direction de la dragonne. Des mèches de cheveux se sont échappées de sa tresse et volent tout autour de son visage. Je n'ai jamais rien vu de tel. Cette femme possède l'allure d'une reine, je ne peux le nier. Et bientôt, elle sera mienne.

Constatant qu'une certaine tension agite Mènnyála, je décide de prendre la situation en main :

– Suivez-moi ! crié-je au-dessus du vent pour que la

Princesse m'entende.

D'un signe de tête légèrement crispé, elle m'indique qu'elle m'a entendu. Huowáng prend donc la tête de notre escouade dans les airs, imité par les quatre autres créatures qui nous ont suivis. Ce n'est pas l'idéal pour un premier vol, mais je sais que nous ne pourrons pas y échapper. La présence d'un nouveau dragon ne passera pas inaperçue. Alors que nous approchons de la ville, le son des cors résonne dans les airs. Les gardes ont remarqué la nouvelle venue. Du ciel, j'observe alors les habitants de la cité courir à l'extérieur. Tous scrutent la nouvelle venue. Quand nous arrivons à portée de vue, la posture de la Princesse se fait plus rigide et son expression change. Je comprends qu'elle se pare de son masque public, tout comme moi.

Mon familier me dépose alors sur le plus haut balcon du palais, avant de repartir dans les airs. Un grand nombre de partisans se sont rassemblés pour observer la nouvelle créature de plus près. Cela fait maintenant plusieurs Lunes qu'un nouveau familier ne nous a pas rejoints. Certains espéraient encore pouvoir être choisis. Mais désormais, les six sont réunis. Et le peuple est impatient de découvrir l'heureuse élue. Quand Mènnyála se pose à côté de moi, c'est la stupeur qui se répand dans les rangs. La dernière fois que quelqu'un en dehors de la lignée des Virthana a été reconnu par les Dieux remonte à bien avant la Grande Guerre. C'était une autre ère. La nomination de la Princesse ouvre une nouvelle voie, j'en suis persuadé.

Lorsque Cliodhna fait un geste pour descendre de sa monture, je m'empresse de lui tendre la main pour la soutenir. Je sens presque le poids de l'attention qui pèse sur nous. J'imagine qu'il en est de même pour elle. C'est une main tremblante et brulante que je réceptionne tandis que l'assemblée s'agenouille en signe de reconnaissance. Mais quand mes yeux remontent vers son visage, elle ne laisse rien voir du trouble qu'elle ressent. Je suis le seul à percevoir les émotions qui l'habitent. Qu'elle parvienne à se montrer aussi convaincante après ce qu'elle vient de vivre me subjugue. Mais au moment où elle serre mes doigts un peu trop fort, je me demande combien de temps son masque va pouvoir encore tenir. Je cherche alors Aneirin dans l'assemblée et lui fais signe de nous rejoindre.

– Vos Altesses. nous salue-t-il, profondément.
– Conduis la Princesse à ses quartiers. lui ordonné-je avant que quiconque n'approche.

C'est avec soulagement que j'observe les gardes escorter la Princesse loin de la Cour. Je ne pense pas qu'elle aurait supporté un bain de foule maintenant.

– Convoquez le Conseil ! lancé-je lorsque mon premier conseiller s'approche.

Je n'ai aucune envie de m'enfermer avec mes conseillers pour le moment, mais cela fait partie de mes obligations de Grand Seigneur. Je dois les informer des derniers évènements pour qu'un communiqué officiel soit proclamé. J'ai conscience que chacun va se faire sa propre interprétation du jugement des Dieux. Pour éviter tout débordement, je dois donc être clair sur ce que cela implique. Et le plus vite sera le mieux. Même si je préférerais savoir comment se porte Clio. Cela ne peut pas être ma priorité. Mes devoirs de Grand Seigneur m'obligent à agir ainsi. Mon peuple passe avant tout le reste.

CHAPITRE 25 - CLIODHNA

C'est avec un soulagement immense que je m'éloigne de la foule escortée par les gardes du palais. Je dissimule mes mains tremblantes derrière la cape qui drape mes épaules. Conserver ce masque inexpressif me demande un effort titanesque. Je suis complètement épuisée par les évènements des dernières heures. Quand Althidéon m'a tendu la main pour descendre de la dragonne, j'ai presque soufflé de contentement. J'avais besoin de ce lien avec la réalité pour reprendre pied. J'ai craint une seconde de devoir supporter une réunion officielle ou quelque chose du genre. Si en temps normal, j'aurais exigé de participer au Conseil qui ne va pas manquer d'avoir lieu, je ne m'en sens pas la force. J'ai confiance en Thidéon. Comme il l'a dit, ma légitimité ne peut plus être remise en cause puisque Dagda a reconnu ma valeur.

– Clio ? ! Tout va bien ? me saute dessus Avaline quand je pénètre dans le salon, accompagnée du garde personnel du Grand Seigneur.

J'aimerais pouvoir me passer du soutien du garde,

mais j'ai bien trop peur de m'écrouler si je le lâche. Mes jambes tremblent anormalement et les battements de mon cœur sont assourdissants. Je me trouve même incapable d'ouvrir la bouche pour la rassurer.

– Que se passe-t-il ? interroge-t-elle le soldat.
– C'est le contrecoup. Ne vous inquiétez pas. tente-t-il de me réconforter en me posant délicatement sur un sofa. Apportez-lui un verre de Laoji ! ordonne-t-il à une Ava complètement perturbée, en désignant le guéridon à côté de la fenêtre. Respirez, Princesse !

Mais plus je tente de me calmer, plus j'ai l'impression que les tremblements de mes membres s'intensifient. Heureusement, je suis parvenue à tenir jusqu'à la porte de mes quartiers. Personne d'autre ne m'a vue dans cet état de fragilité. Je déteste être dans cette situation où je n'ai plus la maitrise de moi-même et je ne sais pas quoi faire pour reprendre le contrôle. C'est la première fois que je me trouve affectée de cette manière.

– Buvez ! m'ordonne le Fae en portant le petit verre d'éthanol à mes lèvres.

Voyant que j'hésite, il avale d'une traite le liquide avant de faire signe à Ava de le resservir. Quand il positionne le verre à ma bouche, je n'hésite pas cette fois et absorbe l'alcool sucré. Immédiatement, une sensation de chaleur se répand dans mon corps et la panique reflue petit à petit. Mes membres se détendent enfin contre le dossier du sofa et ma respiration se calme.

– Que s'est-il passé ? je l'interroge d'une voix encore légèrement tremblante, en serrant les dents devant cet aveu de faiblesse.

Pourtant, le soldat ne montre aucun signe de

moquerie. Il agit comme si la situation était tout à fait normale et non comme si je venais de m'écrouler sous ses yeux.

– Le premier vol est toujours un peu intense. J'imagine que vous vous êtes lancée tout de suite après la cérémonie. devine-t-il, l'air légèrement excédé. Cela n'était pas prudent de votre part. Le Seigneur Althidéon ne vous en a pas empêché ?
– Je ne lui ai pas demandé la permission. sifflé-je malgré moi.

J'ai du mal à accepter de m'être montrée aussi vulnérable devant mon ancien professeur. Bizarrement, je sais que je peux lui faire confiance pour ne pas ébruiter mon moment de faiblesse. Mais cela ne m'empêche pas de lui en vouloir d'y avoir assisté.

– Votre organisme s'est transformé suite au baptême de Feu Divin. Vous avez besoin de repos après les épreuves de Dagda et pour assimiler le lien qui vous unit à votre familier. m'explique-t-il.
– Vous avez aussi un dragon ? lui demandé-je intriguée.
– Non. Peu nombreux sont les élus. m'informe-t-il.
– Auriez-vous souhaité l'être ? l'interroge Ava.
– Non. certifie-t-il, et je le crois. Je ne possède pas de lien avec ses créatures. Je n'ai donc aucune envie particulière de m'en approcher. C'est bien trop de responsabilité. Reposez-vous, Votre Altesse. Ne soyez pas surprise si votre corps réagit encore à tout ce que vous venez de traverser. Je crains que la soirée ne soit agitée. me prévient-il, avant de sortir de mes appartements.
– Alors ? ! Tu vas m'expliquer de quoi il s'agit ? ! s'empresse de me questionner mon amie, le garde à peine sorti.

C'est vrai qu'elle ne doit rien comprendre à la situation. Je suis sortie ce matin pour une promenade avec le Grand Seigneur et me voilà de retour à peine stable sur mes jambes. Je lui relate donc les derniers évènements. Je lui parle de ma première chevauchée à dos de dragon. Lorsque j'évoque la présence des autres créatures, ses yeux s'illuminent sans doute comme les miens quand je les ai aperçus. Ce royaume est tellement différent du nôtre. Il n'y a que les Eaux qui nous séparent, et pourtant, j'ai l'impression de me trouver dans une autre dimension. Ici, je n'ai jamais entendu parler des humains et le physique des Faes n'a rien de commun avec celui de ceux que je connais. À Oymalon, c'est la reproduction et la survie de l'espèce qui régissent une bonne partie de nos vies. Cependant, dans cette cité, il n'a jamais été fait mention de cela. Je n'ai d'ailleurs toujours pas croisé d'enfants dans les rues. Ce qui m'angoisse un peu plus. Mais je n'ai clairement pas le temps de m'en soucier dans l'immédiat. Je laisse cela de côté afin d'avoir l'avis de mon amie sur les derniers évènements.

– Waouh ! C'est complètement fou ! Et donc, tu as un dragon à toi ? me demande-t-elle surexcitée.
– Si on veut. Disons plutôt que Mènnyála est ma partenaire dragonne. Car je ne crois pas pouvoir dire qu'elle m'appartienne. Tu sais, je ne crois pas qu'on puisse comparer ce genre de créature à Gueule d'Or. lui fis-je remarquer.

Gueule d'Or est le chien vieillissant de mon frère. Comparer le dragon à un animal domestique ne me parait pas vraiment approprié. Cette créature, grâce à sa taille et sa puissance, ne se laissera clairement pas dominer. Mais j'ai senti un lien se créer entre nous lorsqu'elle m'a révélé son nom. Je sais qu'elle me sera loyale. Du moins, autant que peut l'être un animal sauvage. Je n'oublierai jamais ce sentiment de pouvoir qui m'a traversé quand je suis montée sur son dos pour la première fois. La sensation était déjà inouïe avec le familier du Grand Seigneur. Mais être seule, en communion avec le mien, est une expérience que rien ne peut décrire. La liberté, le pouvoir, mais aussi l'humilité que cela m'a fait ressentir est incommensurable. Mais lorsque les émotions se sont bousculées dans ma tête, j'ai commencé à perdre le contrôle. C'est comme si Mènnyála me communiquait ses angoisses. Elle ne connait rien de ce monde, tout comme moi quand je suis arrivée. J'ignore d'où vient le familier. Fait-il partie intégrante de moi depuis toujours ou a-t-il été arraché à son habitat naturel au moment où je l'ai appelé ? Il y a tellement de questions que je me pose. Mais le seul qui pourrait me répondre est sans aucun doute occupé à gérer les répercussions de mon invocation.

Décidée à assumer mon rôle de future Grande Dame, je me laisse encore quelques minutes pour souffler avant de retrouver le Grand Seigneur pour comprendre tout ce que cela implique.

***

Quand je sors de mes quartiers, je suis étonnée de trouver Aneirin devant ma porte avec mes gardes.

– Souhaitez-vous que je vous conduise au Conseil ? me demande-t-il, immédiatement.
– Oui, s'il vous plait.
– Le Grand Seigneur se doutait que vous souhaiteriez prendre part à la réunion au lieu de vous reposer. semble lire le Fae dans mes pensées.

Abasourdie, je suis le guerrier à travers un nombre incalculable de couloirs, avant de sortir dans une grande cour extérieure. Là, devant ce qui ressemble à un sanctuaire, je découvre une fontaine semblable à celle que nous possédons sur la terrasse de la salle de bal. Découvrir la fontaine des Lirs à cet emplacement me met du baume au cœur. C'est comme si une partie d'Oymalon m'avait suivie jusqu'ici. Je me perds donc quelques instants dans sa contemplation. Les vagues et les animaux qui décorent le monument me paraissent tellement familiers que les battements frénétiques dans ma poitrine s'apaisent enfin. Reprenant de l'assurance, je me tourne vers le garde personnel de Thidéon et lui fais signe d'ouvrir la porte du Conseil.

Quand je rentre, le vacarme qui régnait jusque-là autour de la table ronde se calme instantanément. Le Grand Seigneur, assis face à l'entrée, se lève pour me saluer. Rapidement, les autres membres du Conseil s'exécutent, avec plus ou moins d'empressement.

– Ma Dame. m'interpelle Althidéon devant tous, ne laissant plus de place au doute.

Lorsqu'il s'éloigne de sa chaise pour m'inviter à y prendre place, j'ai la sensation d'un tsunami à l'intérieur de mon corps. Je me sens même rougir face à l'intérêt qu'il me porte devant ses plus proches conseillers. Tous ne sont pas convaincus par ma présence, j'en ai conscience. Maintenant à moi de leur prouver que je serai une souveraine à la hauteur de la tâche. Je fais donc le tour de la table en saluant chacun des membres du Conseil, avant de me positionner à la gauche du Grand Seigneur. Un garde apporte une chaise pour qu'il puisse prendre place à mes côtés, nous nous asseyons alors dans un silence pesant. J'ai la surprise de sentir une légère pression sur ma cuisse tandis qu'Althidéon reprend la parole.

– Nous abordions justement la nécessité de fiançailles de courte durée. Le mariage aurait lieu peu avant la prochaine Lune Dorée, si cela vous convient. m'annonce-t-il.

Mon regard se tourne discrètement en direction du père d'Arlayna. Son expression contrite me dit clairement qu'il n'est pas d'accord avec ce projet. Pourtant, il se contente de hocher la tête en signe d'assentiment, comme le reste des conseillers.

– Quand aura lieu la cérémonie du nom ? interroge justement Naefir.

La question du père d'Arlayna n'a rien d'anodine. Tant que cette cérémonie n'aura pas été célébrée, notre union peut encore être annulée.

– La tradition exige que la cérémonie se déroule après six rondes de rites ancestraux. rappelle Lielong, la seule prêtresse de l'assemblée.
– Bien ! Les rites commenceront donc dès demain. exige le Grand Seigneur.
– Nous devons rassembler toutes les offrandes et cueillir les fleurs sauvages qui poussent au pied de Jian Mu. le contredit la vieille Fae.
– Bien ! Je vous laisse une ronde supplémentaire pour rassembler le nécessaire au rituel. tranche Althidéon.
– Mais… tente de négocier la prêtresse.
– Vous n'aurez pas une ronde de plus ! Faites le nécessaire ! la congédie-t-il. La séance est levée.
– Mais nous n'avons pas… le contredit Hinil, le porte-voix du peuple.
– Ce sera tout ! le coupe-t-il en se levant et en me tendant la main, ne laissant plus l'opportunité à ses conseillers d'intervenir.

Je remarque que plusieurs Faes ne semblent pas satisfaits de la tournure des évènements, mais aucun n'ose s'opposer au Seigneur. Découvrir cette facette de mon futur époux me plait. J'aime qu'il ne se laisse pas marcher sur les pieds.

– Comment vous sentez-vous ? me demande-t-il en sortant de la salle du Conseil.
– Bien. je lâche laconique.

– Avez-vous pris un déjeuner ? insiste-t-il.

Qu'il se montre si prévenant vis-à-vis de moi me perturbe quelque peu. Je ne m'attendais pas à ce genre d'inquiétudes de sa part.

– J'imagine que c'est un « non » ! devine-t-il. Vous joindrez-vous à moi pour une collation ?
– D'accord ! acquiescé-je.

Nous traversons le palais avant de nous trouver dans une partie que je ne connais pas. Nous entrons alors dans ce qui ressemble à une salle de détente. Des fauteuils sont installés autour d'une petite table en bois clair. Les murs sont recouverts de tentures en soie beige. La décoration de cette pièce n'a rien de semblable avec celles du reste du palais, qui sont aux couleurs des Virthana : rouge et or. Cette décoration me fait l'effet d'être plus apaisante, moins criarde. Je m'y sens plus à l'aise. Je me croirais presque de retour chez moi au Palais de Lumière.

– Je me suis dit que vous apprécieriez ce changement de décor.

Comment parvient-il à lire si clairement en moi ?

CHAPITRE 26 - ALTHIDÉON

La stupeur que je découvre sur son visage m'interpelle quelques secondes. Mais rapidement, Cliodhna masque vite son expression. Si je ne la scrutais pas à cet instant précis, je n'aurais rien vu de son étonnement. Il m'est facile d'imaginer comment la jeune Princesse me perçoit depuis notre rencontre. Depuis le début, j'ai fait en sorte de maintenir une certaine distance entre nous. Mais ce n'est pas pour autant que je ne l'observe pas. Je sais que la décoration aux tons rouges de ma famille la déstabilise. C'est la couleur du sang, de la passion et du danger. L'omniprésence de cette couleur au palais peut avoir un effet négatif sur les Faes qui n'y sont pas habitués. Elle puise dans la force vitale, je le sais. Il faut plusieurs rondes pour que les nouveaux arrivants s'y fassent.

– J'imagine que vous avez des questions ? lui lancé-je en m'asseyant sur un sofa beige.

À peine, suis-je assis qu'un domestique nous apporte de quoi nous sustenter.

– Installez-vous ! lui proposé-je en lui désignant le fauteuil face à moi.

Lorsqu'elle s'assied enfin, je remarque que la raideur dans ses épaules se relâche peu à peu tandis qu'elle observe la décoration du salon. Je dépose plusieurs sates, gâteaux de pandan et fruits de saison dans son assiette.

– Vous devez reprendre des forces après l'épreuve que vous venez de vivre. lui indiqué-je.

Je ne me suis jamais montré aussi protecteur avec une femelle autre que ma sœur. Je me rends compte que je pourrais passer des rondes à la contempler. Je me saisis d'un rouleau de poissons épicés pour détourner mon attention de la tentation qui se trouve sous mes yeux. Cette femme attise mon intérêt comme aucune autre auparavant. Je ne peux m'empêcher de penser à ce qu'il adviendra d'elle à la Lune Dorée. Nos traditions sont immuables. Nous devrons donc nous plier aux usages. Je m'y suis toujours soumis, j'ai ainsi du mal à comprendre pourquoi cela me dérange tant quand il s'agit de Clio…

– Où était Mènnyála avant que je ne l'invoque ? me demande-t-elle, après plusieurs minutes d'un silence pesant.

Sa question m'étonne. Elle possède un esprit aiguisé semblable à aucun autre. Moi-même, je ne me suis jamais interrogé sur ce genre de choses. J'ai suivi le protocole au moment de mon initiation sans réfléchir davantage. Ce n'est que plus tard que je l'ai appris, par hasard. Je m'attendais plus à ce qu'elle me pose des questions sur les capacités et les pouvoirs de son dragon, ou sur ce que ce lien peut lui apporter. Jamais, je n'aurais imaginé qu'elle s'inquiète de la situation de la créature divine. Car il s'agit bien de cela, j'en suis convaincu. Quand je pense l'avoir cernée, cette femelle trouve encore le moyen de me surprendre. Elle est bien plus complexe que je le croyais. Au regard qu'elle me lance, je me rends compte que mon étonnement se lit sur mon visage. Je ne m'étais même pas aperçu que j'avais baissé ma garde.

– Il existe une légende à ce propos. lui apprends-je. Souhaitez-vous la connaitre, Princesse ?
– Je serais heureuse de l'entendre. m'assure-t-elle.
– Ma mère m'a raconté cette légende après l'invocation de Huowáng . Contrairement à vous, Cliodhna, je venais de sortir de l'enfance lors de ma cérémonie. À la suite du baptême du Feu Divin, j'étais complètement désorienté comme vous pouvez l'imaginer.
– Vous ? Désorienté ? J'ai du mal à l'imaginer. me taquine-t-elle.

Si elle savait à quel point, elle me déstabilise en ce moment même, je ne donnerais pas cher de ma peau.

– Elle m'a expliqué d'où venaient les familiers. continué-je. Selon la légende, les dragons vivraient sous une autre forme en attendant d'être invoqués. Ils n'auraient pas de corps et formeraient une entité unique. Chaque fois qu'un Fae réussit les épreuves des Dieux, c'est une infime portion de cette essence qui s'envole vers l'élu de Dagda pour se lier à son âme. Ainsi, grâce à vous, Mènnyála a pris corps. Vous lui avez offert une conscience propre. Elle ne réfléchit plus comme un tout. Vous l'avez en quelque sorte libérée de l'emprise de son peuple.
– Mais qu'est-ce qui vous dit qu'elle ne préférait pas sa vie d'avant ? Peut-être l'ai-je privée d'une existence paisible… me rétorque-t-elle.

J'avoue n'avoir jamais imaginé cette possibilité. Pour mon peuple, les traditions sont sacrées. Nous ne nous interrogeons jamais sur le bien-fondé de telle ou telle pratique. Nos ancêtres agissaient ainsi. C'est grâce à eux que les Virthana subsistent. Nous ne voyons donc pas l'intérêt de changer un mode de vie qui fonctionne.

– Pensez-vous que les Dieux permettraient une telle chose ?
– Je doute que les Dieux se soucient de nous. crache-t-elle, soudain venimeuse.

Ses paroles me choquent comme peu de choses en ce monde. Comment cette Fae, élue par ces mêmes Dieux, peut-elle les insulter de la sorte.

– Excusez-moi pour mes propos. souffle-t-elle, en voyant mon expression. J'ai seulement eu une journée difficile. se justifie-t-elle.
– Pourquoi tant d'animosité ? lui demandé-je réellement intéressé.
– Disons simplement que les Dieux ne se sont pas manifestés quand j'en aurais eu besoin. me confie-t-elle, doucement.
– Cela a-t-il un rapport avec votre père ? la questionné-je. Avec les marques qui recouvrent votre corps ? insisté-je devant son silence.

Le regard qu'elle me lance vaut pour toute réponse, mais je décide de ne pas insister. J'espère seulement qu'elle sera un jour suffisamment confiante pour se livrer à moi. Ce sont trois coups frappés à la porte qui nous tirent de notre duel de regards.

– Entrez ! tonné-je.
– Il est temps ! m'informe Aneirin en nous observant tour à tour.

Je ne m'étais même pas rendu compte que je m'étais rapproché de Cliodhna à ce point. Mes genoux touchent presque les siens à présent. C'est comme si une force invisible nous poussait l'un vers l'autre.

– Laisse-nous quelques instants ! ordonné-je à mon garde personnel.
– Nous allons devoir annoncer officiellement nos fiançailles au peuple de Beardale. prévins-je la Princesse, une fois seuls.

Je ne tiens pas à lui faire de mauvaises surprises. Je suis en train de gagner sa confiance, et je sais que notre lien est encore fragile. Je ne peux pas prendre le risque de la faire douter de mes intentions à son égard.

– Êtes-vous sûr que cela soit judicieux ? me demande-t-elle, reprenant inconsciemment une position défensive comme je l'avais anticipé.
– Vous ne devez pas vous inquiéter des Olaxidor. comprenant de suite vers qui se tournent ses tourments.
– Il ne s'agit pas de cela ! me contre-t-elle. Vos conseillers ne semblent pas très enthousiastes à la perspective de notre union.
– Je me fiche de leur avis ! Je suis le Grand Seigneur et j'ai pris ma décision. Rien de ce qu'ils pourraient dire ne me fera revenir sur ma décision. Vous serez la prochaine Grande Dame des Terres Dorées ! affirmé-je, plus déterminé que jamais.

Je distingue dans son regard une étincelle que je n'avais encore jamais vu briller. Mes mots semblent raisonnés en elle.

– Allons-y dans ce cas ! m'annonce-t-elle vaillante en se levant.

J'assiste alors à la métamorphose de Cliodhna. Oubliez la jeune Fae vulnérable qui m'a révélé une partie de son passé. C'est désormais une reine au port de tête altier qui me fait face. Son masque d'indifférence mis en place, elle se dirige vers la porte sans même m'attendre. Je n'ai aucun doute sur le fait qu'elle sera une partenaire de choix.

Lorsque nous arrivons dans la grande salle de réception, toute la Cour est là, ainsi que des représentants du peuple, comme je l'ai demandé à Hinil. L'agitation se calme quand les premiers invités me voient franchir la porte. Comme ce genre d'évènements l'exige, je me dirige immédiatement vers l'estrade qui se situe au centre de la pièce. Kilyn, le secrétaire du divertissement, a fait du beau travail dans les temps que je lui ai impartis. La salle n'est plus seulement décorée aux couleurs de ma famille. Des guirlandes dorées et blanches se mêlent aux tentures écarlates. Lorsque je monte la première marche, les chuchotements cessent. Je n'ai pas fait beaucoup d'annonces publiques de ce genre depuis mon couronnement. La foule est donc plutôt réceptive.

– Chers habitants de Beardale, salué-je les représentants de mon peuple; amis de Yeozerin, distingué-je ma Cour, vous avez assisté aujourd'hui à l'avènement du sixième et dernier familier de notre ère. commencé-je, alors qu'une certaine ferveur s'empare du public. Les Dieux ont reconnu en la Princesse Cliodhna, notre dernière invocatrice du feu et votre prochaine Grande Dame ! annoncé-je d'une voix intelligible. Nous vous invitons à participer aux célébrations traditionnelles qui auront lieu avant notre cérémonie du nom, et qui débuteront dès la prochaine ronde. les invité-je, en faisant signe à la Princesse de me rejoindre. Veuillez saluer comme il se doit la prochaine Grande Dame des Terres Dorées. les incité-je quand Cliodhna se positionne à mes côtés.

Immédiatement, chaque invité pose un genou à terre en guise de reconnaissance de leur future souveraine, hormis Arlayna. La jeune Fae me lance un regard meurtrier avant de s'incliner de mauvaise grâce face à mon annonce.

Je ne suis pas certain qu'elle se contente de ce léger affront à mon autorité. C'est un problème que je devrai régler plus tard.

CHAPITRE 27 - CLIODHNA

Après l'annonce de nos futures noces, je dois me plier aux traditions de ces terres dont j'ignore tout. Pendant six lunes, je ne dois pas voir mon promis. Cette pratique permettrait de s'assurer de la volonté des futurs mariés à s'unir. Dans notre cas, je n'en vois pas trop l'intérêt. Notre mariage était déjà décidé depuis de nombreuses générations. Nous ne pouvions donc pas y échapper. Cependant, je ne vais pas me plaindre de cette distance entre nous. Cela m'offrira peut être l'occasion de remettre mes pensées en ordre.

Depuis l'annonce de notre union, je ne cesse de repenser au comportement d'Arlayna. La Fae a montré clairement son aversion en nous lançant un regard meurtrier. J'ai même craint quelques instants qu'elle nous fasse un affront direct en ne se pliant pas à l'annonce du Grand Seigneur. Mais elle a fini par courber l'échine comme toute l'assemblée. Pourtant, j'ai conscience qu'elle ne va pas en rester là. Elle a clairement montré qu'elle considérait le trône des Virthana comme lui revenant de droit. Mais elle va devoir se faire une raison. Elle n'aura pas de rôle à jouer sur ces terres.

– Clio ! m'interpelle Ava, coupant court à mes rêveries. Tu as reçu un courrier d'Oymalon ! m'apprend-elle.

Je me lève avec précipitation et manque de m'étaler par terre en découvrant le garde personnel du Grand Seigneur. Pourquoi Ava se permet-elle ce genre de familiarité en sa présence ? A-t-elle perdu la tête ? Je lui lance un regard interrogatif, en indiquant Aneirin du menton. Elle me répond par un simple haussement des épaules. Une petite discussion s'impose. Mais pour l'heure, je me concentre sur ma lettre.

Je suis positivement surprise de voir que le sceau n'a pas été cassé, mais ne m'attarde pas là-dessus pour le moment. Je suis bien trop impatiente de découvrir mon courrier.

– Vous pouvez nous laisser ! je lance au soldat qui ne bouge toujours pas.
– Le Grand Seigneur souhaiterait vous parler en privé par la suite. m'indique-t-il.
– Et qu'en est-il de cette tradition de ne pas nous voir ? La cérémonie est prévue dans quatre lunes si je ne m'abuse…
– Je ne fais que transmettre les ordres. m'indique-t-il. Je vous attends derrière la porte.

Je reste interdite devant ce revirement de situation. S'il rompt la tradition pour s'entretenir avec moi, c'est que cela doit être grave. Je tente d'étouffer le vent de panique qui s'empare de moi.

– Alors ?! Tu comptes l'ouvrir cette enveloppe ? s'impatiente mon amie quand nous sommes seules.
– Que se passe-t-il avec Aneirin ? je l'interroge en cassant le sceau de mon frère.
– Rien. m'assure-t-elle, mais je ne peux pas louper le rouge qui colore sa peau brune.

– Il te traite bien, j'espère. ne puis-je m'empêcher de la provoquer.

Je sais qu'Avaline ne se laisserait pas maltraiter. Sous ses airs sages se cache une combattante. Je suis seulement déçue qu'elle ne m'ait pas parlé de ce rapprochement avant.

– Je te vois venir. Cela ne fait que quelques lunes que nous nous fréquentons. La situation avec son maitre était assez compliquée à ce moment-là. Je ne voulais pas t'embêter avec ça. tente-t-elle de se justifier. Alors ? essaie-t-elle de faire diversion, en indiquant la lettre dans mes mains.
– Ran nous invite pour son mariage. lui apprends-je le sourire aux lèvres.

Le timing n'est pas parfait, mais je compte bien assister au mariage de mon frère, quoi qu'en dise Althidéon ! Peu m'importe de devoir traverser de nouveau les Eaux. Je ne louperai pas cette occasion de voir de mes propres yeux l'état de ma famille et de mon royaume de naissance après l'attaque des Sarlen.

C'est déterminée que je suis Aneirin jusqu'aux appartements du Grand Seigneur.

– Princesse. m'accueille-t-il, lorsque la porte se referme derrière moi.

Je tente d'ignorer le frisson qui me parcourt au son de sa voix. Je ne pensais pas que la distance établie aurait provoqué ce plaisir intense de le retrouver.

– Seigneur. le salué-je à mon tour, le cherchant dans la salle.
– Nous ne devons pas nous voir avant la cérémonie. me rappelle-t-il.
– Alors, pourquoi mander ma présence, dans ce cas ?
– Pouvez-vous passer le bandeau qui est sur la petite table

face à la fenêtre, je vous prie ?

Je demeure stoïque quelques instants. M'entretenir avec le Grand Seigneur les yeux bandés ? Jamais je ne l'aurais imaginé. Étrangement, je me rends compte que ce jeu m'amuse. Pourquoi pas ! Cela permettra de respecter ses traditions tout en nous autorisant à échanger de vive voix.

– Je porte déjà un masque sur mes yeux. m'assure-t-il en demeurant à l'autre bout de la salle.

Je me saisis donc du ruban en soie rouge et le noue autour de ma tête, de manière à masquer ma vue.

– Et comment comptez-vous me rejoindre ?
– Nous sommes dans mon antichambre, je peux me déplacer ici les yeux fermés. assure-t-il.
– J'aurais dû penser à bouger les meubles ! plaisanté-je à moitié.
– Êtes-vous prête ? ignore-t-il ma raillerie.
– Oui. acquiescé-je de mauvaise grâce.

Je demeure prostrée devant la fenêtre en attendant la suite des évènements. Je le sens se rapprocher de moi doucement. Mes sens semblent comme décuplés du fait d'être privés de la vue. Je distingue immédiatement le parfum boisé qui le caractérise caresser mes narines. Je touche presque la chaleur de sa peau contre la mienne. Il me parait bien plus proche que ce que je m'imaginais. Je ne peux que reconnaitre l'effet qu'a sa proximité sur moi. Celui-ci est redoublé par le manque du sens de la vue. Je savoure cet instant suave comme jamais auparavant. Il n'y a aucun risque qu'il lise sur mes traits ce qu'il provoque en moi. Je n'ai pas à porter de masque en ce moment.

– Quelles nouvelles avez-vous reçues de votre famille ? me demande-t-il, son souffle me caressant délicieusement.

– Vous n'avez donc vraiment pas ouvert ma correspondance ? le questionné-je d'une voix plus douce que d'ordinaire, tentant de faire abstraction de notre proximité.
– Je comptais sur vous pour m'informer de son contenu. Je vous demande de me faire confiance. La réciproque est vraie, je veux vous faire confiance. me livre-t-il d'une voix basse, alors que je sens son souffle se répercuter sur ma joue à présent.

Ce contact m'électrise totalement. J'aimerais dire que c'est le fait d'être aveugle qui intensifie cette connexion. Mais je sais que ce n'est pas le cas. Chaque fois qu'il effleure ma peau, je me sens fondre à son toucher. C'est comme si ma peau voulait fusionner avec la sienne.

– Donc, quelle était la teneur de cette lettre ? s'enquiert-il de nouveau.

Je sens nos mains se frôler tellement nos corps semblent aimantés l'un à l'autre. À ce contact, je suis envahie de milliers de courants électriques comme s'ils sortaient tout droit des veines de mon compagnon pour être absorbés par mon corps. Je n'ai jamais ressenti quelque chose d'aussi intense.

– Le gouverneur du Nord nous invite à son mariage. lâché-je, la voix légèrement plus aiguë que d'ordinaire.

Je suis surprise par la douceur qui émane de ses doigts. Le Grand Seigneur me caresse la main délicatement. Je suis tellement peu habituée à ce contact charnel, que j'ai du mal à étouffer le désir qui nait en moi. Je me mets à désirer ce Fae comme je n'en ai jamais voulu aucun autre. Je crains de perdre pied sous cette révélation que j'ai du mal à admettre moi-même.

– Et ? insiste-t-il, semblant suivre une ligne sur mon avant-bras.

Ce sont tous les poils de mon corps qui se hérissent en même temps, réclamant son attention. Comment un simple contact peut-il m'enflammer de la sorte ?

– Mon frère se marie. je crois bon de préciser, tentant de contrôler le feu qui brule à l'intérieur de moi. Le mariage est prévu dans quinze lunes, je devrais donc partir juste après notre cérémonie du nom. m'efforcé -je de continuer.
– Vous ne partirez pas juste après la cérémonie. m'indique-t-il d'un ton sans appel, après quelques secondes de réflexion.

Sa main demeure crispée autour de mon poignet. J'ignore s'il s'en rend compte, mais je préfère me détacher de tout contact tant la colère me submerge. Je voudrais enlever ce foutu bandeau pour l'affronter yeux dans les yeux. Discuter avec quelqu'un sans le voir est perturbant. D'autant plus quand la conversation tourne à l'orage !

– M'empêcherez-vous d'assister à l'union de mon frère ? enragé-je. Il me semblait pourtant vous avoir entendu dire que votre Grande Dame serait votre égale !
– C'est le cas ! Seulement, nous n'aurons pas besoin de partir aussi tôt après la cérémonie du nom. se justifie-t-il en reprenant ma main.
– Nous ? m'étonné-je.
– Pensez-vous sérieusement que je laisserai ma Grande Dame partir seule de l'autre côté des Eaux ?

Je ne sais pas comment prendre la nouvelle. Je suis agréablement surprise par la tournure que prennent les choses. Si mon tempérament indépendant se voyait déjà faire le voyage seule, je ne peux nier que la perspective de sa compagnie m'enchante. Dorénavant, ce sont deux mains qui sont posées sur mes bras, et je sens son souffle chaud caresser ma joue.

– Ce sera l'opportunité pour moi, de me présenter officiellement à votre clan. Il n'y a pas de raison que cela se fasse que de mon côté. Vous êtes mon égale, Princesse.

Je ne m'attendais pas à recevoir autant d'attention d'un Fae de cette importance. J'ai une chance inouïe d'être tombée sur lui. Il aurait pu être bien pire : tyrannique et peu courtois. Il ne ressemble à aucun mâle que j'ai rencontré. Cette révélation me transporte complètement. J'ignore si c'est le fait d'être privé de la vue, mais je décide de me laisser porter par les sentiments qui me submergent. Je me hisse sur la pointe des pieds et trouve naturellement ses lèvres pour y déposer un baiser furtif. Jamais je n'aurais imaginé agir de la sorte, mais ce geste me semble plus naturel qu'aucun autre dans la situation actuelle.

Il est étrange de constater que ce jeu des yeux bandés m'aura fait me rendre compte de choses que je ne voyais pas clairement les yeux ouverts. Le Grand Seigneur est quelqu'un que j'estime et que je respecte. Mais cette sensation que j'éprouve en découvrant que la réciproque est vraie me submerge. Sans ça, je n'aurais jamais amorcé cette esquisse de séduction. Et je crois percevoir que mon geste lui plait, car une lumière plus vive semble éclairer la pièce, signe qu'il n'est pas insensible lui aussi.

CHAPITRE 28 - CLIODHNA

La cérémonie du nom aura lieu demain soir afin que la Lune sacrée bénisse notre union. Dire que je ne ressens pas d'appréhension serait faux. Je ne peux m'empêcher de penser que quelque chose va mal tourner. J'ignore si c'est mon instinct qui me met en garde ou si c'est la paranoïa qui me rend dingue. J'ai besoin de me changer les idées pour oublier tout ça. Comme par magie, Mènnyála apparait à la fenêtre de ma chambre. C'est comme si elle percevait mes émotions. J'ai encore du mal à appréhender ce lien qui nous unit l'une à l'autre.

Cependant, c'est grâce à la sœur d'Althidéon que je parviens à mieux me faire comprendre de mon familier. Quand il nous a enfin présentées l'une à l'autre, j'ai d'abord cru halluciner. Dilya n'est autre que l'enfant que je voulais protéger dans les bois, avant d'être assommée. Je saisis mieux maintenant la situation. Elle m'a expliqué avoir craint que je l'attaque avec ma dague, c'est pourquoi Bǎohù s'en était prise à moi. Son frère m'a précisé que la jeune Fae ne cessait d'échapper à ses gardes pour s'aventurer hors du palais, chose qu'il lui interdit. Je peux comprendre les raisons de Dilya. Moi-même, à son âge, je me cachais pour en apprendre plus sur le monde qui m'entourait. En tant que princesse, mes interactions avec le peuple étaient limitées au strict minimum. Mais avec la menace des Sarlen, nous devons nous montrer prudents. Et je sais que s'il enferme sa sœur, c'est avant tout pour la protéger.

Cette nouvelle facette que je découvre de mon futur époux ne peut que me faire l'apprécier davantage. Et c'est ce qui m'effraie aussi là-dedans. J'ai toujours gardé mes distances avec tout le monde. Mais petit à petit, je me rends compte qu'il détruit les barrières que j'ai érigées autour de moi pour me protéger.

Sentant l'impatience de la dragonne, j'ôte la partie jupe de ma tenue afin d'être plus à l'aise pour la monter. Avaline a confectionné de nouveaux ensembles spécialement adaptés pour moi. À première vue, ils ressemblent à toutes les tenues que je porte habituellement. Mais la partie basse se détache pour me permettre une réelle liberté de mouvement. Mon amie a un talent inné. Donnez-lui un simple bout de tissu et elle en fait une merveille.

Une fois prête, je grimpe sur le dos de mon familier avant qu'elle ne s'envole à tire-d'aile. Rapidement, nous voilà au-dessus du palais, puis la cité rétrécit petit à petit. Ces dernières lunes, je n'ai cessé de me balader à dos de dragon. Je dois m'habituer à rester sur elle pendant un long moment. Le voyage de l'autre côté des Eaux durera pas loin de deux lunes en volant. Je ne me revois pas repasser des lunes et des lunes dans un navire pour traverser les Eaux. Nous avons échappé de peu au naufrage lors de mon premier voyage. Je suis donc heureuse de me préserver cette fois de ces conditions déplorables de voyage. Mais lorsque nous traverserons la mer, nous ne nous arrêterons que pour une courte escale et je dois m'y préparer. Mon corps est déjà moins crispé quand mon familier aborde des tournants abrupts. C'est presque comme si j'étais une extension d'elle. Et cela me rassure pour la suite. Tout se passera bien. Il ne peut en être autrement.

Lorsque je retrouve ma chambre, l'obscurité est tombée depuis plusieurs heures. Cette sortie nocturne m'a épuisée. Je dois me reposer si je veux être suffisamment en forme pour le rituel de demain. Même si la cérémonie se déroulera en petit comité : les membres du Conseil et Dilya; je vais devoir m'y préparer pendant des heures. Je suis déjà fatiguée rien que d'y penser. Je regrette que ce rituel ne puisse se passer comme celui de mon frère, à huis clos. Mais Ran n'est pas encore Grand Seigneur, son union pouvait donc rester privée. Ce qui n'est pas le cas d'Althidéon, malheureusement. Je regarde ma dragonne s'envoler vers les Crêtes Volatiles, sans doute pour retrouver son compagnon. Je ne peux m'empêcher à cet instant de penser que demain, je ne pourrai plus faire machine arrière. Althidéon sera mien.

J'éteins alors les bougies de mes quartiers à l'aide de mon don du Feu. Ce tour, je commence à vraiment bien le maitriser. Il ne me demande plus beaucoup d'efforts. Tandis que je me dirige à tâtons vers mon lit à baldaquin, je suis happée par un courant d'air qui fait bouger la toile au-dessus de mes draps. Je suis pourtant certaine d'avoir fermé toutes les fenêtres. Quelque chose cloche... Instinctivement, je prends une position défensive et je mets tous mes sens en éveil. C'est comme si je sentais la menace d'un ennemi. Et, je pense avoir vu juste lorsque je perçois un léger craquement, que je n'aurais pas entendu si je n'avais pas été sur mes gardes. Je plonge mon regard dans le miroir face à moi, et distingue un éclat argenté. Je me retourne sur le champ pour stopper l'assaillant posté dans mon dos. Je ne discerne rien d'autre que sa lame brillante. Il porte une capuche sur sa tête, ce qui m'empêche de distinguer le moindre de ses traits. Et vu l'enchainement de ses gestes que je devance assez facilement, cet ennemi est plus intelligent qu'habile de ses membres. Je le repousse d'un coup de pied puissant. Mon attaquant s'écroule alors au sol et je profite de ce moment de répit pour invoquer le Feu Sacré afin d'allumer les chandelles.

– Vous ? ! soufflé-je totalement abasourdie.
– Il est à moi ! gronde-t-elle en se jetant de nouveau sur moi, comme une possédée.

Ses yeux sont rouges et écarquillés. Sa main tremble légèrement autour de la lame qu'elle dirige vers ma poitrine. Elle est dans un tel état de colère que je peine à la reconnaitre. La haine déforme les traits de son visage d'ordinaire harmonieux. Il n'y a aucun doute : Arlayna veut ma mort. Toutefois, elle est mal tombée, car contrairement à elle, je sais me battre. D'un mouvement fluide, je la débarrasse de sa dague, ce qui ne fait que la rendre plus enragée. Elle semble avoir perdu toute mesure. Elle continue de se débattre comme une acharnée alors que je la contrôle et qu'elle se retrouve sans défense. Cette Fae est une vraie furie. Je comprends qu'elle soit contrariée par la situation, mais de là à vouloir ma mort ? !

– Arlayna ! Calmez-vous ! tenté-je de l'apaiser.
– Clio ! Qu'est-ce qui se passe ? hurle Ava de l'autre côté de la porte, alors que des coups retentissent.

Tentant de maintenir avec force Arlayna au sol, je n'ai pas suffisamment de souffle pour lui répondre. Mais je n'ai pas à m'en soucier longtemps, car la porte cède pour laisser entrer mes gardes, suivis du garde personnel d'Althidéon.

– Allez chercher le Grand Seigneur ! ordonne-t-il à Ava, qui observe la scène bouche bée.

Immédiatement, Rennyn et Iantel se précipitent sur moi pour prendre la relève. Ils redressent celle qui a tenté de m'assassiner et la maintiennent loin de moi.

– Princesse, êtes-vous blessée ? s'enquiert Aneirin.

– Non, non. Tout va bien. le rassuré-je aussitôt.
– Je doute que ce soit le cas ! s'emporte Althidéon en passant la porte. Comment cette femme est-elle entrée dans la chambre de Ma Dame ? agresse-t-il mes gardes qui demeurent silencieux.
– Répondez ! leur ordonné-je, tandis qu'il s'approche de moi.
– Nous avons été distraits. reconnait Rennyn, en faisant la grimace.
– Disparaissez ! les somme le Grand Seigneur, alors que deux de ses soldats se chargent d'escorter Arlayna. Jetez-là dans la Grande Tour.
– Nooon ! Lâchez-moi ! hurle la jeune Fae, mauvaise, en passant à côté de nous.

L'expression qui se dessine sur son visage me ferait presque de la peine. Je ne peux qu'imaginer ce qu'elle peut ressentir. On lui a promis un trône avant de tout lui enlever. Pour autant, je ne me sens pas coupable de ce qui lui arrive. À la guerre comme à la guerre, comme dirait Drach. Je me suis même montrée plutôt conciliante si on prend en considération que je ne l'ai jamais rabaissée d'aucune façon. J'ai obtenu ma place à la loyale. Elle n'a donc rien à me reprocher. Pourtant, c'est à moi qu'elle s'en est prise.

– Laissez-nous ! tonne la voix du Grand Seigneur quand Arlayna est escortée hors de ma chambre.

Devant son visage dur, personne ne trouve la force de le contredire. Même Avaline s'esquive sans un mot. Quand la porte se ferme sur les derniers gardes, le masque d'Althidéon se fissure et ce que j'y lis me bouleverse : de l'effroi et de la culpabilité.

– Par les Dieux ! souffle-t-il en posant ses mains de part et d'autre de mon visage. Quand votre suivante est apparue hagarde devant moi, j'ai cru que… tente-t-il de m'expliquer

alors que ses yeux reflètent une expression que je ne lui avais jamais vue.
– Tout va bien ! je lui assure en posant mes mains sur les siennes.

C'est alors que je remarque que ses mains tremblent légèrement sous les miennes. Il est bien plus bouleversé que ce que je m'imaginais.

– Tout cela, c'est ma faute. Je suis tellement désolé, Princesse… me confie-t-il, en détournant les yeux.
– Eh ! Je suis là. Je vais bien. lui assuré-je. Mais… Qu'en est-il de la tradition ? Vous me voyez avant la cérémonie. réalisé-je soudainement, en retrouvant mes esprits.
– Peu importe la tradition. Vous venez de frôler la mort, Princesse. Rien ne compte davantage que m'assurer de votre sécurité. m'avoue-t-il, en intensifiant la caresse de sa main sur ma joue. Je n'ai jamais eu aussi peur de ma vie. souffle-t-il en plongeant ses yeux dans les miens.

L'air se charge alors d'une intensité qui me rappelle notre dernière conversation. Sans me quitter des yeux, il pose ses lèvres délicatement sur les miennes. J'ai alors confirmation que j'avais vue juste la dernière fois. Je ne suis pas la seule à éprouver ce besoin de contacts entre nous. Ses veines se parent d'ailleurs d'une lumière vive sous la puissance de notre baiser.

CHAPITRE 29 - ALTHIDÉON

Je déguste la moindre parcelle de ses lèvres charnues pour me convaincre qu'elle va bien. La douceur de sa peau sous mes doigts et sa façon de répondre à mon baiser m'assure que l'attraction de la dernière fois n'était pas une simple conséquence des évènements. Notre lien est bel et bien réel. Je me perds un ultime instant dans les sensations inouïes qu'elle provoque en moi et me détourne. Je me dois de rester dans la retenue pour respecter un minimum la tradition de mon peuple.

– Je… Je vais placer des gardes dans le couloir et devant votre porte. lâché-je d'une voix que j'espère posée, tentant de dissimuler ma frustration de devoir mettre fin à cet interlude exquis.
– Bien ! acquiesce-t-elle. Il me tarde d'être demain pour vous revoir à nouveau, m'avoue-t-elle d'une voix qu'elle ne maitrise pas tout à fait.

Je sais que cette affirmation lui coute. Nous ne sommes pas du genre à nous confier sur nos sentiments. Mais qu'elle se rassure, cette envie est partagée. Je sors donc de la chambre et découvre Aneirin qui m'attend patiemment adossé au mur du couloir.

– Où est-elle ? grogné-je presque.
– Elle a été conduite aux prisons sous la Grande Tour. m'indique-t-il.

Jamais je n'aurais pu imaginer en arriver là. Je l'ai clairement sous-estimé. Peu importe la place qu'elle a dans ma Cour, Arlayna a attenté à la vie de ma future Dame délibérément. Et elle devra en payer les conséquences.

– Naefir a-t-il été mis au courant ?
– Pas encore. J'ai jugé judicieux de maintenir cachée cette tentative d'assassinat pour le moment. La totalité des soldats concernés est rassemblée dans le bureau de Gollian dans l'attente de tes ordres. m'indique-t-il.

Aneirin est quelqu'un de confiance. Je suis rassuré de savoir que l'histoire ne s'est pas ébruitée. La cérémonie a lieu dans quelques heures. Il est hors de question que la folie d'Arlayna éclipse l'importance de notre engagement.

– Bien ! Rejoins-moi avec le père d'Arlayna dans mon bureau. lui ordonné-je.

Je me dirige donc seul vers la Grande Tour. Je vais devoir m'entretenir avec la criminelle pour comprendre exactement ce qui lui est passé par la tête. Je connais Arlayna depuis de nombreuses rondes. Jamais je n'aurais imaginé qu'elle puisse en arriver là. Je dois aussi savoir si elle a des complices. Les gardes de Cliodhna ont parlé d'une distraction. Je dois connaitre les détails et surtout qui est impliqué. Je ne veux rien laisser au hasard. On a attenté à la vie de Ma Dame, je ne saurais le tolérer.

Lorsque j'entre dans le bureau de Gollian, je suis heureux de constater que les gardes Ayenore subissent déjà un interrogatoire par mon secrétaire de la Protection et des Enquêtes du Royaume. Il n'a pas perdu de temps comme à son habitude. Bien que les Trayarus soient réputés pour leur façon pacifiste de vivre, je sais qu'il ne laissera rien passer. Je me concentre donc sur les quatre gardes qui m'ont accompagné quand Avaline m'a trouvé à errer dans les couloirs. J'ignore si c'est un pressentiment ou autre chose, mais ce soir, je n'étais pas serein. C'est pourquoi je rôdais à proximité des quartiers de la Princesse.

Malgré toute l'agitation au palais et les imprévus à gérer en ce moment, je ne peux m'empêcher d'avoir une pensée pour la Princesse. Ces derniers temps, nous n'avons cessé de nous croiser et échanger deux baisers alors que nous étions censés ne plus nous voir jusqu'à la cérémonie. Je ne parviens pas à m'enlever de la tête les réminiscences de ses lèvres exquises sur les miennes. Je dois m'appliquer pour me concentrer.

Le pire c'est cette peur panique que j'ai éprouvée en découvrant la détresse de sa suivante déambulant dans les couloirs comme si un monstre était à ses trousses. J'ai immédiatement compris que cela concernait Cliodhna. Je n'ai pas perdu une seconde à tenter d'analyser la situation, j'ai couru comme un dératé en direction de sa chambre. J'ai craint le pire en m'imaginant une attaque furtive des Sarlen. Mais la vérité est tout autre. C'est moi qui ai fait de la Princesse une rivale d'Arlayna. C'est ma faute si elle s'en est prise à elle. Et cela, je ne pourrai me le pardonner. Pour autant, j'ai tout à fait conscience que c'est l'avidité des Olaxidor qui a mené la jeune Fae à cette extrémité. Je ne suis pas celui à blâmer pour le comportement intolérable de mon ancienne maitresse. Son père, lui, l'est !

C'est pourquoi, après m'être assuré du silence de mes hommes et de ceux de la Princesse, je me dirige vers mon bureau. La conversation à venir risque de ne pas être des plus agréables. Je crains que ma vision de Naefir ait été erronée. Là où je voyais en lui une figure paternelle, il n'y avait sans doute qu'une tentative de manipulation de sa part. J'ai le sentiment de découvrir une nouvelle facette du Fae que je considérais comme un père.

– Althidéon ! Que se passe-t-il ? me demande-t-il en se levant de sa chaise.
– Asseyez-vous ! tonné-je en faisant le tour de mon bureau pour m'asseoir face à lui.

Je ne veux pas qu'il oublie face à qui il se trouve. Je suis son Grand Seigneur, il ne doit pas l'oublier. Jamais.

– Mon Seigneur. se reprend-il en découvrant mon expression meurtrière.
– Arlayna a tenté d'assassiner notre future Grande Dame. lui révélé-je, sans le quitter du regard.

Pour sa défense, il parait véritablement surpris. Ses sourcils proéminents montent haut au niveau de son front et ses yeux s'écarquillent tandis qu'il ne trouve rien à dire. Son regard part ensuite dans tous les sens alors qu'il cherche un semblant d'explication.

– C'est impossible… souffle-t-il d'un ton défait.
– Nous l'avons surprise un poignard à la main dans la chambre de la Princesse Cliodhna. lui expliqué-je. Nul doute n'est possible. tranché-je.
– J'ai… Je… Je ne comprends pas… me semble-t-il totalement déboussolé. Tout cela, c'est votre faute ! m'accuse-t-il en repoussant sa chaise.

Je fais signe à Aneirin, près de la porte, de ne pas intervenir. Je gère la situation.

– Vous lui avez fait miroiter le titre de Grande Dame, la couronne et tout ce qui va avec ! m'attaque-t-il en pointant un doigt rageur dans ma direction.

– Elle savait que sa place n'était plus assurée ! le contré-je, demeurant aussi stoïque que possible.
– Vous avez profité d'elle pendant toutes ces rondes. renchérit-il.
– Ça suffit ! l'interromps-je de mon ton le plus glacial. Je suis votre Grand Seigneur, vous ne devriez pas l'oublier ! Je comprends que vous puissiez être bouleversé par la situation. Mais c'est votre fille la fautive ! Vous feriez bien de vous en souvenir. jugé-je bon de le lui rappeler.
– La cérémonie du nom est-elle annulée ? me demande-t-il d'une petite voix.

Sérieusement ! ? Sa fille vient de se faire arrêter pour tentative de meurtre et tout ce qui lui importe, c'est de savoir si cela va annuler mes projets !

– Non ! grogné-je, presque. Vos mesquineries ne viendront pas troubler mes projets ! J'épouserai la Princesse Cliodhna dans les temps impartis.
– Je n'étais pas au courant. se justifie-t-il.
– Permettez-moi d'en douter. Vu votre réaction, je pense que votre fille ne s'est pas mis cette idée seule dans la tête ! l'accusé-je.

Son silence vaut pour toute réponse. Je savais que le pouvoir pouvait monter à la tête. Mais à ce point, cela me dépasse.

– Puis-je voir Arlayna ? me demande-t-il après un silence inconfortable.
– Vous la verrez demain après la cérémonie.
– Parce que j'y suis toujours convié ? me demande-t-il incertain.
– Ne me poussez pas à bout, Naefir ! Votre place ne tient plus qu'à un fil. le prévins-je, avant de le congédier.

Je n'ai aucune envie de perdre mon temps avec ce

genre d'individu. Il conserve son statut uniquement par respect pour mon père et parce qu'il m'a soutenu dans mes débuts de Grand Seigneur. Sans ça, je lui aurais retiré sa place à mon Conseil.

***

Le moment est venu ! Pour l'occasion, j'ai revêtu ma plus belle tenue d'apparat. Mon costume se compose d'un pantalon et d'une chemise en tissu ivoire, rappelant mon rôle de guerrier de premier rang, d'une cotte en cuivre vert-de-gris qui descend juste au-dessus de mes genoux et gravée de l'emblème de ma famille : un dragon ; ainsi que d'une cape écarlate vieille de plusieurs générations de Virthana. Je n'ai jamais été aussi nerveux de ma vie.

– Tu es prêt ? m'interroge Dilya qui entre dans mon antichambre, sans s'être annoncée comme à son habitude.
– Tu sais que tu ne pourras plus entrer ainsi dans mes appartements quand je serai uni à la Princesse ? !
– Évidemment que je le sais ! se moque-t-elle ouvertement, en faisant tournoyer sa robe écarlate pour l'occasion.
– C'est l'heure, ma Seigneurie. m'indique Bilgard, en désignant l'astre lunaire qui se rapproche.

Lorsque nous rejoignons l'assemblée, mon appréhension grimpe en puissance. Et si Cliodhna changeait d'avis ? J'ai conscience que notre alliance est dictée par un traité passé entre nos deux familles. Mais pour moi, c'est davantage que cela maintenant. Et, je crains qu'elle se retire à la dernière seconde.

– Elle est là. me souffle ma petite sœur, en tirant sur ma cape pour attirer mon attention.

Comme cela est de coutume, je monte sur l'estrade positionnée sous la lumière lunaire et me tourne dans sa direction. Immédiatement, tout autour de nous disparait. Dans sa tenue, aux couleurs de sa famille, elle est tout simplement époustouflante. Le blanc de sa robe fait ressortir sa peau qui a légèrement bruni depuis son arrivée. Quant aux dorures sur son corsage, elles mettent en valeur la moindre de ses formes. Mon sang bout bel et bien dans mes veines lorsqu'elle s'approche de moi, aussi sûre d'elle qu'à l'accoutumée. Mes veines qui s'illuminent à son approche me trahissent devant toute l'assemblée. Tous comprennent que cette alliance est plus qu'une simple union diplomatique. Je ne sais comment interpréter la surprise qui se peint sur les visages de mes conseillers. Lorsque je saisis les mains de la Princesse dans les miennes pour l'aider à me rejoindre sur l'estrade, je ne peux pas louper l'agitation qui l'habite. Je sens les tremblements de ses doigts et sa peau brulante contre la mienne. Après un dernier regard, pour être certain de son consentement, j'entame le chant ancestral qui nous liera l'un à l'autre.

Je lève les mains au ciel comme pour prendre à témoin l'astre qui bénit notre union, puis je commence à tourner autour de ma future Dame, les yeux clos. Je savoure le pouvoir de la Lune qui s'infiltre dans tout mon corps. Lorsque Clio reprend le chant à ma suite, je suis comme hypnotisé par la vision enchanteresse qu'elle m'offre. Sa voix mélodieuse m'envoute presque. Nos odeurs se mêlent pour former un parfum plus épicé, plus sauvage. C'est l'union de nos âmes qui débute. Des milliers de grains de poussière semblent alors se détacher de la Lune pour s'enrouler autour de nous. Je dois retenir un son guttural face à la force brute qui nous inonde. J'ai la sensation de ne plus faire qu'un avec ma promise. Des fils étincelants se propulsent hors de nos poitrines et de nos têtes pour se déverser dans le corps de l'autre. Notre union est presque complète. L'assemblée qui nous entoure se retire pour que nous puissions accomplir la dernière partie du rituel à l'abri d'oreilles indiscrètes.

– Moi, Althidéon Shalian Qianghuo Pacan, Grand Seigneur de Yeozerin et des Terres Dorées, je vous confie ma vie Cliodhna. lui promets-je sans la lâcher du regard. M'acceptez-vous ?
– Je vous accepte. souffle-t-elle d'une voix chargée d'émotions alors que mes filaments d'or disparaissent dans son corps. Moi, Cliodhna Loras Nerixisys Shaqen, fille du Grand Seigneur d'Axeator et de l'Ancien Monde, je vous confie ma vie Althidéon. m'assure-t-elle d'une voix tremblante. M'acceptez-vous ?
– Je vous accepte. m'engagé-je en observant les derniers fils dorés quitter son corps pour rejoindre le mien.

Nous tournons alors nos têtes vers la poussière de Lune qui s'envole au gré du vent. Les Dieux m'en sont témoin, je protègerai cette femme jusqu'à mon dernier souffle. Désormais, rien ni personne ne pourra s'opposer à nous.

CHAPITRE 30 - CLIODHNA

Les battements de mon cœur deviennent frénétiques alors que je sens le regard de mon fiancé posé sur moi. Jamais, je ne m'étais imaginé à quel point cette cérémonie serait intense. Je perçois encore la chaleur des filaments d'Althidéon qui ont pénétré dans mon corps. Je ne pensais pas que cela me lierait à lui de cette façon. Depuis, je me sens différente comme si je m'étais emparée d'une partie de lui qui me rend encore plus forte. J'ai l'impression d'être inatteignable. J'ignore ce qu'il ressent de son côté, mais j'imagine que cela doit être à peu près la même chose.

– Vous êtes mienne. souffle-t-il, en tournant mon visage dans sa direction.
– Et vous êtes mien. répété-je, en découvrant au fond de ses yeux une lueur que je n'avais pas encore croisée.

Althidéon approche alors son visage du mien, suffisamment lentement afin que je puisse me détourner si ce n'est pas ce que je souhaite. Mais à cet instant, tout disparait autour de nous. Je ne vois que lui et sa bouche est bien trop tentatrice pour que je le repousse. En vérité, je brule de son toucher depuis la nuit dernière. Ne supportant plus la distance qui existe entre nous, je me laisse appeler par ses lèvres. Je me perds dans ces sensations inouïes qui me parcourent chaque fois qu'il me touche. Les battements de mon cœur deviennent assourdissants à mes oreilles. Ma bouche fourmille au contact de la sienne et mon corps s'embrase immédiatement.

C'est un raclement de gorge qui nous ramène à la réalité. Je me rends alors compte que nous ne sommes plus seuls sur la terrasse. Depuis combien de temps nous donnons-nous en spectacle exactement ? Je l'ignore, mais je suis au moins soulagée de m'apercevoir que le Grand Seigneur semble aussi surpris que moi. Depuis qu'il m'a pris la main pour monter sur cette estrade, j'ai complètement oublié la présence de nos témoins. Lorsque je croise le regard furibond de Naefir, ma main se crispe instantanément dans celle de mon fiancé.

– Souhaitez-vous qu'il prenne congé ? me souffle-t-il dans le creux de l'oreille.
– Non. Je comprends le but de sa présence. lui assuré-je, bien que l'envie de châtier cet homme me démange depuis le premier jour.

Je ne suis pas stupide au point de croire qu'Arlayna ait agi seule. Si ce n'est pas lui qui lui a mis le couteau dans ses mains, je me doute qu'il n'est pas totalement innocent. C'est lui qui a poussé sa fille à espérer plus qu'elle ne le devrait. Je déteste ce père de s'être servi de son enfant comme d'un jouet dans sa soif de pouvoir. Cette histoire m'en rappelle une autre bien trop douloureuse encore. Mais lorsque nous passons devant le Fae, je maintiens mon masque public en place. Je ne lui donnerai pas le plaisir de savoir que son existence m'insupporte. Cela lui confèrerait bien trop de crédit.

Sa présence à notre union est un pied de nez que

nous lui faisons pour qu'il comprenne qu'il a perdu la partie et ne pourra rien y changer. Il doit saisir qu'il n'a aucune autorité ici. La cérémonie protocolaire s'éternise jusqu'aux premières lueurs de l'aube. Je n'ai qu'une envie : me coucher.

– M'autorisez-vous à entrer ? me demande mon fiancé, en arrivant devant la porte de mes appartements. Cela me rassurait de vous savoir en sécurité à mes côtés. me confie-t-il, face à mon air surpris.
– Doutez-vous de la capacité de vos soldats ? lui demandé-je, en lançant un regard aux Faes qui nous escortent.
– Ils ont clairement manqué à leur rôle la nuit dernière. Je préfère me charger de votre protection moi-même.

La cérémonie m'a ébranlée tout comme le baiser qui a suivi. Passer la soirée à ses côtés. Sentir sa présence à chaque instant sans pouvoir céder à mon envie de le toucher était une sorte de torture que je ne connaissais pas. Je n'ai pas besoin de réfléchir longtemps pour savoir que je vais accepter sa demande.

– Entrez ! l'invité-je à me suivre.

Nous traversons ma suite en silence jusqu'à ma chambre. Je perçois chaque frôlement de tissu et le bruit de nos pas me parait assourdissant. Quand il referme la porte de ma chambre derrière nous, mon corps tremble d'anticipation. Je me dirige vers la fenêtre pour découvrir Mènnyála et Huowáng semblant danser ensemble sous la lumière de la Lune. Le spectacle de ces deux magnifiques créatures en totale harmonie est stupéfiant à observer. Je me demande si le lien qui m'unit maintenant à Althidéon a une quelconque incidence sur eux. Mais j'oublie vite cette préoccupation quand je sens la chaleur de son corps dans mon dos.

– Nous ne ferons rien que vous ne voudrez. m'assure-t-il dans le creux de l'oreille, provoquant des frissons là où je perçois son souffle sur ma peau.
– Je pensais que vous ne feriez que veiller sur moi, ce soir. le taquiné-je, en me tournant vers lui.

Nous sommes si près l'un de l'autre que je ne peux ignorer la flamme écarlate qui brule au fond de ses iris argentés. À mes mots, j'observe son expression se modifier pour se faire soucieuse. Il ne porte aucun masque face à moi. Et je dois avouer que cela me plait. J'aime pouvoir lire ce qu'il ressent sans aucun fard.

– Si c'est ce que vous souhaitez, je veillerai sur vous. m'assure-t-il en plongeant ses magnifiques iris dans les miennes.

Je ne doute pas qu'il tienne parole et ses mots m'embrasent un peu plus. Je glisse mes mains dans ses longues mèches soyeuses avant de déposer ma bouche sur la sienne. Nos lèvres se découvrent comme si c'était la première fois. Et ça l'est en quelque sorte. Ce qui nous lie dorénavant est différent. J'ai l'impression que chaque particule de mon corps le reconnait comme sien. Et je me perds dans ce sentiment de félicité. Notre étreinte devient alors plus douce tandis qu'il dépose une myriade de baisers sur une ligne reliant mon oreille à ma nuque.

– Nous devrions nous reposer maintenant. affirme-t-il, comprenant sans mal que je ne suis pas encore prête à pousser plus loin notre rapprochement.

J'ignore comment il parvient à lire en moi aussi facilement. Mais les faits sont là. Si je brule de son contact, je ne souhaite pas encore m'abandonner complètement à lui. Car je sais que c'est ce qu'il se passera immanquablement, si je le laisse s'imprégner en moi davantage. Et je ne suis pas prête à cela pour l'instant.

***

La Lune est haute dans le ciel lorsque je me réveille. Mon fiancé semble toujours endormi allongé sur le sofa devant la fenêtre. Je ne peux m'empêcher de le détailler. Sa tenue est froissée et ses cheveux sont légèrement en désordre. Je n'en reviens pas qu'il est passé la nuit sur ce meuble si peu confortable afin de veiller sur moi. Si une partie de moi devrait se rebeller qu'il pense que je suis incapable de me défendre toute seule, ce n'est pourtant pas le cas. Au contraire, sa sollicitude me touche.

– Ma Dame… me surprend-il d'une voix rendue plus rauque par le sommeil.

Je m'aperçois que j'aime cette façon qu'il a de m'appeler. Dans sa bouche, ce titre n'a rien à voir avec mon rôle prochain de souveraine, mais tout à voir avec la possessivité qu'il ressent pour moi. Si je le sais, c'est parce que j'éprouve la même chose le concernant. Cette nouvelle sensation, loin de m'effrayer, me conforte dans la certitude que j'ai fait le bon choix en venant ici. Jamais je ne me suis sentie aussi complète à Oymalon. Libre d'être enfin moi et pas seulement la Princesse Cliodhna.

– Tout va bien ? s'enquiert-il en s'asseyant.
– Parfaitement. lui assuré-je, n'ayant plus peur de lui sourire quand l'envie m'en prend.
– J'aime que vous ne vous cachiez plus de moi. me confie-t-il, en plongeant ses yeux dans les miens. Je veux savoir tout ce que vous ressentez, au moment où vous l'éprouvez. insiste-t-il.
– Je ferai mon possible. lui promis-je, la gorge nouée par ses paroles.
– Voudriez-vous m'accompagner ? me demande-t-il en se

levant.
– Où ?
– Je souhaiterais vous faire découvrir une partie méconnue du palais. me répond-il énigmatique. Je dois m'occuper de certaines affaires. Retrouvons-nous pour déjeuner !

Je passe plus de temps qu'à l'accoutumée à me préparer et suis tout juste prête quand Althidéon frappe à ma porte.

– Où allons-nous ? ne puis-je m'empêcher de le questionner.
– Vous le saurez bientôt. me certifie-t-il en prenant mon bras pour m'indiquer la direction à suivre.

Quelques instants plus tard, nous nous trouvons au pied de l'immense arbre de pluie que j'avais déjà repéré à l'arrière du palais. Cet arbre dégage un sentiment d'apaisement qui m'émeut à chaque fois.

– Pourquoi cet endroit particulièrement ?
– Asseyez-vous, je vous prie. me demande-t-il en indiquant un banc un peu plus loin. Cet endroit est cher à mon cœur depuis mon enfance. m'apprend-t-il après un silence prolongé.

Je comprends alors que son choix n'est pas délibéré. Il souhaite s'ouvrir à moi et je ne peux qu'apprécier son geste. Il me parle de la cabane qu'il a construite enfant avec l'aide de ses parents en plein milieu de cette marée de tronc. À l'époque, l'arbre était moins étendu et son accès était encore possible aux adultes. Ce qui n'est clairement plus le cas aujourd'hui. Il évoque les moments privilégiés qu'il a passés avec ses parents ici, à l'abri du reste de la Cour, puis plus tard ceux passés avec sa sœur. Je ne peux m'empêcher de sourire face à ses confidences qui peuvent paraitre anodines, mais qui me permettent d'entrevoir le Fae qui se cache derrière ce Grand Seigneur. Un être joueur, drôle, protecteur avec des principes et des valeurs familiales. Par certains aspects Althidéon me rappelle mon grand frère Ran. Ses révélations ne me font que l'apprécier davantage.

Lorsqu'il évoque l'Ascension de ses parents en ce lieu même, je comprends que des sentiments ambivalents l'habitent. Il chérit les moments qu'il a passés ici avec ses proches, mais cet endroit lui rappelle aussi la perte rapide et inexpliquée de ses parents qui l'ont abandonné à son propre sort. Le petit Fae qui avait grandi dans un foyer aimant et sécuritaire s'est retrouvé en un instant abandonné. Je ne peux qu'imaginer la peine immense qui a dû déchirer son cœur habitué à tant d'amour. Il a souffert de la lâcheté de ses parents et de la terreur qui a dû dévorer son âme si abruptement. Et tout cela, avec une jeune Fae à charge... Je ne peux qu'admirer le Fae qu'il est devenu.

CHAPITRE 31 - ALTHIDÉON

Mes confidences à la Princesse m'ont plus affecté que je ne le pensais. Il est encore difficile pour moi d'évoquer la disparition de mes parents. Et l'évocation de tous les moments de joie que nous avons vécu en famille m'a rappelé à quel point ils me manquent. Mais je ne dois pas m'attarder là-dessus. J'ai plus important à gérer. C'est pourquoi je retrouve Gollian à la Grande Tour sans tarder. Mon secrétaire de la Protection et des Enquêtes du Royaume semble épuisé.

– Alors ? Avez-vous découvert de nouvelles informations ? lui demandé-je de but en blanc.
– Oui, Monseigneur ! Ce sont des suivantes de Lady Arlayna qui ont distrait les gardes de la Princesse. Je les ai toutes deux interrogées et elles me certifient qu'elles ont obéi aux ordres de leur maitresse sans en connaitre les raisons.
– Les croyez-vous ?
– Oui ! m'assure-t-il catégorique.

Je ne peux que me fier à son jugement. Gollian possède le don d'Oengus qui lui permet de cerner les esprits. J'ignore comment cela fonctionne, mais il parvient à déceler quand quelqu'un lui ment. Je l'ai d'ailleurs mis plusieurs fois à l'épreuve et jamais il n'a failli. J'ai donc une totale confiance en ses capacités.

– Qu'en est-il d'Arlayna ?
– Son esprit me parait… perverti.
– Qu'entendez-vous par là ? l'intimé-je à se montrer plus clair.
– Elle a conscience des actes qu'elle a commis, mais ne s'en souvient pas. Elle assure qu'une voix lui a dicté de s'en prendre à la Princesse. Que si elle se débarrassait d'elle, alors elle retrouverait la place qui est sienne.
– Comment ça une voix ! ? l'interrogé-je perplexe.
– Mon Seigneur. Je peux vous assurer qu'elle est convaincue de ce qu'elle avance.
– Elle plaide donc la folie ? !
– C'est ça. affirme-t-il.
– Et Naefir ? A-t-il un rôle dans tout ça ou plaide-t-il lui aussi la démence ?
– Non, Mon Seigneur. Il n'était pas au courant des intrigues de sa fille, je peux vous le certifier.
– Maudits soient-ils ! enragé-je, en faisant les cent pas.
– Souhaitez-vous vous entretenir avec la prisonnière ? me propose-t-il.
– Non ! J'en ai plus qu'assez de ses manigances. Faites en sorte que le Conseil se réunisse et prévenez-moi quand ce sera fait. lui ordonné-je, en sortant de son bureau.

Je n'en reviens pas de la tournure que prennent les choses. Naefir est exempt de tout jugement et sa fille plaide la folie. Pourtant, je ne peux pas remettre en cause le verdict de Gollian. Bien sûr, je pourrais exiger un second interrogatoire par un autre Oengus. Mais cela ne servirait à rien, sinon à fragiliser davantage mon Conseil. Cela signifierait que je remets en cause les compétences de mon secrétaire. Avec la duplicité de Naefir, je vais déjà avoir suffisamment à gérer. Mais pour le moment, je compte prouver à Cliodhna que son avis a de l'importance pour moi.

– Vous vouliez me voir ? me demande-t-elle en me rejoignant dans mon bureau, quelques instants plus tard.
– Oui ! Veuillez nous laisser. indiqué-je aux gardes qui l'escortent.
– De quoi s'agit-il ? m'interroge-t-elle en s'asseyant sur le fauteuil face au bureau.
– Je souhaiterais vous consulter dans l'affaire d'Arlayna et Naefir. lui apprends-je.
– Je vous écoute. me certifie-t-elle, en se redressant sur sa chaise, happée par la curiosité.
– Arlayna plaide la folie pour sa tentative d'assassinat. lâché-je comme une bombe.
– Quoi ? C'est insensé ! s'offusque-t-elle.
– Ce n'est pas tout ! Son père n'est apparemment pour rien dans cette histoire.
– Foutaises ! s'emporte-t-elle, en se levant de son fauteuil. N'avez-vous pas d'Oengus pour démêler le vrai du faux ?
– Bien sûr que si, le meilleur de tous. lui certifié-je.

Son regard se fait alors perçant et je distingue presque les rouages de son cerveau en pleine action. Je suis heureux de constater qu'elle ne remet pas en cause mon jugement sur les capacités de Gollian à obtenir la vérité.

– Vous savez qu'il peut être facile de détourner la vérité. insiste-t-elle, en ne me lâchant pas du regard. Il me semble évident que Naefir est responsable des actes de sa fille d'une façon ou d'une autre. Et je trouve cela injuste de la damner alors que son père ne sera même pas inquiété. affirme-t-elle en baissant les yeux et sa garde. Il ne lui a peut-être pas fourni l'arme pour m'attaquer, mais c'est lui qui l'a poussé à agir de la sorte.

J'ignore pourquoi elle a cette certitude. Mais je choisis, moi aussi, d'avoir confiance en son jugement. C'est une myriade d'émotions qui s'emparent de son visage. Je ne l'avais jamais vue si expressive depuis que nous nous connaissons et cela réchauffe ma poitrine d'une drôle de façon. J'aime qu'elle se montre suffisamment en confiance avec moi pour ne pas revêtir le masque qu'elle porte en public. Je comprends aussi aisément que la relation père/fille d'Arlayna et Naefir lui évoque douloureusement les liens étroits qu'elle entretient avec son paternel.

– Elle est tout aussi victime que moi des machinations de son père. Vous ne savez pas ce que c'est de devoir sans arrêt tenter d'obtenir l'approbation de son paternel. Vous ignorez à quel point cela peut être destructeur. Je ne condamnerai pas Arlayna à l'infamie pour avoir essayé d'avoir la reconnaissance de son père. lâche-t-elle, les larmes aux yeux.

Je remarque à quel point ses derniers mots sont difficiles à prononcer. J'entends l'émotion dans sa voix qu'elle ne peut contenir. Cette Fae est stupéfiante. Elle est forte au point de mettre de côté son ressenti et sa rancœur vis-à-vis d'Arlayna pour voir plus loin que son acte de violence. Elle est capable d'un recul dont je me sens incapable à cet instant. Je me rends compte que Cliodhna n'est pas seulement la future Grande Dame que j'espérais pour mon peuple, elle est aussi une Fae extraordinaire.

– Princesse… Expliquez-moi… soufflé-je en m'agenouillant devant elle.
– Je sais ce que c'est que de se sentir insignifiante, de tenter par tous les moyens d'attirer l'attention de son père pour espérer une miette de reconnaissance. Si les rôles étaient inversés, j'aurais pu me trouver à sa place. me confie-t-elle. J'aurais fait n'importe quoi pour attirer l'attention de mon

père, pour qu'il reconnaisse mon existence… N'importe quoi… Même si cela signifiait jouer avec la vie de quelqu'un. me certifie-t-elle, en braquant ses yeux dans les miens. Je refuse qu'elle meure par ma faute.

Je comprends alors que j'avais vu juste en supposant une mauvaise relation entre le Grand Seigneur Orivalur et sa fille. Mais malgré ce qu'elle affirme, je suis persuadé qu'elle n'aurait pas été aussi loin qu'Arlayna. Elle est bien plus forte que mon ancienne maitresse. Moi qui me plaignais de ma relation avec mes parents, je me rends compte que j'ai plutôt eu de la chance. Ils m'ont abandonné ; certes, mais jamais, ils ne m'ont fait sentir insignifiant de leur vivant et ils ne se sont jamais servis de moi ou de Dilya d'une quelconque manière.

– Cliodhna, je vous vois et je vous admire un peu plus à chaque instant. lui assuré-je, en relevant son menton dans ma direction. Vous êtes surprenante… stupéfiante. Encore à l'instant en prenant la défense de celle qui a attenté à votre vie, vous montrez à quel point vous êtes merveilleuse et réfléchie. Croyez-moi, le plus à plaindre dans cette histoire, c'est votre père... Il ne sait pas quelle fille extraordinaire il manque de connaitre. tenté-je d'adoucir sa peine.

Je souhaiterais pouvoir approfondir cette discussion, mais Gollian nous interrompt pour me prévenir que les membres du conseil m'attendent. Il est temps de les rejoindre.

Lorsque j'entre dans la salle du Conseil, tous les membres sont déjà installés. Si tous ignoraient la trahison d'Arlayna pendant la cérémonie du nom, je suis persuadé que ce n'est plus le cas. L'atmosphère est à couper au couteau quand je m'assieds sur mon siège.

– J'imagine que vous êtes tous au courant de l'objet de cette réunion exceptionnelle. Bien ! affirmé-je en me tournant vers Gollian. Veuillez tout de même rappeler les faits pour qu'aucune ambiguïté ne soit possible. lui ordonné-je.

Tandis que mon secrétaire à la Défense énumère les faits, je tente d'analyser l'attitude de chacun de mes conseillers. Lielong, comme à son habitude, demeure stoïque. Je ne sais jamais à quoi m'attendre avec elle. Son allégeance varie aussi rapidement que tourne le vent. Je n'ai aucun doute que Naefir et Kilyn se prononceront du côté de la défense d'Arlayna. En tant que membres des Olaxidor, je n'en attends pas mieux d'eux. Gollian et Yaozui se rangeront de mon côté, j'en suis certain. Les seuls dont je ne saurais deviner l'opinion demeurent Hinil et Goras. Le vieux sage a parfois tendance à avoir des raisonnements alambiqués. Je ne serais donc pas surpris qu'il parle en faveur des Olaxidor.

De toute façon, leur avis n'est que consultatif. C'est finalement moi qui rendrai le jugement. Mais j'aime connaitre leur opinion. Ce ne sont pas mes conseillers pour rien.

– Passons au jugement ! leur lancé-je, déjà fatigué pour la suite.
– Coupable ! tranche Gollian.
– Innocente ! arguent Naefir et Kilyn, comme je l'avais prévu.
– Innocente ! clame Lielong, semblant avoir choisi son camp.
– Coupable ! lui rétorque Yaozui, en lui lançant un regard noir.
– Innocente ! souffle Hinil de mauvaise grâce.
– Coupable ! scande Goras, se tournant vers moi.

Nous avons donc quatre voix en faveur d'Arlayna contre trois contres. Le sourire condescendant que me lance Naefir m'irrite au plus haut point. Pense-t-il sincèrement que sa fille ne va pas être punie après s'en être prise à Ma Dame ? ! C'est hors de question ! S'il n'en tenait qu'à moi, je l'enverrais en exil dans le Désert Venteux. Mais cela équivaudrait à la condamner à mort, chose que Cliodhna se refuse.

– Quel est votre verdict, Grand Seigneur ? demande-t-il avec un certain dédain dans la voix.

Il est clair que notre relation ne sera plus jamais la même après ça. Je dois oublier le Fae que je prenais pour une sorte de figure paternelle. Il ne l'est plus, s'il l'a déjà été…

– Je déclare Arlayna coupable de tentative de meurtre sur la Princesse Cliodhna, future Grande Dame de Yeozerin. Je la bannis de Beardale. Je la condamne à demeurer à Boneport jusqu'à la fin de son existence. Son départ se fera après mon retour d'Oymalon, dans une dizaine de rondes. D'ici là, elle restera enfermée dans la Grande Tour. statué-je, sans quitter des yeux Naefir.

CHAPITRE 32 - CLIODHNA

Après cette conversation avec Althidéon, je me suis sentie comme vidée de mon essence. Parler des blessures profondes que je préfère refouler d'ordinaire m'a demandé un effort considérable. Une balade dans les airs avec Mènnyála est tout ce dont j'ai besoin pour oublier tout ça et retrouver mes esprits. Les voyages à dos de dragons sont la meilleure thérapie qu'il m'a été donné de connaitre. C'est exactement ce qu'il me manquait pour mon épanouissement personnel. Pourtant, les mots forts du Grand Seigneur résonnent encore à mes oreilles, ils sont si beaux et intenses que j'ai même du mal à me croire légitime de les recevoir.

Le hurlement de Huowáng qui s'approche de nous me prend par surprise. J'espère trouver Althidéon en sa compagnie, mais ce n'est pas possible. Il a bien trop à gérer avec les conséquences de ma tentative de meurtre. Je souhaite seulement qu'il saura tenir compte de mon avis lors du jugement. J'ai conscience qu'il est celui qui décide. Il est le Grand Seigneur et s'appuie sur son Conseil pour prendre les bonnes décisions. J'ignore donc s'il prendra en compte ma demande d'épargner Arlayna. J'aurais aimé pouvoir assister au Conseil, mais malheureusement je sais que mon verdict ne sera pas jugé objectif. Je ne suis pas encore officiellement la Grande Dame des Virthana. Je dois me montrer patiente.

Sentant sans doute mon agitation, mon familier accélère la cadence pour que le souffle du vent fasse s'envoler tous mes soucis. Et étrangement, cela fonctionne. Quand elle me dépose à la fenêtre de ma chambre, je me sens plus légère.

– Clio ! Il faut qu'on parle ! me surprends Ava qui m'attend dans ma chambre.
– Que se passe-t-il ? m'inquiété-je immédiatement.

Sa mine déconfite ne me dit rien qui vaille. Mon amie n'est pas du genre à jouer la comédie ou à exagérer les choses, je sais donc que c'est important. Mon répit aura été de courte durée !

– Tu te souviens des enfants que tu t'étonnais de ne pas voir dans les rues de la ville.
– Évidemment ! Comment pourrais-je l'oublier ! Qu'as-tu découvert ? la pressé-je.

C'est vrai que j'ai été pas mal occupée ces derniers temps. Entre apprendre à maitriser le feu qui brule en moi, tenter de déjouer les attaques vicieuses d'Arlayna et résister au Grand Seigneur, j'ai mis cette énigme de côté.

– J'ai découvert ce qui se passe ici et ça ne va pas te plaire. me prévient-elle, penaude.

Ava m'explique alors que les enfants sont regroupés dans des sanctuaires à l'extérieur de la ville jusqu'à ce qu'ils arrivent à l'adolescence. À ce moment-là, ils sont testés afin de distinguer ceux qui sont fertiles des autres. Cela me rappelle désagréablement mon arrivée ici et les tests que j'ai subis. Elle m'explique alors que les femelles stériles et les mâles retournent en ville, tandis que les femelles fertiles sont regroupées dans un autre sanctuaire, en périphérie de la ville. Les femmes fertiles, une trentaine, selon ses estimations, vivent donc recluses et sont utilisées lors de la Lune Dorée pour être fécondées par les mâles faes.

En soi, cela ne fait pas une grosse différence avec notre manière de faire à Oymalon. Nous sélectionnons bien des humaines à féconder par nos mâles. Mais cette façon d'isoler ces femmes me parait grotesque. Quelle est la nécessité d'agir ainsi ?

– Je n'ai pas fini. m'apprend-elle, un masque de dégout sur le visage.
– Parle ! m'impatienté-je.
– À la Lune Dorée, ce n'est pas un seul mâle qui va tenter de féconder l'une de ces femmes, mais plusieurs afin de maximiser leurs chances de concevoir. Mais ce n'est pas tout… À la Lune Dorée suivant une naissance, le bébé est retiré à sa mère pour qu'elle puisse se concentrer sur la prochaine fécondation. Il est ensuite envoyé dans un sanctuaire pour son éducation. Et ainsi de suite…
– Non ! soufflé-je comme à bout de souffle, en m'écroulant au sol. Ce n'est pas possible…
– Je crains bien que si, malheureusement.
– Emmène-moi dans l'un de ces camps ! exigé-je.

Je ne veux pas y croire. Moi qui m'imaginais pouvoir mener une vie paisible dans ce royaume… J'ai besoin de voir ça de mes propres yeux. Peut-être quelque chose m'échappe-t-il ? Comment ces Faes peuvent-ils traiter leurs femmes de cette façon ? Je sais qu'Olivia, la compagne de Ran, voyait d'un mauvais œil notre manière de considérer les humaines, mais ici, c'est au-delà de tout ce que je pouvais imaginer.

Ne perdant pas de temps, nous nous munissons de

capes afin de nous rendre sur place le plus discrètement possible. Lorsque nous approchons du sanctuaire réservé aux mères, je distingue dans la cour une dizaine de femelles vêtues de tenue grisâtre. Certaines promènent des nourrissons dans leurs bras. D'après les dires d'Ava, il s'agirait de mères nourricières qui dans quelques lunes devront abandonner leurs enfants, pour espérer tomber enceinte de nouveau. C'est horrible ! Ces femmes ne sont pas mieux considérées que comme des objets uniquement dignes à procréer. La rage qui s'empare de moi me pousse à agir. Je sors du talus qui nous masquait à la vue des soldats qui montent la garde.

– Halte là ! tente de m'arrêter un guerrier.
– Comment osez-vous poser la main sur votre nouvelle Grande Dame ! se prend au jeu Avaline.

Je peux toujours compter sur elle pour me suivre dans toutes mes combines. Suivant son exemple, je relève mes épaules et dévisage d'un air dédaigneux le soldat vêtu tout en blanc qui ne sait plus comment agir. Il tourne alors un regard interrogateur vers son acolyte.

– J'ai vaguement entendu parler de ça ! lui confirme le Fae.
– Quand bien même, personne n'est autorisé à entrer dans le sanctuaire ! se justifie-t-il.
– Remettriez-vous en doute les ordres de votre Seigneur ! l'accusé-je.
– Non ! Non ! Bien sûr que non… tente-t-il de s'excuser, en interrogeant du regard le deuxième soldat, qui hausse les épaules en réponse.

Profitant de leur confusion, nous entrons dans le sanctuaire sans nous retourner. J'imagine qu'ils ne vont pas tarder à contacter la garde du Grand Seigneur pour les tenir informés. Mais cela me laissera le temps nécessaire pour comprendre ce qu'il se passe ici.

– Votre Seigneurie. m'accueille une Fae d'un certain âge. Que nous vaut l'honneur de votre visite ?
– Je souhaitais m'assurer que tout se déroule normalement, à l'approche de la prochaine Lune Dorée. brodé-je.
– Évidemment ! Souhaitez-vous faire le tour du sanctuaire, votre Majesté ?
– Avec joie. tenté-je de paraitre enthousiaste.

Malheureusement, plus nous nous enfonçons dans le sanctuaire, plus je me rends compte de l'ampleur de la chose. Je repère bien une trentaine de femelles en tenue gris pâle un peu partout dans le temple. Si elles me semblent en bonne santé physiquement, je ne pourrais pas en dire autant de leur mental. Les regards mornes qu'elles me jettent m'atteignent en pleine poitrine. Mais le pire, je crois, c'est cette façon qu'ont les mères de s'accrocher à leurs enfants à mon approche. Comme si j'allais leur arracher leurs nourrissons des bras.

Lorsque la prêtresse m'invite dans son bureau pour me montrer ses statistiques, je suis au bord de l'implosion. Comme peut-elle être fière de ce qu'elle accomplit ? Ne voit-elle pas la détresse des femelles qui l'entourent ? Comment le Grand Seigneur peut-il tolérer un tel système ? Moi qui le pensais profondément bon… C'est insensé ! Perdue dans la rage que je contiens difficilement, je ne me rends pas tout de suite compte de l'agitation qui règne dans le couloir.

– Ah ! Votre Grandeur ! J'allais justement montrer à Notre Grande Dame, les résultats de…
– Laissez-nous ! la congédie-t-il, sans la laisser finir. Vous aussi, Avaline.

Lorsque la porte claque dans mon dos, je ne me suis toujours pas retournée. Je crains de tout embraser si je croise son regard maintenant. Je redoute aussi la réaction de ce Fae que je pensais connaitre. Pourtant, j'ai toujours su qu'il fallait se méfier des apparences. Toujours ! Il est déjà difficile de se connaitre soi-même alors penser connaitre quelqu'un d'autre est une farce. Comment ai-je pu me tromper à ce point sur son compte ?

– Princesse… tente-t-il de m'approcher.
– Ne me touchez pas ! m'écarté-je comme si je craignais son contact
– Ne me parlez pas sur ce ton. semble-t-il me prévenir en conservant un ton posé. Je pense qu'une mise au point est nécessaire.

Comment peut-il demeurer aussi calme ? Pour ma part, j'ai du mal à contrôler le feu qui brule à l'intérieur de moi tant je suis indignée par la situation. D'ailleurs, il a dû s'en apercevoir, car je constate qu'il a mis en place l'une de ses bulles protectrices. Je n'ai donc aucune raison de contenir la rage qui m'anime. Personne ne sera témoin de l'horrible scène que je compte lui faire.

– Tout d'abord, que faites-vous ici ? reprend-il, toujours aussi calmement.
– Dès mon arrivée, j'ai remarqué que quelque chose clochait ici. lui révélé-je, me tournant vers lui. Je n'ai jamais vu aucun enfant dans les rues de la ville.
– En quoi est-ce un souci ? m'interroge-t-il perplexe.

Je demeure incrédule face à son absence de réaction. Tout cela lui parait totalement normal ? ! Dans quel genre de société suis-je tombée ?

– Pouvez-vous m'expliquer en quoi cela vous choque ? me demande-t-il, voyant que je ne parviens pas à trouver comment continuer cette conversation. Vous ne procédez pas de cette manière sur vos terres natales ?

Alors que j'étais sur le point d'exploser littéralement, c'est à mon tour d'être paralysée par la surprise. N'est-il pas conscient des atrocités qu'il fait subir aux femelles fertiles de son royaume ?

– Bien sûr que non ! m'offusqué-je. Nos petits sont élevés par leur mère jusqu'à leur émancipation.
– Comme c'est étrange ! remarque-t-il, songeur.
– Et les séparer de leur mère peu de temps après leur naissance, vous ne trouvez pas cela étrange ? ! C'est cruel ! m'emporté-je face à son absence de réaction.
– Les traditions sont importantes à Beardale. Je ne sais quoi vous répondre. Cela a toujours fonctionné ainsi et personne n'a jamais trouvé à y redire. tente-t-il de m'expliquer.
– Je me fiche de vos traditions ! Comment pouvez-vous tolérer ce genre de choses ? !
– C'est ainsi que cela se passe depuis des générations…
– Et alors ? ! Vous avez le pouvoir de changer ça ! jugé-je bon de lui rappeler. Je suis fertile, vous le savez certainement vu la batterie de tests que vous m'avez fait passer à mon arrivée. Me retrouverais-je dans ce sanctuaire à la prochaine Lune Dorée ? Laisserez-vous d'autres mâles me violer ?
– Ne dites pas n'importe quoi !
– C'est pourtant de cela qu'il s'agit. Oh ! Grand Seigneur ! Pensez-vous réellement que ces femmes soient consentantes ? Avez-vous seulement pris le temps de vous entretenir avec elles ? Vous souciez-vous vraiment de leurs conditions de vie ? Parce qu'il est évident qu'elles ne sont pas heureuses. Cela sauterait aux yeux de quiconque prendrait la peine de s'intéresser véritablement à elles. lâché-je à bout de souffle.

Je vois la mine de mon fiancé changer face à la dureté de mes mots. Il semble vraiment prendre en compte mes paroles. Pour autant, son masque inexpressif reprend sa place et il m'invite, m'ordonne serait plus juste, à rentrer au palais immédiatement. La manière qu'il a de se fermer sous mes yeux m'atteint en plein cœur. Je ne sais plus quoi penser du Fae qui me fait face. J'ai cru apercevoir l'être juste et bon que j'ai appris à connaitre quelques instants avant qu'il ne se pare de son masque de dirigeant. Je comprends que mes révélations l'ébranlent. Je remets en cause tout ce qu'il a toujours connu. C'est pourquoi je juge bon de ne pas insister davantage pour le moment. Mais je ne compte pas lâcher ce sujet de si tôt. Nous en reparlerons. Peu importe qui sont ces femmes. Personne ne devrait tolérer le traitement qu'elles subissent. Je comprends que cela puisse faire partie d'une tradition archaïque. Mais Althidéon a le pouvoir de changer cela. C'est son devoir de protéger son peuple, tout son peuple.

***

Le jour du départ pour Oymalon arrive plus vite que prévu et je n'ai pas revu mon fiancé depuis notre dispute. Je ne cherche de toute façon pas sa compagnie. Nous nous trouvons dans une sorte d'impasse pour le moment. Lui reste campé sur les traditions de son peuple, tandis que je lui rappelle qu'il a le pouvoir de changer les choses.

C'est donc étonnée que je le découvre dans mon salon alors que je finalise mes bagages.

– Princesse. me salue-t-il mal à l'aise.
– Grand Seigneur. lui réponds-je froidement.
– Je voulais vous prévenir qu'un imprévu m'empêche de partir avec vous.
– Quoi ? ! Quel genre d'imprévu ? ne puis-je m'empêcher de le soupçonner du pire.
– Une rébellion commence à se former dans les rangs des Olaxidor. Je dois calmer cette révolte avant de partir, sinon la situation risque de dégénérer pendant notre absence. m'explique-t-il. Je vous rejoins au plus vite, je vous le

promets. insiste-t-il face à mon silence. Cliodhna… souffle-t-il. Je déteste cette situation. me confie-t-il en posant ses mains sur mes joues pour que je le regarde. Nous avons notre premier différend. Ce ne sera pas le dernier, j'en suis convaincu. Mais je serai là pour vous à Oymalon, d'accord ?

Le soulagement qui s'empare de moi me ravage presque. Je ne m'imaginais pas devoir affronter mon père sans lui. C'est étrange de me dire que je m'appuie à ce point sur sa présence.

CHAPITRE 33 - CLIODHNA

Lorsque nous approchons des terres des Ayenore, je sens la pression s'intensifier dans mes veines. Je redoute l'accueil que va me réserver ma famille en me voyant arriver à dos de dragon. Je n'ai pas encore eu l'occasion de prévenir mon frère ou ma mère de mes progrès concernant mon don du feu. Zeno et Shenarah, deux des élus de Dagda comme moi, m'entourent avec leurs familiers. Notre arrivée ne passera pas inaperçue. Ça, j'en suis certaine. Hulong, le dragon de la Terre et Changshe, la dragonne de la Lune, ont des sortes de nacelles accrochées à leurs poitrails. Ainsi, Aneirin, trois de ses meilleurs gardes, Rennyn, Iantel et Avaline ont pu nous accompagner. Il est vrai que ce moyen de transport est bien moins contraignant que de traverser la mer en bateau. Non seulement c'est plus rapide, mais aussi beaucoup moins dangereux. Ici, pas de risque de tempêtes ou de rencontrer des pirates des mers. J'ai également pu admirer toutes sortes de créatures depuis les airs : des mammifères gigantesques qui peuplent les Eaux d'Eys en passant par des hardes de volatiles en tout genre et de toutes les couleurs.

Lorsque j'aperçois les couleurs de la Grande Plaine,

mon cœur se gonfle de nostalgie. Même si ma vie n'a pas été toujours rose à Oymalon, il y a des moments que je ne peux pas oublier. Et ces champs aux multiples couleurs en font partie. C'est ici que j'ai passé des heures avec Ran, Drach et Alen quand nous étions enfants. Nous nous amusions à jouer avec ces fleurs sensorielles qui bougeaient à notre approche. Je jette un œil à Avaline dans la nacelle à ma droite et croise son regard aussi nostalgique que le mien. Je crois même qu'elle explique à ses compagnons la particularité de ces plantes. L'émerveillement que je lis sur le visage des gardes m'apporte du baume au cœur. Ce sont mes terres natales. Je ne pourrais pas les renier même si je le voulais. C'est ici que j'ai grandi et que je suis devenue celle que je suis aujourd'hui.

Quand nous approchons de la Cité de Lumière, Hulong se rapproche de la terre ferme pour permettre aux gardes et à Avaline de descendre. Althidéon a jugé plus prudent que ma dame de compagnie, escortée par des soldats, prévienne de notre arrivée à dos de dragons. Mon peuple ne connait pas ce genre de créatures, je ne voudrais pas les effrayer inutilement. Nous observons alors au loin l'escouade passer les portes d'Oymalon. Quand le son caractéristique des cors de la ville retentit, c'est le signe que nous pouvons faire notre entrée. J'inspire donc profondément avant de donner le signal de départ à Mènnyála. Sentant sans doute la crispation de mes membres, la dragonne cambre son dos en poussant un hurlement strident. Je la guide jusqu'à la place située juste devant le palais de mon enfance. Les murs blancs de la cité m'éblouissent presque. Je me suis bien plus habituée à l'architecture simple de Beardale que je ne le pensais. Ici, je me sens presque oppressée par toute cette clarté.

Devant le palais sont alignés un certain nombre de soldats en tenue d'apparat noire avec des galons dorés et une foule s'est rassemblée autour de la place. Au milieu des guerriers, je repère immédiatement la silhouette de Ran, lui aussi vêtu de sa plus belle tenue. À ses côtés se tiennent Olivia plus belle que jamais et Drach, toujours aussi impressionnant. L'émotion qui me serre la gorge en les découvrant me prend par surprise. Je ne pensais pas qu'ils m'avaient manqué à ce point. Mes jambes commencent à flageoler alors que mon familier se rapproche des dalles brillantes de la grande place.

Mon cœur fait une embardée quand des cris de stupeur se répandent dans l'assemblée. Les visages des guerriers se font soucieux et leurs mains se dirigent instinctivement vers la garde de leurs épées.

– Tout va bien. tenté-je de rassurer ma dragonne en lui caressant le flanc.

Méfiante, elle se baisse néanmoins pour me faire descendre de son dos. Aneirin, qui escortait Avaline, m'accueille au pied de l'animal. Quand je suis stable sur mes pieds, je me tourne pour lui signifier qu'elle peut s'envoler. Elle ne perd pas de temps et déploie ses ailes immenses sous les acclamations de mon peuple, avant de disparaitre dans le ciel. Désormais entourée par les gardes d'Althidéon, je me rapproche de ma famille. Mes mains tremblent légèrement, mais je fais en sorte de maintenir un masque inexpressif, comme toujours.

Lorsque je me trouve face à mon frère et sa future femme, je me penche dans une légère révérence.

– Vos Altesses. les salué-je formellement.
– Clio. Ça fait tellement plaisir de te revoir. souffle mon frère en s'approchant de moi pour me serrer dans ses bras.
– Toi aussi, tu m'as manqué. je lui confie, en resserrant mon étreinte.
– Je vois ça ! Jamais tu ne m'aurais serrée dans tes bras comme ça avant. se moque-t-il.
– Imbécile ! grincé-je, un sourire malgré tout aux lèvres.
– Rentrons ! propose Olivia, en regardant avec méfiance le

dernier dragon se poser sur la place. Vous serrez plus au calme pour ses retrouvailles.

Acquiesçant à cette proposition, elle ouvre la marche avec Ran, tandis que Drach se positionne à ma hauteur.

– Alors, je ne t'ai pas trop manqué ma petite fée ? ! me demande-t-il, en me bousculant légèrement avec son épaule.

Immédiatement, Aneirin apparait à mes côtés, prêt à intervenir.

– Tout va bien ! lui assuré-je, en lui faisant signe de reprendre sa place.
– Dis donc, ça ne plaisante pas on dirait ! se moque mon ami d'enfance, ouvertement.
– Il est un peu à cran, je crois. défends-je mon garde du corps.

Lorsque nous arrivons dans un salon privé, Ran fait signe aux soldats d'attendre à la porte.

– Je dois sécuriser le périmètre ! s'offusque mon garde.
– Nous accusez-vous de vouloir mettre la vie de ma sœur en danger ? se scandalise mon frère, immédiatement.
– Les ordres sont les ordres ! ne se laisse-t-il pas impressionner, ses veines luisant dangereusement.
– Ce ne sera pas nécessaire, Aneirin. tenté-je de calmer l'ambiance.
– Le Grand Seigneur m'a…
– Il n'est pas là ! le rembarré-je. Veuillez nous laisser ! lui ordonné-je plus froide que jamais.
– D'ailleurs, à ce propos, où est-il ? m'interroge Ran, quand la porte claque derrière le guerrier mécontent.
– Il a été retenu. Il devrait arriver avant la cérémonie.

certifié-je, bien qu'en réalité je ne sois sûre de rien. Nos parents ne sont pas là ? demandé-je à mon tour.
– Mère assiste à une pièce de théâtre, il me semble. Nous ne savions pas exactement quand tu arriverais. l'excuse-t-il. Quant à Père… souffle-t-il, paraissant déjà épuisé par la conversation qui va suivre. Nous ne sommes pas en très bons termes depuis ton départ.

Moi qui m'imaginais que mon absence allait renforcer les liens entre eux, je suis plutôt surprise. La plupart de leurs querelles avaient un lien plus ou moins direct avec la façon dont me traite mon père. Je ne comprends donc pas ce qui a pu provoquer cette rupture.

– Que se passe-t-il ? demandé-je, en m'asseyant.

La manière dont mon frère se met à marcher en rond dans la pièce ne me dit rien qui vaille. Le visage de Drach se ferme hermétiquement. Je me tourne donc vers Olivia qui n'a pas encore ouvert la bouche.

– Nous souhaitons ouvrir ce monde aux humains pour permettre aux changelings de connaitre nos deux mondes. Votre père ne veut pas en entendre parler. Il reste bloqué dans son monde archaïque qui fait la part belle aux Faes. m'explique-t-elle.
– Nous voulons que les humains aient un vrai rôle dans le processus de procréation et non plus qu'ils servent seulement d'incubateurs ou de banque de sperme. complète Ran, en me regardant droit dans les yeux. Je sais que tu as quelques problèmes avec les humains, mais…
– Non, je… commencé-je, confuse. Je comprends ce que vous voulez faire. Tu… Tu avais raison… soufflé-je. J'étais jalouse de cette liberté qu'ont les femelles sur Terre, alors que j'étais moi-même enfermée… confié-je malgré moi. Quoi ? demandé-je devant les mines surprises de Ran et Drach.

– Moi qui craignais que cette alliance avec les Virthana te fasse te renfermer encore plus sur toi-même, je suis heureux de constater que ce n'est pas le cas. me sourit mon frère.
– Si tu nous expliquais ce qu'est la créature qui t'a déposé devant le palais ? réclame Drach.

Je révèle à mon ami d'enfance et à Olivia que je possède le don du feu et qu'à Beardale les dons des éléments sont courants. Je leur parle ensuite de mon entrainement à manier le feu puis de l'invocation de Mènnyála. Je leur dépeins la ville de Beardale et son environnement. À aucun moment, je ne parle d'Arlayna ni de mes rapprochements avec Althidéon. Je ne souhaite pas inquiéter ma famille inutilement. J'imagine qu'ils ont suffisamment en tête avec mon paternel et la menace des Sarlen qui plane également au-dessus d'eux.

De leur côté, ils me détaillent l'attaque qu'ils ont subie et les moyens qu'ils ont mis en place en prévision d'une prochaine offensive. Ils me relatent aussi que plusieurs humaines ont refusé d'abandonner leur progéniture à l'approche de leur douzième anniversaire. Cela a été l'élément déclencheur à leur nouvelle façon de voir les choses. La future femme de mon frère ne pouvait tolérer qu'on se serve de ces femmes de cette manière. Même si elles ont signé un accord il y a douze ans, cela ne veut pas dire qu'elles soient toujours d'accord pour abandonner leur enfant aujourd'hui. Je me rends alors compte que notre manière de faire n'est pas meilleure que celle des Virthana. Dans les deux cas, nous utilisons des femelles comme de vulgaires incubateurs. La seule différence réside dans le fait que les Virthana se servent directement de leurs propres femelles fertiles tandis que les Ayenore utilisent des humaines. Je ne sais pas ce qui est le pire ! Même si les mères humaines peuvent rester libres avec leur enfant tout le long de leur enfance, quel déchirement leur faisons-nous subir en leur arrachant leur enfant après les avoir vu grandir et chéri durant douze années. Ce n'est pas plus glorieux ! Et cela, je ne peux plus le tolérer. Cette prise de conscience m'aura pris du temps, je m'en rends bien compte. Mais maintenant que c'est le cas, je ne compte pas les abandonner à leur triste sort. Je me promets d'agir en faveur de toutes ces mères. Qu'importe leurs espèces, elles doivent obtenir des droits !

***

Mère a souhaité organiser un repas en petit comité pour mon retour, ce qui me convient parfaitement. Je suis courbaturée par le voyage à dos de dragon et mes sentiments sont sens dessus dessous. Entre les révélations de Ran, Drach et Olivia et l'appréhension qui m'habite à la perspective de revoir mon père, je suis à bout de nerfs. Pour ne rien arranger, je ne peux m'empêcher de penser qu'Althidéon va me faire faux bond. Pourquoi s'embêterait-il à venir de l'autre côté des Eaux, simplement pour me soutenir ? Il a bien d'autres choses à régler sur son territoire : une rébellion dont je suis en partie responsable, la menace des Sarlen et que sais-je encore. Je doute qu'il me rejoigne dans ces conditions…

Lorsque je me rends dans le petit salon, je suis soulagée de me rendre compte que le Grand Seigneur ne se joint pas à nous pour le repas. Quand je m'installe, ma mère ne perd pas de temps pour m'interroger sur mes nouvelles compétences. Elle m'explique qu'elle aimerait beaucoup rencontrer Mènnyála puisqu'elle n'a pas pu assister à mon arrivée. Elle me questionne sur Beardale et ses habitants pour s'assurer que je me sens bien dans ce nouveau royaume. Sa prévenance creuse un sillon dans les barrières que je maintiens entre nous depuis qu'elle a cessé de prendre soin de moi.

– La fille prodigue revient au bercail et je ne suis même pas convié au repas ! s'exclame le Grand Seigneur en entrant dans le salon.

– Père ! semble le prévenir Ran, en serrant les mâchoires.

Je ne loupe pas la main protectrice qu'il pose sur l'épaule de sa future femme. Qu'a-t-il pu bien se passer pour que la tension soit si intense entre eux ? D'un signe de tête, Orivalur indique aux domestiques qui apportent le dessert de déguerpir. Ma mère, de son côté, se crispe légèrement sur sa chaise. Le Grand Seigneur n'a plus tout à fait la même allure qu'à mon départ. Ses traits se sont creusés, ses yeux me paraissent un peu vitreux et sa démarche n'est pas parfaitement droite. Est-il saoul ?

– Quoi ? ! Elle n'est même pas capable de mener à bien une simple mission ! enrage-t-il en se rapprochant de moi. Cessez donc de sourire bande d'imbéciles ! Il n'y a aucun exploit à applaudir. Elle n'est même pas foutue d'honorer son promis ! Ma jolie marionnette ne fonctionne-t-elle pas de l'autre côté des Eaux ? se moque-t-il en faisant bouger ses doigts au-dessus de ma tête comme si des fils me liaient à lui.

Ma gorge est en feu et ma poitrine se comprime douloureusement. Moi qui pensais en avoir fini avec tout ça ! J'ai l'impression que toutes les blessures qu'il m'a infligées dans le passé se réveillent en même temps. J'ai mal. Intérieurement, je hurle. J'ai envie de lui sauter à la gorge, tellement je déteste cet horrible personnage qu'est mon paternel ! Je ne sais toujours pas comment je dois agir face à lui. J'ai tellement été habituée à devoir me taire et encaisser. Je me pensais au-dessus de cela maintenant, alors pourquoi suis-je incapable de le repousser ? Parce qu'il m'accorde de l'attention me souffle une voix désagréable à l'oreille.

– Tu n'es qu'une bonne à rien ! gronde-t-il en levant sa main, prêt à me frapper.
– Ne vous avisez pas de porter encore la main sur elle !

enrage une voix que je reconnais immédiatement.

CHAPITRE 34 - ALTHIDÉON

La rage qui m'anime en entendant les propos que tient le Grand Seigneur est brutale. J'avais compris que Clio entretenait une relation conflictuelle avec son père, mais je ne pouvais imaginé ce genre de rapport entre eux. Ce dirigeant est clairement un véritable tyran avec elle. C'est inacceptable ! J'ai tellement de peine pour elle en cet instant. Et cette peine se traduit en fureur vis-à-vis de son bourreau !

– Ne vous avisez pas de porter encore la main sur elle ! j'enrage en découvrant sa posture menaçante envers Ma Dame.

Je m'interpose entre les deux afin de la protéger du courroux de son paternel. Je me fiche bien de savoir qu'il est le Grand Seigneur de ce royaume, je ne laisserai personne la traiter ainsi. Jamais. La voir si vulnérable m'affecte d'une manière que je ne savais pas possible. Elle qui est si vive d'esprit, toujours prompte à répondre à mes attaques, je la découvre aussi fragile qu'un oisillon en présence de son père. Cela ne devrait pas être possible. Je crains que son paternel n'ait détruit bien plus que ce que je m'imaginais.

– Vous êtes venu ! semble-t-elle surprise de me voir quand je plonge mes yeux dans les siens.
– Comme promis. lui rappelé-je, en caressant sa joue glacée.

Au regard étonné qu'elle me lance, je comprends qu'elle ne me croyait pas vraiment. Je dois refouler un cri de frustration quand quelqu'un s'adresse à moi :

– Grand Seigneur Althidéon, je suppose ?
– Lui-même. confirmé-je en me tournant vers celle que j'estime être Elincia, la mère de Clio.

Je vois du coin de l'œil que des soldats se chargent de relever Orivalur.

– Lâchez-moi ! se débat -il, en se précipitant sur moi.

Heureusement, le Fae que je suppose être le Prince s'interpose entre nous.

– Vous devriez aller vous reposer, Père. semble-t-il prendre des pincettes avec lui.
– Arrêtez de vous adresser à moi comme si j'étais sénile ! Ce n'est pas parce que celle-là est partie de l'autre côté des Eaux qu'elle ne me doit plus le respect ! enrage-t-il.
– C'est assez ! tonne la voix du Prince.
– Non ! Laisse-le parler ! se reprend Clio, en me repoussant pour se positionner debout, face à son père. Qu'ai-je donc fait pour que vous me traitiez ainsi ? lui demande-t-elle, des trémolos dans la voix, mais le regard franc prouvant qu'elle est bien déterminée à affronter son tortionnaire.

Je voudrais l'emporter loin de cet être toxique, mais je comprends qu'elle a besoin de cette confrontation.

– Tu es née ! lui crache-t-il au visage. Tu es le poison de mon existence, celle qui me trahira et me détruira. Mais je n'ai pas eu le courage de me débarrasser de toi. J'ai préféré tenter de te mater. Mais même maintenant tu es incapable d'accomplir une simple tâche ! la fustige-t-il.
– Ça suffit ! s'interpose son épouse. Je ne peux plus supporter votre façon de traiter notre fille. C'est intolérable ! Comment osez-vous... Comment avez-vous pu…

Les mots peinent à sortir de la bouche de la Grande Dame, mais il n'est pas difficile à comprendre qu'elle n'a pas l'habitude de s'opposer ouvertement à son époux. Devant la prise de position de sa mère en sa faveur, Cliodhna a du mal à contenir son émotion.

– C'est donc toi ! s'étonne le Grand Seigneur, semblant saisir quelque chose.
– Ma fille, je suis tellement désolée. ignore-t-elle la haine que déverse le Grand Seigneur à son encontre. J'aurais aimé pouvoir te protéger de son courroux. assure Elincia en l'enlaçant. Mais je n'ai compris que trop tard ce qu'il te faisait subir. J'espère que tu trouveras en toi la force de me pardonner.

Clio ne semble pas réaliser ce qui se passe. C'est comme si elle n'était pas vraiment présente dans cette pièce. Ses yeux sont hagards et sa bouche s'ouvre et se ferme sans qu'elle parvienne à prononcer une seule parole. Je ne l'ai jamais vue dans un tel état de détresse. Tout ce que je veux, c'est l'emmener loin d'ici et la protéger de cet endroit et de ces personnes incapables de veiller sur elle.

– Conduisez Orivalur dans ses appartements ! tonne la voix du Prince, repoussant son père avec une grimace de dégout.

Deux soldats vêtus de noir se précipitent alors dans

la salle pour ramasser l'épave au sol. Qu'ils se dépêchent s'ils ne veulent pas que je démolisse cet être infâme.

– Qu'est-ce que cela signifie ? se tourne-t-il vers sa sœur.
– Plus tard ! le prévins-je en constatant que Clio tremble de tout son corps.

Je doute qu'elle souhaite s'écrouler devant autant de témoins. Les cris du Grand Seigneur ont attiré les harpies de cette Cour.

– Nos quartiers ! m'enquiers-je, en prenant la Princesse dans mes bras.
– Par ici ! m'indique la dame de compagnie de ma fiancée, sortie de nulle part.

Qu'elle me laisse la porter me montre tout ce que j'ai besoin de savoir sur son état de détresse. Depuis notre dispute, c'est à peine si elle m'a autorisé à la toucher en privé, alors en public, devant toute sa famille… Je suis Avaline dans d'innombrables couloirs en marbre blanc. Tout ici n'est que luminosité. Je comprends mieux pourquoi cette cité est prénommée la Cité de la lumière. Dans mes bras, je sens les tremblements de Ma Dame se calmer peu à peu tandis que son étreinte se resserre autour de mon cou. Je suis submergé par son parfum floral qui embrase mes sens. Mais je perçois surtout la froideur de sa peau contre la mienne. Que ce Fae parvienne à cristalliser la force qui l'habite me rend totalement fou. Mais pour le moment, m'assurer de son bien-être est plus important que tout le reste. Et je ne doute pas que son frère saura traiter leur père comme il se doit. Cela ne me retiendra pas cependant de réclamer réparation pour le mal qu'il a causé.

J'ai conscience que c'est irrationnel, mais je ne peux m'empêcher de penser que si j'avais accompagné Cliodhna comme cela était prévu initialement, elle aurait échappé à ce genre de discours. Rien ne me le certifie néanmoins, car la cruauté du Grand Seigneur me semble ne pas avoir de limites. Qui traiterait son enfant de cette manière à cause de simples allégations ?

Arrivés dans sa suite, Avaline m'ouvre la porte de la chambre pour que je puisse y allonger la Princesse, toujours dans un état catatonique.

– Souhaitez-vous que je reste ? me sort de mes pensées la jeune Fae.
– Non… Non, laissez-nous. lui certifié-je en m'asseyant aux côtés de ma fiancée.

Lorsque je repousse une mèche de ses cheveux, Clio tourne enfin son visage vers moi. Je comprends immédiatement qu'elle n'est pas en état de parler pour le moment. Je m'allonge donc à ses côtés et fais la seule chose à ma portée. Je la serre dans mes bras pour la consoler. Je veux lui montrer qu'il est possible qu'elle soit simplement chérie sans rien attendre en retour. Et je suis plus que surpris qu'elle ne me repousse pas. Elle reste là statique, le regard hagard. Elle m'accepte près d'elle dans ce moment de détresse. Je ne peux empêcher une certaine satisfaction d'exploser dans ma poitrine. J'en profite pour m'enivrer de l'odeur de ses cheveux et pour sentir le poids de son corps contre le mien. Quand elle me rend mon étreinte, un poids énorme libère ma poitrine. Je n'ai pas de mot pour exprimer le bonheur que je ressens. Je comprends alors qu'elle me fait confiance.

Au bout d'un instant, je perçois le souffle régulier de Cliodhna m'indiquant qu'elle s'est assoupie. Entendant des voix devant la porte, je me lève délicatement pour éloigner celles qui risquent de réveiller la Princesse. Elle a besoin de ce moment de repos. Après avoir déposé un baiser dans ses cheveux et remonté le drap sur elle, je sors donc de la pièce.

– Olivia, la future mariée. se présente la jeune Fae qui accompagne Avaline.
– Althidéon, Grand Seigneur de Yeozerin. lui réponds-je, en serrant la main qu'elle me tend.

Sa façon de se présenter si peu conventionnelle m'étonne quelque peu, mais je n'en montre rien. La jeune femme me fait signe de la suivre jusqu'à un petit salon. Sa manière de m'observer me met mal à l'aise. Je ne sais pas grand-chose sur elle, si ce n'est ce que m'ont rapporté les espions d'Aneirin. Elle est la fille cadette du Grand Seigneur de Draituzia. Personne ne connaissait son existence avant il y a peu. Ce serait le Prince Iyrandrar qui l'aurait retrouvée. Pourquoi et comment demeure un mystère.

– Comment va-t-elle ? me demande-t-elle, semblant véritablement soucieuse.
– Aussi bien que cela peut l'être au vu de la situation. lui rétorqué-je méfiant.
– Vous me paraissez très protecteur vis-à-vis d'elle. observe-t-elle, d'un œil critique.
– Elle est ma future Grande Dame. lui rappelé-je. Où se trouve le Prince ? lui demandé-je, pour ramener la discussion vers un sujet moins personnel.

Je ne suis pas du genre à m'attarder sur mes sentiments avec une inconnue… avec quiconque en fait.

– Il s'entretient avec ses parents à l'heure actuelle. Je n'ai aucune envie de me mêler à ce genre de conversations absurdes.
– Que voulez-vous dire ?
– Le Grand Seigneur se fiche pas mal de ce qu'on peut dire. Peu importe le sujet, il a raison et tout le monde a tort. Elincia pensait bien agir et elle n'en démordra pas. Mais nous savons, vous comme moi, qu'elle aurait pu se comporter autrement pour protéger sa fille. Et Ran, comme

toujours, va se retrouver au milieu des tirs croisés de ses parents. Depuis le départ de Cliodhna, beaucoup de choses ont changé ici. Le Grand Seigneur décline. Sa paranoïa le rend dangereux et le Conseil commence à s'en rendre compte. Ce n'est qu'une question de temps avant qu'il ne soit destitué.
– Pourquoi me dire tout cela ? m'étonné-je.
– Car je sens que vous êtes différent. m'explique-t-elle énigmatique. Vous tenez à elle, n'est-ce pas ? lance-t-elle après quelques secondes de silence. Connaissez-vous le lien qui m'unit au Prince ? me demande-t-elle de plus en plus mystérieuse.
– Si vous me disiez plutôt le fond de votre pensée ! lui proposé-je.

J'ignore ce que tente de me dire cette jeune Fae. Mais j'ai hâte de savoir ce qu'elle a à me révéler.

– Nous sommes des *roghacroí*. me révèle-t-elle, sans me lâcher des yeux.
– C'est impossible. la contré-je.
– Et pourtant… semble-t-elle se moquer. J'ai observé comment vous vous comportez l'un envers l'autre et cela ne fait aucun doute pour moi. Vous l'aimez comme un homme aime une femme. me certifie-t-elle.

J'ai du mal à comprendre ce dont elle parle. Évidemment, je connais la légende de la malédiction de la déesse de l'amour et de la beauté. La déesse Cliodhna aurait jeté un sort sur notre race après avoir été rejetée par son amant fae. Ainsi, mes semblables sont condamnés depuis de nombreuses Lunes à ne plus ressentir la moindre parcelle d'amour romantique. Certains estiment même que c'est cette malédiction qui est à l'origine de la déchéance de notre race. La baisse de la natalité serait l'une des conséquences de cette damnation.

Je n'ose pourtant pas à y croire. Si les *roghacroí* sont

effectivement de retour, cela pourrait marquer la fin de beaucoup de conflits. Si l'amour renaissait dans nos cœurs, peut-être que la natalité reviendrait à son état originel… Néanmoins, je ne peux ignorer les sentiments inconnus que fait naitre Clio dans mon cœur. Je ne peux pas me voiler la face plus longtemps. C'est bien d'amour qu'il s'agit, je le sais. Ce n'est pas l'amour fraternel que je ressens pour ma sœur ni celui amical que j'éprouve pour Aneirin. Il s'agit d'autre chose de plus profond, de plus viscéral. Mon cœur s'emballe à sa proximité. L'excitation alterne avec la peur quand je pense à elle. Nous sommes liés par notre don et par notre volonté à vouloir le meilleur pour notre peuple. Et le manque que j'ai ressenti loin d'elle m'a complètement perturbé. Mes repères ne sont plus ceux que je connaissais avant de la rencontrer. Ils sont totalement bousculés. J'ai l'impression de me perdre un peu. Pour autant, cela ne m'effraie pas vraiment. Je me sens aussi plus complet lorsqu'elle est à mes côtés. Est-ce cela l'amour véritable ?

CHAPITRE 35 - CLIODHNA

Lorsque mon fiancé me rejoint sur ma couche, la douleur dans ma poitrine s'apaise un peu. Je ne comprends pas comment cela fonctionne, mais quand Althidéon se trouve à mes côtés, je me sens… plus forte. L'épée que mon père vient de m'enfoncer dans la poitrine est difficile à accepter. Tout ce temps, il s'en est pris à moi à cause des révélations d'une prêtresse. Je ne peux m'empêcher de me remémorer les révélations de ma mère. Quand je me suis réveillée, sans doute peu de temps après m'être assoupie, elle avait pris la place de mon fiancé à mes côtés.

« Quand j'ai accouché d'une fille, je n'ai pas compris son comportement distant avec toi. Je pensais qu'il s'agissait d'une déception mâle de ne pas avoir de deuxième héritier. Ton père a toujours gardé en mémoire l'éviction de son frère qui n'était pas fertile. J'ai pensé qu'il était déçu de ne pas assurer ses arrières si Ran était stérile. Mais j'ai fini par comprendre que cette distance entre vous était liée à autre chose... Avant ta venue au monde, une prêtresse a prédit à ton père qu'une femme proche de lui le trahirait. Quand tu es née, j'imagine qu'il a pensé que cette traitresse ne pouvait être que toi. Je lui étais déjà dévouée depuis de nombreuses Lunes. Il n'a jamais pensé

que je pouvais être la traitresse...

Je ne me pardonnerai jamais toute la souffrance que tu as dû endurer par ma faute. Car la vraie traitresse c'est moi. Je l'ai trahi en t'envoyant auprès de mes lointains ancêtres des terres Virthana. Il pensait avoir toutes les cartes en main dans cette alliance, mais il ne savait pas que les raisons étaient tout autres. Il pensait se servir de toi, une fois de plus. Mais en réalité, je te protégeais en t'envoyant auprès de nos alliés. Ses dernières Lunes, je voyais sa froideur et sa colère devenir de plus en plus ingérable et intolérable. Je peinais à respirer face à toutes les atrocités que tu subissais à cause de lui. Alors, j'ai agi dans son dos en contactant Yaozui. J'ai fait en sorte que tu sois bien entourée à Beardale. Orivalur n'a jamais pris la peine de me connaitre, il ignorait que j'avais des ancêtres sur ces terres lointaines. La seule fois où j'ai été d'accord avec lui c'est quand il a passé cette alliance. Je savais qu'elle te protègerait. »

J'étais bien trop bouleversée pour comprendre tout ce que cela implique à ce moment-là. Mais j'ai repris mes esprits depuis. Comment a-t-il pu imaginer une seconde qu'une enfant, son enfant, pourrait le trahir ? J'ai toujours tout fait pour qu'il m'accepte. Mais c'était une quête perdue d'avance, je m'en rends compte à présent. Peu importe comment je me comportais, il m'avait déjà jugée, sans aucune preuve. J'ignore ce qui est le plus douloureux : savoir qu'il ne m'a jamais considérée ou que la responsable de cette situation est ma propre mère. Je ne peux m'empêcher de penser que c'est en partie sa faute. Si elle n'avait pas caché son ascendance avec les Virthana à mon père, si elle n'avait pas comploté derrière son dos, jamais cette prophétie n'aurait été écrite. J'ai bien conscience qu'elle n'est fautive en rien concernant les agissements de mon paternel. Pour autant, une partie irrationnelle de moi ne peut pas s'empêcher de la voir comme une complice de mon tortionnaire.

Savoir que mon comportement n'était nullement la cause de la conduite du Grand Seigneur à mon égard m'apaise en quelque sorte. J'ai maintenant conscience que rien de tout cela n'était ma faute. Je n'aurai plus cette dague qui s'enfoncera dans ma poitrine chaque fois que mon paternel se montrera dédaigneux envers moi. Je ne suis pas la cause de cette cruauté mal placée. C'est lui l'unique responsable de ses agissements. Je n'aurais rien pu changer à la situation et le savoir allège un peu ce poids sur mon cœur. En guérir sera cependant un travail de longue haleine et pour cela je dois m'éloigner de ces parents toxiques. Je n'ai donc qu'une hâte : retourner à Beardale, mon nouveau foyer.

– Je suis là, ma douce. me chuchote mon fiancé au creux de l'oreille, sentant surement mon agitation.

J'apprécie qu'il respecte mon silence. Je ne suis pas encore prête à parler de tout cela avec lui. Il a été témoin de mon humiliation en direct et pourtant, il demeure à mes côtés. C'est une preuve de plus qu'il est le genre d'être que je veux dans ma vie. Notre relation est loin d'être au beau fixe, j'en ai conscience. Il y a encore des désaccords entre nous qui ne sont pas réglés. Néanmoins, il est là, près de moi. Il a traversé les Eaux malgré notre brouille. Il est présent quand j'ai le plus besoin de sa présence. Et cela, je ne peux pas le négliger.

***

Après une nuit agitée, nous nous préparons pour la cérémonie du mariage de Ran et Olivia. Comme la tradition l'exige, je me sépare de mon fiancé pour aider la future mariée à s'apprêter.

Lorsque je rentre dans les quartiers de mon frère, j'ai du mal à reconnaitre la chambre de Ran. On voit immédiatement que sa fiancée a apporté sa touche personnelle à l'agencement de la pièce. Dans un coin, je repère même un fauteuil en osier, typique des mobiliers humains. Je suis la direction des conversations pour trouver ma future belle-sœur. Syndra est déjà en train de tresser les longues mèches brunes de la mariée. Quand elle m'aperçoit, la vieille Fae s'arrête et me jette un long regard amical. Retrouver celle qui m'a élevée me fait un drôle d'effet. C'est grâce à elle que je suis parvenue à suivre l'entrainement réservé aux mâles de ma famille. Sans elle, je n'aurais jamais eu cet exutoire. J'ignore même si j'aurais survécu jusqu'à l'âge adulte tant le poids du regard du Grand Seigneur m'accablait. C'est en partie grâce à elle que je suis devenue aussi forte.

– Syndra. la salué-je avant de la prendre maladroitement dans mes bras.

Si elle est étonnée par ma familiarité, elle n'en montre rien et me rend même mon étreinte.

– Vous êtes complète ! me certifie-t-elle, énigmatique. Cela vous sied, Votre Altesse.

Syndra a toujours eu une façon bien à elle de voir les choses. Je ne m'attarde donc pas sur ses paroles. Avec le temps, j'ai cessé de chercher à comprendre de quoi elle parlait. Mais la revoir m'emplit d'un sentiment de nostalgie bienvenue. Après les allégations du Grand Seigneur, j'ai beaucoup de mal à me rappeler ce que j'aime tant à Oymalon.

Des petits coups à la porte me tirent de mes pensées. C'est Odélia, la sœur de Liv. Me sentant un peu de trop, je me mets légèrement en retrait. Observer la relation des deux femmes est amusant. L'ainée ne cesse de remettre en place les mèches rebelles de la mariée, sous son regard agacé.

– Alors, prête, Livie ? lui demande-t-elle.
– Plus que jamais. lui assure-t-elle d'une voix déterminée.
– Tu sais que… commence la Princesse Neirigeiros.

– Ne dis pas n'importe quoi ! l'arrête sa sœur. Ran est la meilleure chose qui me soit arrivée.
– Sans lui, tu ne risquerais pas ta vie ! l'interrompt Odélia.
– Nous en avons déjà discuté hier ! Cesse ça ! J'ai choisi de rester ici en connaissance de cause. Ne viens pas remettre en question toutes mes décisions ! commence-t-elle à s'énerver.
– D'accord ! Pardon, Livie. Pardonne-moi, d'accord ? C'est juste que je m'inquiète pour toi.
– Je le sais…
– Bon… On se retrouve après la cérémonie. assure-t-elle, les larmes aux yeux.
– Tout va bien, Olivia ? lui demandé-je quand la porte se ferme derrière sa sœur.
– Oui, ce n'est rien. Elle est juste inquiète pour moi. Elle estime ne pas en avoir fait suffisamment pour me tenir à l'écart de ce monde. souffle-t-elle. Mais je suppose que tu connais ce genre de choses. me signifie-t-elle avec un sourire un peu triste.

Évidemment, je comprends immédiatement ce à quoi elle fait allusion. Mon frère a toujours veillé sur moi. C'est d'ailleurs pour ça que je lui ai caché les travers de notre paternel. Je ne voulais pas être responsable d'une brouille entre les deux mâles de mon existence. La douleur que je tente d'étouffer se glisse sournoisement dans mes veines. Je me reprends cependant assez rapidement pour ne pas me laisser submerger.

Comme l'exige la tradition, je passe alors autour de la taille de la mariée une ceinture qu'Ava m'a aidé à tresser. Il s'agit d'un ruban de soie blanche et dorée que j'ai béni afin d'assurer mon soutien à cette union. Quand des Faes issus de la famille souveraine se marient, chaque membre de la fratrie doit consentir à l'alliance, dans le but de ne pas provoquer d'éventuels conflits entre membres d'une même famille.

– Je vous souhaite d'être heureux. assuré-je à Olivia en relevant mes yeux dans les siens.
– Merci, Cliodhna. Tu n'imagines pas comme cela est important pour nous. me révèle-t-elle, avant de serrer ma main dans la sienne.

J'apprécie qu'elle respecte mes sentiments en ne me prenant pas dans ses bras comme je sais qu'elle rêve de le faire. Je me suis toujours montrée un peu distante avec elle. J'ai longtemps considéré qu'elle m'avait pris le seul Fae en qui j'avais confiance. Mon frère était tout pour moi. Et c'est vrai que j'ai souffert de le partager. Mais maintenant, je n'ai plus de doutes à son sujet. C'est grâce à elle que ma famille a vaincu les Sarlen. Je ne compte pas l'oublier de sitôt.

– C'est l'heure. nous indique Syndra quand le son des cors retentit.

Je quitte alors la future Princesse pour prendre place dans la Grande Salle du château. Les mariages royaux étaient à l'origine célébrés dans le temple de Nuada. Mais depuis que son culte a été banni, après la Grande Guerre, ceux-ci se déroulent dans la plus grande salle de réception du palais. Tout le monde est invité à se joindre aux noces. Lorsque je passe les portes de la salle, je suis immédiatement happée par la magnificence des lieux. Les énormes lustres ont été décorés de lierres sauvages en l'honneur de la famille d'Olivia. Le reste de la décoration est un savant mélange des couleurs de nos familles. Des guirlandes de fleurs dorées et vertes recouvrent chaque chaise de l'assemblée. Une douce odeur de printemps se répand dans la salle et mes pas sont étouffés par un épais tapis où s'entrelacent des spirales dorées sur un fond noir. Évidemment, c'est la copie de l'astre lunaire, devant l'autel, qui capte toute mon attention. J'ignore même comment les forgerons sont parvenus à retranscrire l'éclat si intense de notre Lune. C'est à couper le souffle.

Parmi les invités, je repère d'éminents membres de la communauté d'Oymalon et de Ravensbridge, reconnaissables à leurs ailes ou leurs cornes. Je discerne aussi des membres de la famille d'Olivia, qui ressemblent tellement aux humains. Rien dans leur apparence ne les distingue des simples mortels. La seule différence notable concerne leurs femelles qui dissimulent leur chevelure sous des voiles de toutes les couleurs possibles et imaginables. C'est alors que je repère un petit groupe qui dénote totalement du reste de l'assemblée. La Princesse Odélia est assise aux côtés d'un mâle impressionnant. Sa peau noire semble recouverte d'une multitude d'écailles, tout comme celle des deux gardes qui paraissent entourer le duo. La façon rigide dont se tient le couple pour ne pas se toucher par inadvertance m'interpelle un moment. Qui sont ces mâles ? S'agit-il d'un mariage arrangé, comme le mien ? Mais je n'ai pas le temps de m'interroger davantage. Un domestique me fait signe de m'installer dans les premiers rangs aux côtés de mon fiancé.

– Tout va bien, Princesse ? me demande-t-il discrètement, en gardant le regard rivé sur l'autel.

Cette façon qu'il a de soucier de moi à chaque instant provoque une nuée de papillons dans mon ventre. Je ne comprends pas pourquoi je suis si sensible à la moindre de ses paroles, au moindre de ses gestes. Mais je profite de la prévenance qu'il m'offre sans concession. J'évite cependant le regard acéré du Grand Seigneur qui est assis sur son trône, au côté de ma mère. Je ne veux pas lui donner d'importance. Cette cérémonie est pour Ran et Liv. Je dois me concentrer sur eux. Le reste ne compte pas. Bientôt, nous retournerons chez nous, à Beardale. Je n'ai pas le temps de m'attarder sur cette révélation qu'une musique traditionnelle fae retentit dans toute la salle. Immédiatement, l'assemblée se lève pour accueillir la mariée.

Pour ma part, je me trouve incapable de me concentrer sur la suite de la cérémonie. Me rendre compte que je ne considère plus Oymalon comme ma maison me porte un coup violent à la tête. Quand est-ce arrivé ? Comment ? Des tremblements s'emparent de mes mains, en réalisant la portée de cette pensée.

– Bientôt, nous serons à leur place. me souffle Althidéon à l'oreille.

Le contact de son souffle sur ma peau et le pouvoir des mots qu'il vient de prononcer accélèrent les battements de mon cœur. Pourtant, notre mariage n'aura rien à voir avec celui de Ran et Liv. Le lien qui nous unit ne ressemble en rien à celui qui lie les mariés devant l'autel. Il s'agit d'une alliance qui profitera à nos deux royaumes, c'est tout. Je ne peux envisager qu'il s'agisse d'autre chose. Je ne veux même pas l'imaginer. J'ai vu l'agonie de Ran quand Liv a été empoisonnée. Je refuse de vivre avec ce genre de peur déraisonnable. Notre relation est bien plus rationnelle et je pense que cela fait notre force. Mais, au fond de moi, je sais que je ne m'abandonne pas entièrement à lui. J'ai bien trop peur de ne pas savoir m'en relever...

CHAPITRE 36 - ALTHIDÉON

C'est la première fois que j'assiste à un mariage princier et je ne peux qu'admirer le faste déployé. Cela ne peut que me projeter dans l'avenir, le prochain sera le mien. Jamais, je n'aurais pensé l'attendre avec autant d'impatience. J'ignore si c'est le fait d'avoir enfin mis des mots sur ce que je ressens ou s'il s'agit d'autre chose. Mais j'avoue avoir hâte d'officialiser mon union avec Clio.

– Quand rentrons-nous ? je suis étonné d'entendre la Princesse me demander, à la fin de la cérémonie.
– Nous pouvons repartir quand vous le souhaitez.
– Bien ! Je vais donc faire mes adieux à Ran, nous partirons ensuite.
– Si vite ? Êtes-vous certaine de ne pas le regretter ? pesé-je ses mots pour être sûr qu'elle ne le déplore pas par la suite.

Qu'elle se dérobe ainsi à son rôle de Princesse d'Oymalon m'étonne de sa part. Mais je devine aisément le responsable de son comportement. Le sang bout dans mes veines face au regard sombre du Grand Seigneur d'Oymalon, mais je n'interviendrai pas. J'estime que

Cliodhna est la seule à même de gérer cette affaire. Elle a désormais toutes les cartes en main pour savoir comment elle veut voir évoluer la situation avec son paternel. Je suis donc Cliodhna jusqu'à la table des mariés.

– Nous allons prendre congé. souffle la jeune Fae à l'oreille de son frère.

Le regard attristé et étonné qu'il lui jette me prouve l'attachement qui les unit. Je m'apprête à me détourner pour leur laisser leur intimité quand le Prince prend la parole :

– Bien. Suivez-moi ! nous invite-t-il, en se levant de table, après avoir murmuré quelques mots à sa femme. Clio, nous devons parler avant ton départ. annonce-t-il, après avoir refermé la porte de ce qui semble être son bureau.
– Ce ne sera pas nécessaire. grince ma fiancée.
– Pas nécessaire ! ? s'emporte-t-il. Par les Dieux, Clio ! Pourquoi me l'avoir caché ? l'interroge-t-il, la voix voilée par l'émotion.

Ainsi, le Prince n'était vraiment pas au courant de ce qu'il se passait. Sentant qu'ils ont besoin d'avoir cette conversation, je préfère me mettre en retrait. Cependant, je reste suffisamment près au cas où les choses déraperaient.

– Je ne souhaitais pas te mêler à ça ! lui assure-t-elle, sans oser croiser son regard.
– Sérieusement ? ! Je savais que votre relation était compliquée, mais il te maltraitait, par les Dieux ! J'aurais pu empêcher ça !
– Tu ne peux pas comprendre. chuchote-t-elle presque.
– Explique-moi dans ce cas… commence à s'adoucir son frère.
– Tu… Tu as toujours été important pour Père. Ta relation avec lui n'était sans doute pas parfaite, mais il t'estime. Il est fier de toi. Je n'ai jamais eu ce genre de considération de sa

part. Je… Je pensais mériter ses châtiments. confie-t-elle les yeux larmoyants. Je pensais que je n'étais pas digne de lui, de vous…
– Par les Dieux, Clio… tremble le Prince, en levant le visage de sa sœur dans sa direction. Tu n'as nul besoin de sa reconnaissance ni de celle de quiconque. Tu es forte, ma sœur. Bien plus que tous ceux que je connais. Si tu savais comme je m'en veux de n'avoir rien vu. Je le tuerais de mes propres mains pour ce qu'il t'a fait. certifie-t-il, une lueur étrange dans le regard. Mais ne t'inquiète pas, il va payer.
– Que comptes-tu faire ? s'enquiert ma fiancée.
– La mort serait trop douce pour lui. Son Ascension n'est pas encore envisageable. Nous allons le destituer. assure-t-il.
– Jamais il n'acceptera ! certifie Cliodhna.
– Il a déjà donné son accord ! nous informe-t-il, un sourire satisfait aux lèvres.
– Comment est-ce possible ? s'enquiert la Princesse, ne parvenant pas à y croire.
– Il ne pourra plus t'atteindre. lui confirme son frère, en la prenant dans ses bras.
– Si vous avez besoin d'aide… proposé-je, me mêlant pour la première fois à la conversation.
– J'en prends bonne note, Votre Altesse. Prenez soin de ma sœur. m'ordonne-t-il en desserrant l'étreinte sur ma promise. J'espère que tu seras plus en sécurité à Beardale qu'ici. lui souhaite-t-il. Si vous la faites souffrir, peu m'importe vos dragons, je vous détruirai. me menace-t-il ouvertement.
– Je donnerai ma vie pour elle. lui assuré-je, droit dans les yeux.
– Bien ! Prends soin de toi, petite sœur. Nous nous reverrons bientôt pour vos noces. affirme-t-il, en la serrant dans ses bras, avant de retourner à la fête.

***

Lorsque la luminosité diminue, nous approchons de l'atoll Dorei, une île réputée pour sa beauté nocturne. Les soldats partis en reconnaissance dans le royaume des Ayenore ont parlé de minuscules créatures qui s'illuminent sous les rayons lunaires, telle une multitude de lucioles. Il me tarde de les découvrir de mes propres yeux. Je fais alors signe aux autres que nous allons y faire halte pour la nuit. La journée a été éprouvante pour la Princesse. Ce repos lui sera bénéfique. Nous atterrissons sur une plage de sable blanc. Cette île est si étroite qu'elle n'est même pas habitée. Mais elle fera l'affaire pour nous reposer. Immédiatement, mes gardes s'occupent de débarrasser leurs montures des nacelles qui les encombrent. Nos familiers ne perdent pas de temps pour partir en chasse de nourritures.

Zeno, Shenarah et Avaline se chargent d'installer nos couches pour la nuit tandis qu'Aneirin s'assure qu'aucun danger ne rôde aux alentours. Nous avons conclu d'un commun accord avec la Princesse que Rennyn et Iantel devaient rester à Oymalon. Je n'ai aucunement besoin de soldats incompétents. Le fait qu'ils n'aient pas su protéger leur princesse lors de l'attaque d'Arlayna demeure en travers de ma gorge. Cliodhna était d'accord pour se séparer d'eux. Elle a l'air bien déterminée à laisser derrière elle Oymalon et tous ceux qui pourraient lui rappeler ses terres natales. Je compte assigner des gardes personnels de confiance à ma future épouse. Aneirin a d'ailleurs déjà en tête sept qui pourraient convenir. Je n'aurai plus qu'à faire mon choix à notre retour à Beardale.

Me rendant compte que Cliodhna ne se trouve pas avec les autres, un sentiment de panique s'empare de moi. Mais il est vite calmé quand j'aperçois sa silhouette se diriger vers le lagon. Je n'hésite pas longtemps avant d'aller la rejoindre.

– C'est magnifique. s'exclame-t-elle, en sentant ma présence.

Je ne peux qu'acquiescer. La Lune se reflète superbement dans l'eau claire du lagon. Des points lumineux recouvrent sa surface lui donnant un aspect presque irréel. Ici, les bruits du camp paraissent étouffés par la légère brise qui souffle dans nos cheveux. Nous sommes comme seuls au monde en cet instant. Lorsque la Princesse se tourne vers moi, je constate sa mine fatiguée et soucieuse. Elle ne porte plus de fard face à moi et c'est une preuve de plus de la confiance qu'elle m'accorde.

– Comment vous sentez-vous ? lui demandé-je en m'approchant davantage d'elle.
– Aussi bien que possible. m'assure-t-elle en tentant un léger sourire. Je… Je voudrais vous remercier. me surprend-elle en posant une main délicate sur ma joue.
– Vous n'avez pas à le faire. lui certifié-je, en plongeant mes yeux dans les siens.

Qu'elle ne se dérobe pas à mon regard accélère les battements de mon cœur comme je ne le pensais pas possible. Je perçois presque le lien qui nous pousse l'un vers l'autre à cet instant.

– Au contraire. Jamais personne ne m'avait considéré de cette manière, avec autant de prévenance, de patience et de déférence. Malgré les épreuves, vous êtes toujours à mes côtés.
– Je… tenté-je de l'interrompre.
– Non, laissez-moi finir, je vous prie. Jamais je n'aurai imaginé rencontrer un être tel que vous. L'abnégation dont vous faites preuve à mon égard me touche plus que tout. Je ne saurais vous dire à quel point cela compte pour moi. Vous êtes davantage que le partenaire que j'aurais rêvé d'avoir.
– Vous l'êtes tout autant, Princesse. Je n'imagine aucune autre Grande Dame à mes côtés. Votre force de caractère, votre intelligence et votre sensibilité me prouvent l'être

merveilleux que vous êtes. lui assuré-je. Et je ne voudrais personne d'autre que vous.
– Merci. souffle-t-elle, avant de déposer délicatement ses lèvres sur les miennes.

Je suis le premier surpris quand je sens que son baiser perdure sur mes lèvres. Je m'octroie alors le droit de poser mes mains doucement sur son corps. Je ne sais pas si c'est la beauté de ce lieu magique, ou l'atmosphère chaleureuse qui nous entoure, mais je perds vite le contrôle de ma passion pour elle. Je sens mon désir d'elle envahir tout mon être. Nos baisers gagnent rapidement en intensité. L'ivresse de mes sens me fait complètement perdre le contrôle. Mes mains s'aventurent dans ses longues mèches soyeuses. Je tire légèrement dessus pour dévorer des yeux le magnifique visage de ma belle. Le grognement qui lui échappe embrase davantage mon corps. Je n'en peux plus. J'en veux plus, tellement plus. Semblant sentir la fébrilité qui se répand dans mes veines, Clio glisse ses mains de mon cou à mon dos pour intensifier notre contact. J'ai du mal à respirer tant les sensations qu'elle me provoque sont inouïes. J'ai l'impression de bruler de l'intérieur. Quand je m'éloigne d'elle, j'ai la surprise de découvrir le feu qui enflamme ses pupilles, semblable au mien. Je vérifie rapidement que nous sommes hors de vue du reste du groupe et entraine la Princesse un peu plus à l'écart du lagon.

Cette petite clairière me semble le lieu parfait. De grandes feuilles nous dissimulent à la vue de tous et l'endroit possède une atmosphère unique qui appelle à l'intimité. Je me tourne vers Clio et plonge mes yeux dans les siens pour vérifier que j'ai bien son approbation. Lorsque je découvre dans ses iris le feu incandescent que j'ai éveillé en elle, je sais que je le peux. Nous désirons la même chose. Je me jette alors ardemment sur elle pour reprendre là où nous en étions. Dans ma fougue, je l'emporte avec moi jusqu'à rencontrer un arbre massif sur lequel elle s'adosse.

Je l'observe fermer les yeux tandis que j'intensifie mes caresses. Je surprends même un gémissement plaintif passer la barrière de ses lèvres lorsque mes mains tentent d'arracher son corsage. Ma bouche s'aventure ensuite sur sa poitrine. Sa peau commence à s'embraser, signe qu'elle aussi près que moi de perdre le contrôle. Les veines qui recouvrent mon corps s'illuminent d'une lueur semblable à celles des créatures minuscules qui nous entourent. Ma vision est autant enchanteresse que celle autour de nous. On dirait que la nature s'éveille au rythme de notre étreinte. Lorsque je remonte ses jupes pour me glisser là où elle me réclame, ce sont des centaines de points lumineux qui nous enveloppent. Je n'ai jamais rien vu d'aussi beau et étrange, et cela ne fait qu'accentuer le désir qui brule dans mes veines. Je ne vais plus tenir longtemps. Comme nous sommes sur le point de rompre, je m'efforce de garder les yeux ouverts afin de ne faire qu'un avec ma Princesse. Elle ne me quitte pas du regard non plus. Je lis en elle la même faim que celle qui m'habite. La lumière étincelante qu'engendre notre union éclipse celle des petites créatures qui s'effacent pour nous laisser notre moment d'intimité. Et j'oublie tout ce qui n'est pas nous deux. Je me noie dans l'ivresse de l'instant. Je ne manque pas de rejoindre la Princesse dans l'extase, sans la quitter du regard. Après ce déferlement, nous profitons de la quiétude de ce lieu, jusqu'à sombrer dans le sommeil.

CHAPITRE 37 - CLIODHNA

Lorsque nous arrivons au Palais, Althidéon se tourne vers moi l'air préoccupé.

– Princesse, accepteriez-vous de vous installer dans les quartiers de la Grande Dame ?

Je demeure perplexe quelques instants. Mais cela semble la suite logique de notre rapprochement de la veille. Je me sens en confiance avec lui. Même si j'éprouve toujours des réticences face à sa manière de traiter les femelles fertiles, je sais que je parviendrai à lui faire entendre mon point de vue. Je le connais maintenant, je pense qu'il ne pourra qu'être d'accord avec moi pour changer la position de ces femmes.

– Ce n'est qu'une proposition. s'empresse-t-il de préciser face à mon silence. Vous n'êtes aucunement obligé de me répondre dans l'instant. Nous ferons comme il vous siéra. J'aime l'idée de vous savoir proche de moi. C'est aussi une manière de montrer à tous la place que vous ne tarderez pas à occuper au sein de mon peuple. ajoute-t-il. Mais si vous

préférez regagner vos quartiers, nous pouvons très bien repenser la décoration, à votre guise. Tout ce que je veux, c'est que vous vous sentiez bien... assure-t-il.
– D'accord ! acquiescé-je. Mais nous allons devoir reparler du statut des mères dans votre société. le prévins-je.

Je ne souhaite pas qu'il s'imagine que parce que j'accepte de partager les appartements royaux, je me résous à sa manière de traiter les femmes fertiles. Je remarque bien qu'il acquiesce à contrecœur, mais il ne me repousse pas. Je décide donc de le prendre comme un signe favorable pour la suite.

***

Depuis mon aménagement dans les quartiers de la Grande Dame, je me rends au sanctuaire des mères dès mon réveil. Je n'ai pas encore eu l'occasion d'aborder le sujet des mères avec mon fiancé pour le moment. J'ai même l'impression qu'il fuit ma compagnie et cela me touche bien plus que je l'aurais pensé. Pourquoi me demander d'emménager près de lui si c'est pour m'éviter ensuite ?

– Tu te sens bien ? m'interpelle Avaline, en s'asseyant à mes côtés, en bordure de la cour du sanctuaire.
– Je ne sais pas… me confié-je pour la première fois depuis le mariage de mon frère. Je me sens complètement désarmée. soufflé-je si bas, que je ne suis pas certaine qu'elle m'ait entendue.
– Clio, tu as le droit d'avoir des moments de faiblesse. Cela ne remet d'aucune manière en cause ta force de caractère, tu le sais n'est-ce pas ?

J'en ai conscience, mais actuellement, c'est plus fort que moi, je dois agir pour ses femmes ! Cela en devient presque obsessionnel. C'est mon leitmotiv, ce qui me donne le courage de me tirer du lit, ce qui me tient en vie... J'ai besoin de ça. J'ai besoin de cela pour tenir. Peut-être que les mots de mon père m'ont touchée plus que je ne veux l'admettre. J'ai besoin d'occuper mon esprit, car si je ne le fais pas, j'ai ses horribles mots qui résonnent dans ma tête en boucle. Et c'est une véritable torture. C'est en partie pour cela que je me donne tant de mal pour soutenir ces femmes laissées en pâture par leur propre famille. Je ne suis pas encore prête à affronter les conséquences que ses révélations ont eues sur moi.

– As-tu vu Talindra ? changé-je de sujet.
– Il me semble qu'elle se trouve dans le dortoir. inspire mon amie, sans doute déçue par ma dérobade.

Ava me connait suffisamment pour savoir quand il faut insister et quand il est préférable de laisser couler. Elle a conscience que rien de bon ne sortira de notre échange. Je me lève donc et vais retrouver la jeune mère au niveau du dortoir. Je suis heureuse que mon futur époux ne m'ait pas restreint l'accès à ce sanctuaire. Il m'a même attribué deux gardes personnels qui m'escortent sans aucune question. J'ignore si cela signifie qu'il est d'accord avec ma vision des choses. Mais au moins, il ne m'empêche pas de faire ce que je pense être juste. Et cela est un point supplémentaire en sa faveur. Si les pensionnaires du sanctuaire se sont montrées distantes avec moi au départ, ce n'est plus le cas désormais. Je me suis même particulièrement attachée à l'une d'entre elles.

– Votre Majesté. me salue-t-elle, comme toujours quand elle me voit.
– Talindra. Comment vas-tu aujourd'hui ? lui demandé-je, en découvrant ses veines briller d'une intensité inhabituelle.
– Bien. Bien, Ma Dame. m'assure-t-elle, un léger sourire aux lèvres. J'ai eu des nouvelles de la cité. s'enthousiasme-t-elle.

Talindra est une cousine éloignée d'Althidéon. Sa

mère ayant terminé ses cycles de fertilité a rejoint le palais, il y a une dizaine de Lunes. Je n'ai pas encore eu le temps de m'entretenir avec elle pour en savoir plus sur toute cette organisation autour de la fécondité des femelles. Je me demande donc ce qu'elle a pu révéler à sa fille qui la met tant en joie.

– Ma mère pense que le Grand Seigneur est en bonne voie pour changer les choses. m'apprend-elle.
– Comment cela ? m'étonné-je.
– Il a convié d'anciennes mères à une réunion exceptionnelle du Grand Conseil, hier. me signale-t-elle enthousiaste.
– Que… De quoi ont-ils parlé ?
– Ils chercheraient une alternative à la procréation, plus respectueuse des mères. m'apprend-elle. Tout cela, c'est grâce à vous, Votre Seigneurie. affirme-t-elle en serrant mes mains tremblantes dans les siennes.

Je me rends alors compte qu'Althidéon a fait plus que me laisser agir selon mes croyances. Il me soutient pleinement dans mes projets, sans jamais venir s'en vanter auprès de moi. Il a compris que la cause des mères me tenait à cœur. Je ne pourrai pas me sentir à ma place, tant que n'importe quelle autre femme sera privée de sa liberté. Je saisis ainsi pourquoi mon fiancé garde ses distances depuis plusieurs lunes. Ce n'est pas pour m'éviter. Il consacre son énergie à tenter de modifier son monde pour que j'y trouve ma place. Cette révélation me trouble au plus profond de mon âme. J'ai maintenant la certitude que ma voix aura du poids dans ce royaume. Je ne serai plus une simple figurante dans ce palais, comme c'était le cas de l'autre côté des Eaux. Et cela apaise un peu la déchirure causée par mes parents au plus profond de mon être.

Ce soir, j'attends donc mon fiancé dans ses quartiers. Quand il passe la porte, je remarque immédiatement la tension qui vibre à travers son corps. Ses épaules sont voutées comme sous le poids d'une montagne, ses yeux sont cernés comme s'il n'avait pas dormi depuis plusieurs lunes et ses veines scintillent faiblement. Mais au moment où il me voit, c'est comme si quelqu'un avait appuyé sur un interrupteur, les veines qui recouvrent son corps s'allument d'une lumière de plus en plus intense à mesure qu'il s'approche de moi. Je n'ai pas le temps de réagir qu'il me prend dans ses bras. Je perçois son souffle dans mon cou alors que son corps semble se détendre contre le mien.

– Clio… souffle-t-il comme s'il prenait sa première inspiration depuis des lunes.

Je lui rends volontiers son étreinte. Mes Dieux ! Qu'il m'avait manqué. Au creux de ses bras, je lâche aussi toutes les tensions accumulées dans mon corps. J'ignore combien de temps nous restons ainsi, blottis l'un contre l'autre. Mais je crois que c'est ce dont nous avions besoin l'un comme l'autre. Je me sens moins anxieuse quand il plonge ses yeux dans les miens.

– Désolé… Je… Je crois que j'avais besoin de vous. me confie-t-il, mal à l'aise.
– Ne vous excusez pas. J'en avais besoin aussi. me surprends-je à lui révéler. Pourquoi m'avoir caché ce que vous êtes en train de faire ? je lui demande, peu à l'aise avec cet excès de sentimentalité.
– De quoi parlez-vous ?
– Talindra m'a parlé du Conseil exceptionnel qui a eu lieu hier. clarifié-je.
– Par Dagda ! Yora ne sait pas tenir sa langue ! s'énerve-t-il légèrement.
– Alors ? m'impatienté-je.
– Je ne voulais pas vous donner de faux espoirs. souffle-t-il. Les membres les plus anciens du Conseil ne sont pas

faciles à convaincre. Comme c'était à prévoir, Naefir ne me soutient pas. Et la moitié du Conseil se range de son côté, malheureusement. Cela sera plus compliqué que prévu. se désole-t-il.
– Merci. lui soufflé-je, avant de déposer un tendre baiser sur ses lèvres.
– Que me vaut cet honneur ? me demande-t-il d'une voix légèrement plus rauque.
– Pour votre soutien, votre prévenance, votre amitié. lui expliqué-je en l'embrassant entre chaque information.
– Vous n'avez pas à me remercier pour cela. Vous êtes Ma Dame et j'écouterai toujours ce que vous avez à dire. Nous ne serons pas toujours d'accord sur tout. Mais je ferai toujours en sorte de comprendre votre point de vue. Il s'avère que cette fois, vous aviez raison. m'indique-t-il. J'aurais dû m'en rendre compte bien plus tôt.
– L'important est d'agir et de ne pas se cacher derrière de mauvaises excuses. lui assuré-je. Vous êtes un bon dirigeant. Je ne doute pas que votre peuple le sache. Pourquoi ne pas leur proposer de participer à ce changement que vous voulez mettre en place ? Ce sont eux que cela touche plus particulièrement. Les membres du Conseil sont vieillissants. Cette réforme ne les concerne pas directement, non ? lui proposé-je.
– Vous me proposez de faire un référendum comme dans les démocraties humaines ? me demande-t-il avec un air dédaigneux.
– Même si cela me coute de le dire, les humains ne sont pas si différents de nous. Ils sont même en avance concernant certains domaines. La démocratie et le droit des femmes sont deux domaines que j'admire dans cette partie du monde qu'ils appellent l'Europe. lui expliqué-je.
– Vous êtes décidément toujours pleine de surprises. me certifie-t-il, en me lançant un regard brulant.
– Et c'est mal ? !
– Non, pas du tout. Bien au contraire. me rassure-t-il.

Et il me le prouve de toutes les manières possibles entre ses draps.

***

Lorsque je me joins au Grand Seigneur pour une session exceptionnelle, tous les regards convergent vers moi. Je m'installe à la gauche de mon fiancé sur l'estrade aménagée sur la Grande Place de la ville. Des représentants de tous les habitants de Beardale sont présents : des artisans, des soldats, des fermiers, des commerçants, des serviteurs du palais, des mâles, des femelles; ainsi que les mères et quelques enfants en passe de devenir des adolescents. Même la majorité des membres du Conseil ont consenti à participer à cette réunion officielle.

– Si je vous ai tous réunis aujourd'hui, c'est parce qu'en tant que Grand Seigneur, je dois être le garant de la bonne marche de notre société. Or, j'ai failli à mon devoir en occultant une partie de notre population. résonne la voix d'Althidéon. Depuis des générations, nous mettons de côté les femelles qui permettent la longévité de notre lignée. Mais nous ne sommes plus en ces temps reculés où leurs vies étaient sans arrêt menacées. Nous avons évolué à bien des niveaux. Pourtant, nous avons gardé ce procédé archaïque de reproduction en place. Or cela ne peut plus continuer. Le poids qui pèse sur nos mères est trop lourd. Nous ne pouvons continuer à reproduire les erreurs du passé. Les garantes de notre futur méritent plus de considération. Nos femmes, nos filles, méritent davantage que ce que nous leur proposons. C'est pourquoi, aujourd'hui, je fais appel à vous pour décider de l'avenir de notre lignée. Souhaitez-vous rester dans ce mode de vie antique ? Ou désirez-vous, comme moi, évoluer pour un avenir plus juste pour tous ? interpelle-t-il son peuple. Dans cinq rondes, j'appellerai chaque membre de Beardale à me signifier son choix par référendum. En attendant, nous sommes à votre disposition pour répondre à toutes vos interrogations. informe-t-il la foule médusée.

Mon regard ne cesse de faire des allers-retours entre les différents groupes de l'assemblée. J'observe certains regards s'émerveiller sous l'annonce du Grand Seigneur. Certains visages se crispent aussi, et d'autres demeurent impassibles. Il est difficile de savoir à ce stade quelle décision sera prise dans les lunes à venir.

Cependant, je ne perds pas espoir en découvrant la file des individus qui souhaitent en apprendre davantage sur la solution alternative proposée par Althidéon. Je crois que c'est la première fois que je ressens cette bouffée de fierté parcourir mes veines. Mon fiancé est bien loin du personnage que je m'étais imaginé. Il est plus à l'écoute que n'importe quel dirigeant que j'ai eu l'occasion de rencontrer en tant que Conseillère du Gouverneur du Nord. Je mentirais si je disais que je ne suis pas reconnaissante envers les Dieux de devoir épouser ce Fae en particulier.

CHAPITRE 38 - ALTHIDÉON

L'anxiété me dévore ces dernières rondes. Je crains de mener mon peuple à sa perte. Naefir ne cesse de crier à tout va que je précipite ma lignée vers sa chute. Heureusement, depuis que l'emprisonnement d'Arlayna a fuité, la majorité des habitants de Beardale ne porte plus de crédit à cet individu. Si je dois reconnaitre une qualité à mon peuple : c'est sa loyauté. Je suis pratiquement certain qu'ils répondront favorablement à ma demande. Et cela ne fait qu'intensifier mon inquiétude. Ils me portent une confiance quasi aveugle, je ne peux pas me tromper. Je n'en ai pas le droit.

– C'est l'heure ! m'informe Clio, en entrant dans mon bureau sans frapper.

La voir si confiante allège considérablement le poids qui pèse sur mes épaules. Depuis qu'elle a proposé ce référendum, j'ai l'impression de découvrir une nouvelle facette de sa personnalité. Non seulement elle a confiance en elle ; mais en plus, elle arrive à apaiser les craintes des plus réticents. C'est comme si elle avait laissé son masque froid à Oymalon. Et je ne me lasse pas de l'observer interagir avec les miens.

– Venez ici ! l'imploré-je, en la tirant vers moi.

Je suis immédiatement gagné par son enthousiasme. Je ressens cette positivité qui l'habite depuis que nous formons une véritable équipe. Je ne trouve plus pertinent de la mettre de côté en attendant qu'elle soit nommée officiellement Grande Dame. Vu la réaction de mon peuple à son égard, je sais que je ne suis pas le seul à déjà la considérer comme telle. Je remercie les Dieux d'avoir mis sur ma route cette partenaire de choix. J'ai besoin de la sentir contre moi quelques instants avant de rejoindre la foule sur la Grande Place. C'est étrange la manière dont son contact m'apaise et m'attise tout à la fois. Sans avoir besoin de prononcer la moindre parole, Cliodhna se blottit entre mes bras. Il n'y a plus besoin de mots entre nous pour comprendre l'autre, et c'est enivrant.

– Tout va bien se passer, je vous assure Thidéon. m'assure-t-elle en relevant mon visage vers le sien. Je serai à vos côtés. me promet-elle en déposant un baiser furtif sur mes lèvres.

Mes Dieux ! J'aime cette femme. C'est une évidence. Mais je doute qu'elle soit prête à l'entendre. La blessure infligée par ses parents n'est toujours pas cicatrisée, je le sais. C'est pourquoi je retiens ces quelques mots qui demeurent sur le bout de ma langue. Au lieu de me laisser submerger par mes émotions, je me dirige vers la porte pour reprendre contenance. Si Clio est surprise par la soudaineté de mon geste, elle n'en montre rien. Nous nous dirigeons alors sans un mot vers la Grande Place.

L'agitation qui règne en ce lieu n'a jamais été aussi intense. Même les jours de marché, la foule n'est pas tant compacte. Je suis heureux de constater que mon peuple se sent autant concerné par l'avenir de notre lignée. Après avoir salué bon nombre de nos citoyens, nous nous installons sur l'estrade comme la dernière fois. Si le lieu est le même, ce ne sont plus les mêmes sentiments qui m'animent. Il y a cinq rondes, j'étais au comble de l'excitation de pouvoir proposer une solution à mon peuple. Maintenant, je me trouve dans l'expectative. Je sais que certains membres haut placés de ma Cour ne sont pas d'accord avec cette voix que je donne aux habitants de Beardale dans la gestion du royaume. Mais ils doivent comprendre que je désire être plus qu'un simple souverain. Je ne veux pas que mon peuple se souvienne de moi comme celui qui aura suivi les traditions sans tenter d'améliorer le bien-être des siens. Je veux qu'ils se rendent compte que je ne suis pas comme mes parents, à fuir devant la moindre épreuve.

– Vos Seigneuries. nous accueille Gollian, prenant son rôle d'huissier au sérieux. Les décomptes sont finalisés. annonce-t-il.

Afin de veiller à ce qu'il n'y ait aucune tricherie ou manipulation, des représentants du peuple ont été affectés au dépouillage des votes. Ils ont été répartis dans diverses salles de la Grande Tour, fermées à clé et surveillées par des gardes de confiance. Ainsi, personne ne pourra remettre en cause les résultats. Gollian me fournit une dizaine d'enveloppes scellées. Il me revient d'ouvrir chacune d'elles pour découvrir le jugement du peuple.

– À votre honneur. invité-je Clio à ouvrir la première enveloppe.

Le petit sourire qui se forme sur ses lèvres m'assure qu'elle apprécie cette marque de confiance faite en public. Lorsqu'elle casse le sceau en forme de dragon de l'enveloppe, je crois que mon cœur pourrait sortir de ma poitrine, tellement il bat à tout rompre.

– En faveur du changement ! annonce-t-elle, en plongeant des yeux brillants d'émotion dans les miens.
– En faveur ! déclaré-je, en ouvrant la deuxième enveloppe.

Les deux enveloppes suivantes sont aussi au profit du changement. Plus que deux enveloppes et nous aurons la majorité. Je n'ose y croire. Mes mains tremblent légèrement lorsque je tends la cinquième enveloppe à Clio.

– Contre ! notifie-t-elle alors que la tension augmente dans la foule.
– Contre ! lancé-je à mon tour en ouvrant la sixième enveloppe.

Je crois n'avoir jamais été aussi tendu de ma vie. Tous les visages sont tournés dans notre direction dans l'attente du jugement final. Nous n'avons pas encore perdu. Je ne peux pas perdre espoir. Mon peuple est juste et loyal. Je ne peux pas imaginer qu'ils souhaitent conserver le traitement archaïque réservé à nos mères.

– Pour ! annonce ma fiancée en ouvrant l'enveloppe suivante.

C'est à ce moment qu'un horrible hurlement retentit. Je me lève et fends la foule pour découvrir ce qu'il se passe. Lusha est recroquevillé au sol, les mains sur ses oreilles et sa peau luisant d'une lumière presque aveuglante. Je m'accroupis à ses côtés et tente de le faire revenir au moment présent.

– Lusha ! Lusha ! Que se passe-t-il ? l'interrogé-je quand il commence à se calmer.
– C'est Baishe… souffle-t-il. Il… Il a été attaqué.

Je mets un moment à comprendre le sens de ses mots, ou plutôt, je ne souhaite pas les comprendre. Baishe est le familier du tailleur. Qui s'en prendrait à une créature mystique impunément. J'ai alors ma réponse quand les cloches de la ville résonnent à mes oreilles.

– Nous sommes attaqués ! hurle un garde.

Ma plus grande peur est sur le point de se réaliser. Je me tourne instinctivement vers Cliodhna, qui m'a déjà rejoint.

– Votre peuple croit en vous ! m'assure-t-elle. J'ai ouvert les dernières enveloppes. m'explique-t-elle. Ils sont pour ce changement que vous leur proposez. Ne doutez plus de vous, Thidéon. me demande-t-elle en serrant mes mains dans les siennes.
– Protégez Dilya ! lui ordonné-je.
– Non…
– Je ne pourrais rester serein si je sais qu'elle est en danger. Je vous en supplie Clio, faites ça pour moi. la supplié-je. S'il m'arrive quelque chose, sachez que tout ceci est à vous.
– Qu'est-ce que…
– Nous n'avons pas le temps. Je dois savoir qu'elle sera en sécurité.
– Vous pouvez compter sur moi. m'assure-t-elle, en déposant un baiser rapide sur mes lèvres. Nous nous reverrons. certifie-t-elle en plongeant ses yeux dans les miens, avant de partir en direction du palais.

Je plonge alors dans la cohue pour retrouver mes soldats sur les murs d'enceinte de la cité. Ce que je découvre me glace le sang. Changshe, Hulong, Bǎohù, Huowáng et Mènnyála sont comme inconscients dans des sortes de bulles hermétiques. Voir nos familiers à la portée de nos ennemis de cette manière augmente la tension qui règne dans mes rangs. Baishe, quant à lui, souffre de multiples blessures devant les guerriers noirs. J'ignore quelle magie ils utilisent pour pouvoir atteindre un dragon de la sorte. Mais cela ne me dit rien qui vaille. Les soldats encerclent la ville, mais ne semblent pas tenter une quelconque attaque. Qu'attendent-ils pour lancer l'offensive ?

Lorsque retentit un chant funeste de l'autre côté des murs, je ne sais pas à quoi m'attendre. J'ai étudié de nombreuses stratégies pour mener à bien une guerre, mais rien ne me préparait à la vivre réellement. Nous avons déjà expérimenté des attaques de créatures sauvages et de Faes non civilisés. Mais jamais, je n'ai vécu ce genre de confrontation.

– Votre Altesse ! m'interpelle Yaozui, mon premier conseiller, en passant devant les soldats. Ils désirent des pourparlers. m'apprend-il.

Lorsque je me tourne vers le mur noir qui me fait face, je distingue une silhouette sombre se détacher des rangs.

– Vous devriez l'abattre ! tonne la voix de Naefir, qui s'est, lui aussi, frayé un chemin jusqu'à moi.
– Je vous le déconseille, Votre Seigneurie. Cela ne ferait qu'envenimer les choses. me certifie mon plus proche conseiller.

Je ne sais plus où donner de la tête. Tout cela est trop précipité, je n'ai rien vu venir. Avec la préparation du mariage et le référendum aujourd'hui, j'en aurais presque oublié la menace des Sarlen. Mais je n'oublie pas que le père d'Arlayna a perdu tout droit de me prodiguer ses conseils. Je me fie donc à Yaozui.

– Comment cela se passe-t-il ? m'enquiers-je.

Je suis ainsi les directives de mon conseiller et me

présente à la porte nord pour rejoindre mon adversaire. Celui que je suppose être l'héritier des Sarlen est déjà installé d'un côté de la table qu'il a fait monter devant ma porte. Je m'assieds face à lui et commence à l'étudier. Son corps, bien que vraiment pâle, me parait solide. Tout à l'exception de sa peau est sombre. De ses cheveux en passant par la couleur de ses yeux, de ses griffes à celle de son costume de guerre, tout est noir chez lui. Il me file presque la chair de poule et je dois lutter pour maintenir mes flammes à l'abri. J'ignore ce qu'il sait de moi ou de mon peuple. Mais je ne peux envisager que son arrivée en plein référendum soit une coïncidence.

– Alors quelle a été l'issue des votes ? ne se cache-t-il même pas de m'espionner.
– Que voulez-vous ? préféré-je savoir.

Ce n'est pas le moment de tenter de deviner qui m'a trahi. Je maintiens donc en place un masque inexpressif et essaie de retenir tout ce que je peux du clan ennemi. Je ne peux pas me laisser manipuler. Il en va de la vie de toute ma cité.

– Connak, héritier des Sarlen. se présente-t-il narquoisement. Mais je suppose que vous le saviez déjà.
– Que voulez-vous ? m'impatienté-je.
Livrez nous la ville avant la prochaine ronde et nous vous laisserons la vie sauve.
– Sinon quoi ? le provoqué-je.
– Nous assiègerons votre cité jusqu'à ce que vous n'ayez plus de quoi faire vivre votre peuple. Cela sera long et épuisant pour vous et finalement, nous gagnerons. Cela ne sert donc à rien de lutter. m'annonce-t-il le plus calmement possible.
– Vous le regretterez. le menacé-je.
– Je ne crois pas. Nous possédons vos meilleurs atouts. tranche-t-il en désignant nos familiers.

De rage, je me lève et retourne dans Beardale. Les prochaines heures vont être déterminantes pour la suite de cet affrontement.

CHAPITRE 39 - CLIODHNA

Cela fait maintenant plusieurs lunes que les Sarlen nous assiègent. En rationnant la nourriture, nous devrions normalement pouvoir tenir plusieurs lunes encore. Mais ce n'est pas ce qui m'inquiète le plus. J'ai constaté que les rangs de nos ennemis se sont renforcés depuis leur arrivée. Quand l'affrontement aura lieu, je ne suis pas certaine que nous aurons l'avantage. Mais ça, Althidéon n'est pas prêt à l'admettre. Sa fierté a été attaquée de plein fouet par la trahison de Lielong, la grande prêtresse qui siégeait au sein du Conseil et de celui de son père avant lui. Je ne peux que comprendre la douleur de cette trahison. Mais il ne faut pas qu'il se voile la face. Nous avons besoin de renfort, et rapidement.

J'ai remarqué le désespoir qui se lit sur tous les visages. Et évidemment, les querelles n'ont fait que s'envenimer. Naefir raconte à qui veut l'entendre que l'attaque des Sarlen est de mon fait. Puisqu'ils s'en sont pris en premier lieu à ma famille, cela signifie que les Ayenore sont leurs cibles prioritaires. Ce serait donc mon union avec Althidéon qui aurait provoqué ce siège de la ville. Si au départ, peu de personnes portaient crédit aux dires du vieux

Fae, j'ai constaté de plus en plus de regards insistants sur moi. Je ne peux pas leur en vouloir. Nous nous trouvons dans une situation désespérée et le chef de la lignée des Olaxidor refuse de faire appel à ses combattants pour nous venir en aide. Il préfère mourir plutôt que de condamner son clan à disparaitre par la faute d'un Grand Seigneur qu'il ne soutient plus, selon ses dires.

Cela a été un coup de massue supplémentaire à encaisser pour mon fiancé. Depuis, il refuse même de me recevoir. Il se terre avec ses derniers conseillers et ses meilleurs soldats pour établir une stratégie viable. À mon humble avis, à moins d'un miracle, nous sommes perdus. C'est pourquoi j'ai décidé de prendre les choses en main. Même si cela me coute, je ne veux pas avoir le sang des habitants de Beardale sur mes doigts.

– Vous souhaitiez me voir. m'accueille Arlayna comme si elle ne se trouvait pas dans une cellule austère.

Je retiens le venin qui me vient à la bouche. Si Althidéon ne parvient pas à mettre de côté son égo, c'est à moi que cela revient. Nous sommes une équipe et je sais que le sort de son peuple est ce qui compte le plus pour lui. Les Sarlen ont beau être nos ennemis, en toute objectivité, je ne peux qu'admirer leur façon de combattre et de se relever après l'attaque contre Oymalon. Ils utilisent ici une tout autre stratégie, beaucoup moins frontale. Et cela est malheureusement très astucieux de leur part. Sans aide extérieure, les Virthana perdront leur cité, leur identité et la reconnaissance de leur lignée. Je ne peux pas être témoin de cela sans rien faire.

– Effectivement.
– Comptez-vous vous venger avant que les Sarlen ne s'emparent de la ville ? me demande-t-elle suspicieuse.
– En fait, je suis venue conclure un accord avec vous.
– Un accord ? ! ne parvient-elle pas à masquer sa surprise.

Je doute d'avoir grand-chose à vous offrir.
– Convainquez votre père de demander des renforts aux Olaxidor.
– Pourquoi vous souciez de cette cité ? De ce peuple qui vous accuse de tous les maux ?
– Cela ne vous concerne pas. la stoppé-je immédiatement.

Elle n'a pas à connaitre mes motivations. Tout ce que je veux, c'est m'assurer qu'Althidéon ne perdra pas son trône. Il a la carrure d'un Grand Seigneur et après le vote de confiance des habitants de Beardale, je sais qu'il ne s'arrêtera pas là dans l'amélioration de la vie de ses citoyens. Je veux qu'il ait cette opportunité de se prouver qu'il vaut plus que ce qu'il s'imagine.

– Que m'offrez-vous en échange ? ne perd-elle pas de temps à négocier.
– Je vous cède le trône de Grande Dame. lâché-je d'une traite pour ne pas perdre courage.
– Vous quitterez Beardale pour de bon ? me demande-t-elle.
– Si c'est ce que vous désirez.
– Bien ! C'est acté, alors. me sourit-elle, en tendant sa main dans ma direction.
– Avant cela, vous devez me promettre de laisser Althidéon régner comme bon lui semblera. Votre père ne devra avoir aucun rôle dans cette nouvelle alliance, suis-je claire ? Et vous devrez garder notre accord secret jusqu'à mon départ.
– Vous me demandez donc de me jouer de mon paternel ? insiste-t-elle.
– C'est ça. confirmé-je, les mains moites.
– Marché conclu. On ne peut pas dire qu'il ait fait grand-chose pour moi depuis que j'ai été emprisonnée, de toute façon.
– Soyez convaincante ! Je partirai quand la victoire des Virthana sera actée. lui certifié-je, avant de serrer sa main dans la mienne.

Immédiatement, les symboles scellant notre accord s'inscrivent sur la peau de nos poignets. Je ne peux plus faire machine arrière. Je claque ensuite la porte derrière moi.

Je demeure de longues secondes adossée à la porte en bois. Je contemple les signes qui actent mon avenir. J'ai pris l'unique décision possible. Seule la certitude de voir sa fille monter sur le trône décidera Naefir à faire appel aux siens. Je sais qu'il ne risquerait pas la perte de la couronne des Virthana. Pour ma part, je suis prête à m'effacer pour le bien de tous. N'est-ce pas le rôle d'une Grande Dame de faire passer son peuple avant elle ? Même si j'ai une boule dans la gorge qui m'empêche de respirer normalement, je ne regrette rien.

– Convoquez Naefir ! Sa fille désire lui parler. informé-je le garde en faction devant les prisons.

***

– Qu'as-tu fait ? m'interroge Avaline quand je retrouve mes appartements.
– Je ne vois pas de quoi tu parles. tenté-je de l'amadouer.
– Tu n'es plus revenue ici depuis que tu passes tes nuits avec le Grand Seigneur. me fait-elle remarquer à juste titre.
– Que je sois ici ou là-bas ne change pas grand-chose de toute façon. Althidéon rentre à peine se coucher. essayé-je de détourner la conversation.
– Clio, dis-moi ce qu'il se passe. me demande-t-elle trop perspicace.
– Rien. affirmé-je.
– Tes yeux rouges, les cernes sous tes yeux et la température plus qu'élevée de ton corps ne veulent donc rien dire ? Et je ne parle même pas de ta tenue qui ne fait pas honneur à ta modiste. remarque-t-elle, pince-sans-rire. Sérieusement, Clio ! Dis-moi ce qu'il se passe ! insiste-t-elle, en m'entrainant vers le sofa.

– J'ai fait ce qui était nécessaire. murmuré-je, avant que des larmes coulent librement sur mes joues.
– Mes Dieux, Clio. se désole-t-elle, en me serrant dans ses bras.
– Si cela fonctionne, ça en vaudra la peine. lui assuré-je.

***

Deux lunes plus tard, c'est l'euphorie qui gagne Althidéon quand il me retrouve sur la Grande Place qui nous sert de lieu de ravitaillement. Il est bien plus simple de distribuer les rations de chacun au plus près du peuple que depuis les cuisines du château.

– Les Olaxidor et les Trayarus vont nous épauler. m'apprend-il en me serrant dans ses bras. Nous avons une chance de nous sortir de cet affrontement sans trop de dégâts.
– Quand seront-ils là ?
– À la prochaine ronde. estime-t-il.

Le moment de le quitter approche bien plus rapidement que je ne l'escomptais. J'aimerais profiter de nos derniers instants ensemble. Mais cela va s'avérer compliqué. Il va devoir mettre au point une nouvelle stratégie afin de pouvoir vaincre nos adversaires.

– Dinons ensemble ce soir. je me surprends à lui demander.
– Nous aurons tout le temps de fêter notre victoire très bientôt. m'assure-t-il, le regard brillant.
– S'il vous plait, Thidéon. Ce soir. insisté-je.
– Très bien. capitule-t-il. Cela ne fera que me donner des forces pour l'affrontement à venir. lance-t-il avec un regard équivoque. À ce soir, Ma Dame. me salue-t-il en baisant ma main.

Le voir si sûr de lui me déchire les entrailles. Il n'a

aucun doute sur ce qui l'attend après la victoire. Je pourrais profiter de notre triomphe avec lui. Mais le quitter sera bien trop difficile après un moment d'une telle intensité. J'ai déjà participé à de simples victoires sur des bêtes sauvages ou des peuples primitifs et l'exaltation que cela provoque est telle qu'elle en devient incontrôlable. Je risque alors de me trahir et il saura me dissuader de partir. J'en suis certaine. Je ne veux pas risquer de trahir ma parole. Nous aurions battu les Sarlen pour nous trouver face à de nouveaux ennemis : les Olaxidor, si je ne tiens pas parole et cela je ne le veux pas. Je décide donc de partir quand la victoire sera proclamée.

Je passe le reste de la journée dans un état second. Je réalise seulement maintenant que cette nuit sera sans doute la dernière que je vivrai à ses côtés. Et cela se révèle bien plus douloureux que ce que je m'imaginais. Quand il me rejoint enfin dans notre suite, mon corps tremble de l'attente interminable de son toucher. Ce soir, j'ai décidé de tout oublier. Je ne veux pas penser à demain, ni à ce qui nous attend de l'autre côté des fortifications de la ville. Je n'ai besoin que de le sentir une dernière fois au plus près de moi, comme pour emporter une part de lui avec moi.

– Nous avons élaboré une stratégie qui… commence-t-il à m'expliquer.
– Pouvons-nous oublier les stratégies et la guerre pour ce soir ? je lui demande, pas prête à évoquer ce sujet.
– Comme il vous plaira. acquiesce-t-il en me lançant un regard perplexe.

Il faut dire que je n'ai jamais été du genre à rechigner face à des conversations d'ordre militaire. Mais je crains que s'il aborde de nouveau l'arrivée des Olaxidor, je ne lui révèle mon alliance avec Arlayna.

– Parlez-moi de votre rencontre avec Huowáng . lui

demandé-je pour dévier la conversation vers un sujet plus joyeux.

Il évoque alors l'épreuve qu'il a traversée avant de savoir que Dagda le jugeait digne de se lier à un familier. Me rendre compte qu'il n'était encore un enfant quand il a traversé tout cela ne fait que renforcer l'admiration que j'éprouve pour lui. Je lui révèle moi aussi la teneur de mes épreuves. L'admiration que je lis dans ses yeux me dit que nous sommes sur la même longueur d'onde. Je sais que jamais je ne trouverai de meilleur partenaire que lui. Cette révélation me déchire la poitrine.

– Faites-moi l'amour ! lui soufflé-je, submergée par les émotions.

Immédiatement, il repousse les plats que nous n'avons pas terminés et se lève pour se placer derrière moi.

– J'ai cru que vous ne me le demanderiez jamais. chuchote-t-il à mon oreille en déposant une myriade de baisers dans mon cou.

Je me lève à mon tour et me tourne vers lui pour me perdre dans la douceur de ses lèvres sur les miennes. Quand il plonge ses yeux dans les miens, cela a un effet dévastateur sur mon corps. Je sens ma poitrine se serrer douloureusement, les battements de mon cœur partent à la dérive et je perçois une nuée de papillons s'envoler dans mon ventre. Ses yeux argentés me disent tellement de choses que je ne sais pas sur quoi m'attarder.

Ce dont je suis certaine en tout cas, c'est le désir qui l'anime répondant au mien. Rapidement, le feu qui brule à l'intérieur de moi devient plus instable et nous nous embrasons littéralement. La barrière de tissu s'évapore en poussière. Mais je n'ai pas le temps d'analyser plus la situation qu'il plonge enfin en moi.

– Regardez-moi, Clio ! susurre-t-il en mordillant le lobe de mon oreille, comme j'aime tant qu'il le fasse.

Au moment où mes iris se perdent dans les siens, il plonge en moi plus profondément. Je me sens connectée à lui comme avec personne d'autre. Nos gémissements emplissent la pièce alors que notre étreinte devient frénétique, nous menant irrémédiablement vers l'apothéose. Je n'ai jamais ressenti une telle intensité dans l'acte de chair. Une partie de moi restera avec lui éternellement, je le sais.

– Eh ! Ma douce… Tout va bien. Je suis là. m'assure-t-il, en essuyant des larmes que je ne m'étais même pas rendu compte de verser.

La détresse que je ressens à l'idée de le quitter me bouleverse complètement. Mais je ne peux pas renoncer maintenant. Je me perds donc dans l'étreinte de nos corps pour oublier ce qui déchire mon âme.

CHAPITRE 40 - CLIODHNA

Quand les cloches de la ville résonnent, je comprends immédiatement que nos alliés sont arrivés. Ce matin, lorsque je me suis réveillée, Althidéon était déjà sur le pont. Cette nuit sera un magnifique dernier souvenir à chérir pour les Lunes à venir.

Je me précipite dans la chambre de Dilya pour m'assurer qu'elle est bien en sécurité, avant de rejoindre les troupes. Mon fiancé ne souhaite surement pas que je participe à l'affrontement qui va suivre. Mais je ne saurais pas rester ici sans rien faire. J'ai appris à me battre aux côtés des meilleurs combattants d'Oymalon. Et je veux apporter ma pierre à l'édifice, j'aspire à protéger ce peuple qui commençait à me faire me sentir véritablement chez moi. Je me dirige alors vers l'armurerie que j'ai repérée pendant mes entrainements. Avec l'affolement qui se répand, les soldats ne font même pas attention à moi. Je m'empare d'une armure aux couleurs des Virthana et m'éclipse dans une pièce abandonnée pour me changer. Lorsque j'enfonce le casque couleur bronze sur ma tête, un feu intense envahit mes veines. Mon pouls résonne dans mes oreilles tandis que je passe les gantelets écarlates à mes poignets. Mon corps crépite dans l'attente de passer à l'action. Une fois prête, je me noie dans la nuée de soldats qui se dirigent vers les fortifications.

Je passe les portes de la ville et m'attaque à tous les ennemis que je croise. Je constate que les Sarlen sont pris en tenaille entre les Virthana qui les repoussent depuis l'intérieur de la ville et les Olaxidor qui les acculent depuis les Bois d'Obsidienne. Ma lame brulante s'enfonce dans les chairs de mes adversaires. Je réalise que cette poussée d'adrénaline m'avait manqué. Je dévie l'assaut d'une créature monstrueuse de peu et observe la vague alliée qui disperse les rangs de nos ennemis. Les hurlements stridents des dragons qui sont enfin parvenus à se libérer s'ajoutent à nos forces. J'aperçois mon familier se ruer sur une bête horrible et l'engloutir d'une bouchée. Plus loin, je vois mon fiancé monter sur Huowáng pour guider ses soldats. Nos adversaires ne s'attendaient clairement pas à ce que nous fassions appel à des armées alliées. L'attaque éclair des guerriers de la lignée d'Arlayna vient de sauver Beardale.

De mon côté, je m'efforce de faire le plus de dégâts chez nos ennemis qui sont maintenant en fuite. Parmi eux, je repère un bon nombre d'humains qui ne parviennent pas à lutter face à la rage meurtrière des Faes. Des portails se matérialisent devant la plupart des Sarlen, qui abandonnent le combat. Constatant que l'affrontement touche à sa fin, je me rue en direction du palais. Avec cette armure, mon identité est préservée. Je vais donc pouvoir récupérer mes affaires sans encombre dans mes appartements. Je cours comme une dératée jusqu'à ma chambre. Mais je ne m'attendais pas à y trouver Ava en compagnie de Dilya. Comment cette petite a-t-elle échappé à la surveillance de ses gardes ?

– Que faites-vous ici, toutes les deux ? m'insurgé-je pensant la voix libre pour m'enfouir.
– Princesse, vous ne pouvez pas partir ! m'assure la petite

sœur d'Althidéon.
– Ce n'est pas ma faute ! me certifie mon amie quand je lui jette un regard meurtrier.
– Je sais pour Arlayna. J'ai tout entendu. m'explique la jeune Fae.
– Comment est-ce possible ? tenté-je de comprendre.

Et c'est là que soudainement je me souviens : « Vous apprendrez vite que les murs ont des oreilles. » Les paroles d'Althidéon résonnent encore dans ma tête. Ce n'est pas la première fois que Dilya rapporte des choses qu'elle n'est pas censée savoir. Je comprends alors que cette jeune princesse possède un don particulier. Et cela me parait logique puisqu'elle est, elle aussi, liée à un familier. J'ignore seulement la nature de son pouvoir. Mais je n'ai pas le temps de m'attarder sur ce mystère pour le moment. Je dois me hâter !

– Puisque tu connais la teneur de notre marché, tu dois comprendre que je ne peux me dérober. étouffé-je ma curiosité à son propos. Elle a tenu la part de son marché. lui rappelé-je. À moi d'en faire de même maintenant.
– Ne faites pas ça, je vous en supplie. gémit-elle en se jetant à mes pieds. Cela va l'anéantir. Il…
– Il comprendra mes raisons, je te l'assure. la repoussé-je pour ne pas perdre la face.

En vérité, c'est moi qui suis anéantie de devoir partir de cette façon. Je contiens difficilement la boule qui me noue la gorge, et lutte pour retenir mes larmes de couler. Je ne dois surtout pas faiblir devant elle. Elle doit comprendre qu'il n'y avait pas d'autres solutions. C'était la seule manière de m'assurer que Beardale ne finirait pas sous les flammes. J'étreins rapidement Avaline dans mes bras, attrape mon bagage et me dirige vers la porte. C'est alors qu'un cri strident me fait me tourner vers la fenêtre de ma chambre. Mènnyála m'observe avec une lueur particulière dans le regard. Elle sait. Quand je m'approche d'elle pour lui faire mes adieux, elle avance davantage sa tête dans la pièce, menaçant de détruire le mur. Je comprends alors ce qu'elle veut me dire. Après un dernier signe de tête à mon amie et à la petite princesse en larmes, je m'accroche au cou de ma dragonne pour qu'elle m'emmène loin d'ici. Ma poitrine est en feu et mes membres tremblent de façon incontrôlable quand nous nous éloignons du palais. Je laisse alors le feu dévastateur qui m'habite se déverser dans mes veines. Mon corps se pare ainsi de flammes incandescentes, tout comme mon familier. Nous ne formons plus qu'un tandis qu'elle exulte un cri de tristesse qui me laboure les entrailles.

Sentant une présence m'observer depuis l'extérieur du château, je baisse les yeux pour plonger dans le regard brulant de mon Grand Seigneur. Ses traits expriment l'exaltation de la victoire, mais quand il se rend compte que je ne le lui rends pas, son visage se modifie. La panique que je lis dans son regard me ferait presque renoncer au pacte qui me lie à Arlayna. Mais je ne peux pas faire ça. Qui serais-je si je me soustrais si facilement à mes engagements ? Ma parole n'aurait alors plus aucune valeur et ce n'est pas ce que je souhaite. Me détournant de mon fiancé, j'ordonne à Mènnyála de voler comme elle ne l'a jamais fait. Nous ne devons pas prendre le risque qu'ils nous rattrapent. Sans un regard en arrière, je laisse mon familier me mener où bon lui semblera.

***

Lorsque je me réveille, je suis totalement désorientée. S'assoupir sur le dos d'un dragon n'est clairement pas la meilleure idée à avoir. Mais après avoir cédé à la tristesse, je me sentais trop épuisée pour rester éveillée. Et Mènnyála m'a prouvé à maintes reprises que je pouvais lui faire confiance les yeux fermés. Je sais qu'elle prendra toujours soin de moi. J'ai aussi profité d'être à l'écart du reste du monde, dans les airs, pour déverser tout mon chagrin. J'ai donc du mal à savoir où elle nous a conduites. Ce sont des rires enfantins qui me tirent de ma léthargie. Lorsque je baisse la tête en direction du sol, je reconnais immédiatement les dalles sur lesquelles nous reposons. Ma dragonne a jugé bon de me ramener dans ma ville natale. Je n'en reviens pas d'avoir dormi aussi longtemps.

Au fond de moi, je sais que son choix n'est pas anodin. Depuis le mariage de Ran, beaucoup de choses se sont passées. Et je crois que j'ai besoin de ça pour réellement tourner la page d'Orivalur. Quand Mènnyála commence à grogner doucement face aux assauts des enfants, je comprends qu'il est temps pour moi d'affronter les habitants du palais. Je glisse donc au sol, devant trois petits Faes médusés.

– Je t'avais bien dit que c'était la Princesse Cliodhna ! s'exclame une jeune Fae à la peau bleue.
– Votre Altesse. me salue un petit bonhomme aux cornes de bouc tandis que le troisième enfant se cache derrière lui.
– Bonjour, les enfants. Vous ne devriez pas être à l'étude à cette heure-ci ?
– Si ! Si, Altesse. Nous y allions. me certifie la petite fille qui n'a pas la langue dans sa poche. Allez, venez les satyres ! se moque-t-elle de ses compagnons.
– Arrête de nous appeler comme ça, Schtroumpfette. lui rétorque le premier garçon.

J'ignore d'où leur vient cette référence si peu ordinaire. Mais je n'ai pas le temps de m'y attarder, je dois tenir informer ma famille de l'attaque des Sarlen. Qui sait ce qu'ils prévoient encore ? J'indique à ma dragonne qu'elle peut se réfugier dans les montagnes, ce qu'elle ne perd pas de temps à faire. J'imagine que la proximité de cette ville si lumineuse la met mal à l'aise. Je me précipite donc au Palais pour trouver mon frère.

Les soldats oymaliens m'indiquent qu'il se trouve à la caserne.

– Clio ! s'exclame Ran, en me découvrant à la porte du Commandant. Je ne pensais pas te revoir à Oymalon de si tôt ! s'étonne-t-il en venant me prendre dans ses bras.
– Qu'est-ce qui t'amène ici ? s'interroge Drach, après m'avoir souhaité la bienvenue.

Je leur parle alors du siège des Sarlen sur Beardale, de la tentative de meurtre d'Arlayna, de ma décision de conclure un marché avec elle pour sauver le peuple d'Althidéon, de l'arrivée des Olaxidor, de notre victoire sur le clan noir et finalement de ma fuite. Je les remercie intérieurement de ne pas m'interrompre. Ce récit a puisé dans mes dernières forces.

– Asseyez-vous ! me surprend ma belle-sœur, en entrant dans la pièce.
– Ton fiancé est en chemin pour déterminer une stratégie à plus grande échelle ? s'enquiert Ran, inconscient de la blessure qu'il vient de rouvrir.
– Non… Non, il ne viendra pas. soufflé-je sans oser croiser son regard, de peur de fondre de nouveau en larmes.

Je sais que j'ai pris la seule décision possible en proposant ce marché à ma rivale. Mais cela ne signifie pas que je n'en souffre pas. Beardale est sauvé, le peuple d'Althidéon est sauf et mon fiancé pourra apporter les réformes nécessaires à son royaume. Tout est bien qui finit bien. C'est ce que je ne cesse de me répéter. J'ai vécu des Lunes sans le connaitre, je parviendrai bien à vivre sans sa présence à mes côtés.

– Venez ! me propose Olivia, me tirant de mes sombres pensées. Je sais exactement ce dont vous avez besoin.

Mon frère et sa femme semblent mener une conversation silencieuse avant que Ran ne me fasse signe que je peux les laisser. N'ayant pas la force de lutter, je suis donc Olivia à travers le dédale des rues d'Oymalon. Me retrouver au plein cœur de la ville qui m'a vue grandir me fait une drôle d'impression. Je n'aurais jamais imaginé dire cela, mais j'ai la sensation de me sentir comme une étrangère entre ses murs blancs qui m'entourent. Comment ai-je pu me familiariser avec l'univers tout en bois de Beardale, au point d'étouffer dans ma propre cité ?

Lorsque nous arrivons devant les thermes, je me détends immédiatement. L'atmosphère plus sombre des bains m'apaise instantanément. Ici, on se sent comme dans un cocon, à l'abri de tous jugements. Je suis étonnée de me rendre compte que ma belle-sœur a aussi bien perçu mon état d'esprit.

Après nous être changées, nous plongeons dans un bassin d'eau chaude privatif. Immédiatement, mes pensées s'égarent vers Althidéon. Que fait-il en ce moment ? Comment réagit-il à l'annonce qu'a dû lui faire Arlayna ? Se sent-il trahi avec cette obligation de faire d'elle sa Grande Dame ? Je ne veux pas m'imaginer qu'il prend ma décision comme une trahison. Mais un sentiment insidieux ne cesse de venir se faufiler dans mes veines. Et s'il ne comprenait pas mon geste ?

– Cliodhna. m'interpelle doucement Liv. Si tu m'expliquais ce qu'il se passe.
– Je… J'ai dû… tenté-je de m'expliquer en vain.
– C'est à propos d'Althidéon, n'est-ce pas ? Il t'a révélé ses sentiments et tu as pris peur, c'est ça ? !
– Que… Quoi ? ! Non !
– Au mariage, je lui ai parlé des *roghacroí.* m'apprend-t-elle.
– Et ? ! insisté-je, ne comprenant pas où elle veut en venir.
– Il t'aime Clio. m'assure-t-elle.
– Ne dis pas n'importe quoi ! Ce n'est pas parce qu'un lien particulier te lie à mon frère que c'est le cas de tout le

monde !

Bien avant la Grande Guerre, Cliodhna, la Déesse de l'amour et de la beauté, est tombée amoureuse d'un Fae. Mais quand celui-ci l'a repoussée, elle ne l'a pas supporté. Pour le punir de cette déconvenue, elle l'a maudit en le privant du sentiment amoureux. Puisqu'il n'était pas épris d'elle alors il ne trouverait jamais l'amour auprès d'une autre. On raconte que dans sa fureur, la déesse n'a pas seulement maudit celui qui l'a rejetée, mais tout son peuple. C'est ainsi que les *roghacroí*, littéralement le choix du cœur, ont disparu de Mag Mor Tairngire. Les Faes ne connaissent depuis lors que des unions de raison. Mais Ran et Olivia semblent avoir levé cette malédiction en se rencontrant et en s'unissant. Depuis, il paraîtrait que des *roghacroí* ne cessent de se trouver.

– Je ne pense pas me tromper, Clio. J'ai vu la façon dont vous interagissez l'un avec l'autre. Le regard qu'il pose sur toi quand tu ne le vois pas parle pour lui-même. Et je crois même que ses sentiments sont réciproques… suppose-t-elle.
– Je… Non, nous ne… me retrouvé-je à court de mots.
– Si tu m'expliquais pourquoi tu te trouves ici au lieu d'être auprès de ton fiancé ?
– Je l'ai déjà expliqué ! tenté-je de la repousser.
– Je sais ce que tu as dit. Mais tu n'as pas parlé de ce que cela te fait ressentir. insiste-t-elle. Ton attitude est pour moi une preuve évidente des sentiments que tu éprouves pour lui.
– Cela n'a rien à voir avec lui ! C'est pour son peuple que j'ai fait tout ça. tenté-je de la convaincre.
– Clio, tu peux me mentir, mais ne te mens pas à toi-même. C'est avant tout pour lui que tu as agi de la sorte : afin de l'empêcher de perdre son royaume, pour t'assurer qu'il pourra être pleinement le Grand Seigneur qu'il veut devenir. Tu préfères le savoir vivant loin de toi plutôt que mort à tes

côtés. Je comprends parfaitement ton choix. Je ferais n'importe quoi pour Ran. Si je devais me sacrifier pour m'assurer qu'il aura une belle vie, je n'hésiterais pas une seconde. me certifie-t-elle.

Mettre enfin des mots sur ce que je ressens pour Althidéon agit comme un déclencheur dans ma poitrine. J'ai l'impression de sentir mon corps exploser de l'intérieur et la douleur de la perte devient insoutenable. Si Olivia a raison, j'ai rejeté celui que les Dieux me destinaient. Je comprends alors qu'en plus du fait que je ne trouverai jamais de partenaire à la hauteur du Grand Seigneur Virthana, cela pourrait également avoir d'autres conséquences. La malédiction de la Déesse de l'Amour est une preuve évidente que les divinités n'acceptent pas que les Faes se jouent d'eux. Me feront-ils payer le fait de m'être détourner de ma destinée ?

CHAPITRE 41 - ALTHIDÉON

Malgré la chute des Sarlen, je n'arrive pas à savourer le goût de la victoire. Tout ce que je sais, c'est que Cliodhna est partie et je ne parviens pas à l'accepter. Son dernier regard est gravé sous mes paupières. Dès que je ferme les yeux, je la revois se tourner vers moi une ultime fois avant de s'embraser dans le ciel, telle une déesse du feu. Huowáng et moi-même étions encore assaillis par les derniers ennemis. Aucun de nous deux n'a eu le temps de partir à leur poursuite. Je me suis senti complètement impuissant, et je le ressens encore dans chaque fibre de mon être. J'ai toutes ces questions sans réponse qui demeurent en suspens dans ma tête. Mais la plus importante reste de savoir où elle a pu aller et si elle est en sécurité. Si je savais où elle s'est enfuie, je partirais sur le champ la retrouver. Depuis, je préfère rester enfermé dans mes quartiers, à faire les quatre cents pas tout en ressassant sans cesse les derniers évènements.

– Fichez-moi la paix ! je hurle presque quand quelqu'un frappe à ma porte.

Je ne suis pas d'humeur à supporter le visage jovial de Naefir. Il ne cesse de se vanter de l'intervention de son armée qui nous a libérés des Sarlen. Je ne peux nier ce fait. Sans eux, la bataille n'aurait sans doute pas eu la même issue. Si j'avais su le prix à payer, j'ignore si j'aurais accepté cette aide. Quand Arlayna est apparue lors du banquet qui a suivi la victoire, je n'en ai d'abord pas cru mes yeux. Elle m'a alors expliqué le pacte qu'elle a passé avec Clio. En échange du départ de la Princesse et de sa nomination comme Grande Dame de Beardale, elle convaincrait son père d'apporter l'aide nécessaire pour notre victoire face aux Sarlen. Sa partie du contrat ayant été respectée, Clio, n'ayant plus sa place à mes côtés, a pris la fuite à la fin du combat.

Je ne peux nier que ce cran est bien digne de ma Princesse. Pour autant, je ne peux m'empêcher de ressentir de l'amertume face à son abandon. N'ai-je été qu'une marionnette pour elle ? Un pion dont elle a pu se détacher si facilement pour sauver mon peuple ? Je ne sais pas si j'aurais eu le courage de nous sacrifier de la sorte. Pour ma part, me priver de ma Grande Dame n'aurait jamais été une option envisageable. De plus, je lui en veux d'avoir agi dans mon dos. C'était à moi de prendre une telle décision pour mon peuple ! Cependant une infime part de moi ne peut que reconnaître sa bravoure et admettre que cela a fonctionné. C'est bien grâce à son sacrifice que Beardale est sorti vainqueur de l'assaut des Sarlen. Je ne sais plus où j'en suis... Tout ce que je sais, c'est qu'elle me manque et que je ne supporte pas de voir Arlayna à mes côtés.

– Thid', c'est moi. souffle la voix de ma petite sœur.
– Dil… Pas maintenant.
– Mon frère, il faut vraiment que tu entendes ce que j'ai à te dire. insiste-t-elle en entrant sans mon accord. Je sais que tu n'es pas d'humeur, que tu as beaucoup de choses à digérer…
– Et qu'en sais-tu toi, Dilya ? m'emporté-je, malgré moi.

Je considère encore ma sœur comme une enfant, mais je suis forcé de constater que son comportement n'est plus celui d'une petite Fae. Les derniers évènements et surtout la présence de la Princesse Cliodhna l'ont fait grandir. Elle ne passe plus son temps à semer les gardes que je lui assigne. Elle a même respecté mon besoin d'intimité jusque-là.

– Elle a dit que tu comprendrais... lâche-t-elle soudainement.
– Quoi ? Comment ça ? Tu lui as parlé ? ! sauté-je sur Dilya.
– Je… J'ai surpris sa conversation avec Arlayna.
– Parle ! la pressé-je.
– Comme tu le sais, elles ont conclu un pacte : l'armée des Olaxidor contre la place de Grande Dame.
– Pourquoi faire cela ! ? m'emporté-je de nouveau. J'aurais pu trouver une autre solution si elle m'en avait parlé ! enragé-je.
– J'ai vu son expression, Thidéon. Elle n'a pas fait ce choix sans en souffrir. Elle pensait que c'était le seul moyen de sauver Beardale. Elle s'est sacrifiée pour que nous vivions. assure-t-elle. La douleur sur ses traits avant qu'elle ne parte ne peut mentir. Elle ne t'aurait jamais quitté de son plein gré. Elle pensait justement agir en Grande Dame en prenant cette décision.
– Par les Dieux ! soufflé-je, ne sachant plus comment réagir.
– Je sais que c'est dur à encaisser mais ton peuple a besoin de toi ! me rappelle ma sœur en posant une main sur mon bras. J'ai besoin de toi… chuchote-t-elle la voix chargée d'émotions. J'aimerais retrouver mon vaillant grand-frère, celui qui veille sur moi et prend soin de son peuple. Ressaisis-toi ! Je m'inquiète pour toi. me confie-t-elle.

C'est le monde à l'envers ! J'ai l'impression que nos rôles se sont inversés. C'est maintenant ma petite sœur qui veille sur moi et me réprimande. Mais je dois reconnaitre qu'elle n'a pas tort. Je dois me reprendre. Je n'ai pas le choix.

Clio s'est sacrifiée pour mon peuple, pour mon royaume, pour moi… Je me dois de respecter ses engagements. Même si cela me détruit, je ne peux qu'accepter le choix qu'elle a fait pour nous sauver. Je le lui dois, même si je suis convaincu qu'une autre issue était possible. Cependant, je ne peux pas réécrire l'histoire. Je ne peux qu'essayer d'avancer avec les éléments que je détiens.

Je revêts donc mon masque inexpressif, non sans me souvenir de celui qu'arborait ma Princesse. Je prends mon courage à deux mains pour rejoindre ma Cour. Je fais mon possible pour reprendre mon rôle de souverain. J'omets les regards soucieux ou de dédain à mon égard et regagne ma place. Ce n'est pas sans difficulté que j'ignore le sourire narquois de Naefir.

Les rondes suivantes, je commence à instaurer les changements que nous avions prévus avec Clio concernant les mères. Continuer ce travail que nous avions entamé ensemble me permet de conserver une part infime d'elle. Et au fond, j'espère qu'elle serait fière de moi. J'ai ce petit espoir qui me tient éveillé chaque nuit de la revoir afin qu'elle puisse constater tout ce que j'ai accompli grâce à elle.

C'est en partie grâce à elle que mon peuple m'a accordé sa confiance. Je me dois donc d'être à la hauteur. Nous déplaçons dans un premier temps les sanctuaires réservés aux mères et aux enfants en plein cœur de la ville. Nous allons les accompagner pendant plusieurs rondes pour qu'ils s'adaptent à ce nouveau mode de vie. Nous ne pouvons les laisser sans repères du jour au lendemain. Cela sera un travail de longue haleine de les réintégrer à notre société, mais je ne doute pas du bon vouloir de chacun. Et concernant la prochaine Lune Dorée, nous avons choisi de laisser les femelles décider de ce qu'elles souhaitaient faire. Certaines ne participeront sans doute pas aux cérémonies de procréation. Mais c'est le prix à payer pour rétablir l'équilibre de notre communauté. Et nous sommes prêts à nous en acquitter.

– Althidéon ? ! m'interpelle Arlayna, devant témoins.

Depuis notre victoire, j'ai tout fait pour ne pas être contraint de parler avec elle. Je n'arrive pas à tolérer sa présence. Mais devant mon peuple, je ne montre rien de l'animosité qui me ronge. Nous devons présenter un front uni. Notre Conseil est déjà fragilisé par la trahison de Lielong. Nous ne pouvons pas nous permettre d'affaiblir plus encore notre gouvernement. Et ça, mon ancienne maitresse l'a bien compris en m'abordant publiquement.

– Pouvons-nous nous entretenir en privé ? me demande-t-elle.

J'acquiesce à sa demande d'un signe de tête et prends la direction de mon bureau. Heureusement, elle semble comprendre mes réticences et demeure à une distance raisonnable de moi. Elle n'est plus la jeune Fae qui tentait de me séduire sous n'importe quel prétexte. Je ne perds pas de temps à m'installer à mon bureau pour maintenir une certaine distance entre nous, avant de me tourner vers elle. Si elle parle mariage maintenant, je risque de ne pas pouvoir me contrôler. En voyant la peur s'emparer de son visage quand elle m'observe, je me rends compte que des flammes lèchent déjà la pointe de mes cheveux. J'inspire profondément pour les chasser tandis qu'elle prend la parole :

– Il reste un point de l'accord passé avec la Princesse Cliodhna à mettre en place. m'annonce-t-elle, après s'être assise face à moi.
– Tout d'abord, un point important. la coupé-je. En toutes occasions et encore davantage en public, c'est Grand Seigneur ! lui rappelé-je lorsque j'ai toute son attention.
– Pardon ? ! semble-t-elle surprise.
– Vous m'avez nommé par mon prénom devant témoins.

Je vous rappelle que je suis et demeurerais votre Grand Seigneur. Vous devez oublier toute familiarité entre nous.

Je ne loupe pas l'occasion de la remettre à sa place. Sa simple présence me rappelle l'absence de ma Princesse. Et cette familiarité qu'elle se permet ne me donne qu'une envie : la bannir sur le champ. Je ne peux m'empêcher de faire le parallèle avec ma relation avec Clio. Je sais que jamais elle ne se serait permise de me manquer de respect de la sorte sous prétexte d'avoir partagé ma couche. Arlayna n'a aucune tenue et ce genre de femelle m'insupporte au plus haut point.

– Notre accord précisait que mon père ne devait plus intervenir de quelque manière que ce soit dans la gestion du royaume. m'apprend-elle.

Que Clio ait pensé à ajouter cette condition dans le contrat me sidère. Je ne peux plus douter de ses motivations. Elle a tout mis en place pour que je puisse gouverner mon royaume comme je l'entends. Évincer Naefir est une nouvelle étape vers l'émancipation de mon peuple. Les membres les plus réfractaires au changement que je compte apporter à notre société seront ainsi éliminés de mon Conseil. Je vais ainsi pouvoir mettre en place toutes les réorganisations que je juge nécessaire, grâce à Cliodhna. Mon seul regret est qu'elle ne soit pas là pour le voir.

– Qui proposez-vous pour le remplacer ? lui demandé-je méfiant.

La place de secrétaire des Finances et de la Trésorerie a toujours été tenue par un membre de la lignée des Olaxidor. Je ne peux pas prendre le risque de heurter la sensibilité de cette lignée qui nous est alliée depuis des générations.

– Moi. lâche-t-elle, en me fixant droit dans les yeux.
– Vous ne pouvez obtenir toutes les places que vous convoitez. lui fis-je remarquer.
– Naefir doit être évincé, au plus vite ! insiste-t-elle. Je ne supporte plus de voir son expression extatique alors qu'il n'est aucunement l'artisan de notre victoire face aux Sarlen.
– Soit vous accédez au trône et supporterez la présence de votre paternel jusqu'à la nomination d'un successeur, ce qui prendra un certain temps ; soit vous prenez son siège et obtenez tous les avantages que cela confère mais vous abandonnez vos prétentions à m'épouser. lui indiqué-je. Vous allez devoir faire un choix ! insisté-je.

Son visage se fait alors soucieux. Je la connais suffisamment pour savoir qu'elle calcule les avantages et les risques de chacune de mes propositions. Je garde l'espoir que son inimitié pour son père soit plus forte que son désir de pouvoir, mais je n'en ai aucune certitude.

– Très bien ! souffle-t-elle. Si je deviens Secrétaire des Finances et de la Trésorerie, et je dis bien si. insiste-t-elle. Vous devez vous engager à bannir immédiatement mon père de Beardale. Mais avant cela, je veux qu'il sache que son exclusion est de mon fait. Je veux qu'il soit conscient que j'ai orchestré son éviction.
– Vous avez ma parole. lui certifié-je, certain d'avoir gagné la partie.
– Bien ! Je vous propose donc de changer les termes de mon accord passé avec la Princesse Cliodhna. m'apprend-elle.

Je demeure perplexe de longues minutes, ne sachant quoi penser de cette proposition. Je ne parviens pas à réaliser que la rancœur d'Arlayna contre Naefir soit plus puissante que son ambition à devenir Grande Dame. J'ai toujours pensé qu'elle briguait cette place de son plein gré. Mais il semble évident que c'était Naefir qui manigançait tout cela depuis le départ. Je n'en reviens de m'être laissé abuser de la sorte. Cependant, j'ai encore du mal à saisir qu'elle se montre si conciliante. Chose qu'elle semble comprendre quand elle reprend :

– La Princesse a consenti à ce que moi, celle qui ait tenté de l'assassiner…
– Ne me le rappelez pas ! grondé-je presque, le sang en ébullition.
– Elle a consenti à me donner le trône pour s'assurer que Beardale et les Virthana subsistent. Elle tient suffisamment à ces terres pour tout sacrifier. Elle a l'étoffe d'une grande dirigeante. Le pouvoir m'attire, je ne vais pas le nier. Mais je saurai me contenter du rôle de secrétaire si vous me débarrassez de mon paternel.

Sans plus réfléchir, je me lève de ma chaise et lui tends une main pour sceller notre accord. J'observe alors le contrat qui la lie à Clio disparaitre pour être remplacé par le nôtre. Plus rien ne me retient de retrouver celle que j'aime.

CHAPITRE 42 - CLIODHNA

Depuis que je suis revenue à Oymalon, j'ai pris l'habitude avec Mènnyála de faire une longue balade avant le lever du jour. Elle apprécie particulièrement de découvrir les sommets neigeux tout au sud d'Axeator. J'avoue ne m'être jamais aventurée aussi loin avant. Cela me rappelle que nous ne sommes pas seuls au monde, comme je me l'imaginais encore il y a quelques lunes. Je me perds dans la contemplation du paysage qui défile sous mes yeux. Je me sens de plus en plus sereine. Je crois que je commence à accepter le fait que je ne reverrai sans doute jamais Althidéon. Comme chaque fois que je pense à lui, mon familier ne peut retenir une plainte en réponse à ma douleur. Je sais que Huowáng lui manque aussi. Je le ressens chaque fois que je pose mon regard dans le sien et cela me déchire le cœur. Mais je suis bien trop égoïste pour la laisser retourner de l'autre côté des Eaux. Je redoute le moment où l'appel de ses semblables et de son environnement sera si fort qu'elle m'abandonnera seule ici, à mon triste sort. Je crois que si je tiens le coup c'est grâce à sa présence. Elle me rappelle celle que je suis devenue de l'autre côté des Eaux.

Ce voyage loin de mes terres natales m'aura fait grandir. Je ne vois plus les choses de la même façon qu'avant. Je sais maintenant que l'amour ne se mesure pas à l'attention que l'on prodigue à un individu, mais plutôt aux actes. Mon paternel ne m'a jamais aimée. J'ai fini par l'accepter et je sais désormais que je n'y suis pour rien. C'est lui qui a des troubles comportementaux. Le jour où il a abdiqué, j'ai eu du mal à y croire. Je ne devrais pourtant pas être étonnée que les apparences comptent plus que tout pour lui. Il a préféré renoncer à son titre plutôt que soit révélée au grand jour sa folie. Il est dorénavant pensionnaire d'une retraite où les anciens Faes se préparent à leur Ascension. Je ne vais pas pleurer pour lui. Il méritait pire sanction, à mon avis. Mais j'accepte la décision prise par Ran. C'est la meilleure façon d'agir sans mettre en avant le mauvais traitement que j'ai subi. Je n'ai aucune envie que mon peuple me voie comme une victime. Olivia m'a certifié que ce n'est pas ainsi qu'elle perçoit les choses. Elle m'assure qu'au contraire cela ne ferait que confirmer ce que tous savent : que je suis forte. Mais je ne souhaite pas que ma vie soit exposée ainsi aux yeux de tous.

Lorsque nous finissons notre promenade matinale, j'ai la surprise de découvrir Drach qui m'attend. Nous n'avons pas vraiment eu l'occasion de discuter depuis mon retour. En tant que nouveau Gouverneur du Nord, il a été pas mal pris par ses récentes responsabilités. En prenant la place de Grand Seigneur, Ran a dû désigner un nouveau gouverneur. Et quel meilleur choix que de nommer son commandant et meilleur ami à cette place ?

– Melandrach ! ? Que me vaut cet honneur ? le provoqué-je, comme nous le faisons depuis que nous sommes enfants.
– Je suis venu voir si ma petite fée rose avait besoin d'aide.
– Comptes-tu brosser ma dragonne ? me moqué-je, en lançant un regard amusé à Mènnyála.

Je suis étonnée de constater que mon familier ne bouge pas. Elle observe même attentivement mon ami d'enfance, notamment les spirales qui marquent son visage. Je comprends alors que ces symboles lui rappellent sa maison. Moi aussi, cela me manque de ne plus apercevoir les veines des habitants de Beardale briller selon leurs humeurs.

– Euh… Non, je ne crois pas. signifie-t-il en s'éloignant prudemment de la créature mystique.

Je fais alors signe à la dragonne de s'envoler. Je sais qu'elle a déjà repéré son prochain repas aux abords de la Forêt Noire.

– Comment gères-tu ton nouveau rôle ?
– Plutôt bien ! Il faut dire que Ran s'était déjà un peu déchargé sur moi ces derniers temps, avec les désagréments de Liv.
– Quoi ? De quoi tu parles ? l'interrogé-je sur le qui-vive.

Je n'ai pas remarqué que ma belle-sœur était souffrante.

– Merde ! souffle-t-il. J'imagine que tu ne peux pas oublier ce que je viens de te dire. devine-t-il à juste titre.
– Évidemment ! Crache le morceau ! insisté-je gagnée par l'excitation.
– Ton frère va me tuer s'il sait que c'est moi qui ai lâché l'information. se renfrogne-t-il.
– Je ne lui dirai rien. promets-je, impatiente de savoir de quoi il retourne.
– Ouais, c'est ça ! se moque-t-il. Tu veux dire comme la fois où tu ne devais pas lui révéler qui t'avait fourni les flèches empoisonnées ?
– Oh ! Ça va ! Il y a prescription !
– Va dire ça à la porte de mon armoire ! Elle ne ferme plus

depuis ce jour-là…
– Pauvre petit bébé. me moqué-je ouvertement en faisant la grimace. Alors ? Accouche !

À cette dernière réplique de ma part, il reste figé à me regarder avec des yeux écarquillés qui insinuent que j'ai mis le doigt sur quelque chose :

– Oh ! Par les Dieux ! C'est bien ce que je crois ! ?
– Parfait, je n'aurais rien eu besoin de dire ! ricane-t-il se débarrassant du poids de la culpabilité.
– Bref ! Si je suis venu te trouver ce matin, c'est pour une raison particulière. change-t-il de sujet.
– Moi qui pensais que ma simple compagnie te suffisait.
– Tu sais bien que je ne t'approche que par nécessité. me charrie-t-il, en me bousculant avec son épaule.

Cette complicité qui nous unit m'avait manqué. Avec Drach, je n'ai pas besoin de porter le moindre masque. Il est comme le second frère que je n'ai pas eu. C'est à cause de lui que j'ai fait mes plus grosses bêtises, notamment celle d'empoisonner des fruits par inadvertance, en m'entrainant au tir à l'arc dans le verger. Quand il reprend un air sérieux, je comprends qu'il n'est plus temps de plaisanter.

– J'aimerais te proposer le poste de commandant.
– Que ? Quoi ? lancé-je, hallucinée.

Ce poste n'a jamais été attribué à une femelle. Aucune Fae n'a jamais eu de rôle de cette importance. Et je dois dire que je ne sais pas quoi répondre. Évidemment, c'est un véritable honneur qu'il me propose ce siège, mais…

– Avant que tu ne me contredises, sache que je me suis basé sur divers critères pour trouver le meilleur candidat. Ran prend à cœur de mettre en avant l'égalité femelle/mâle pendant son règne. Il m'a donc chargé de dénicher la

meilleure prétendante pour ce poste. Avec ton expérience en tant que conseillère, tu es la plus compétente pour cette fonction. Tu sais te battre comme personne et tu as déjà montré ta valeur au combat à de nombreuses reprises. Tu as d'ailleurs eu la chance d'avoir les meilleurs instructeurs, ne peut-il s'empêcher de se vanter.
– J'ai une meilleure proposition à te faire. nous surprend une voix que je ne pensais plus entendre. Reprends ta place de Grande Dame à mes côtés ! me demande-t-il quand je me tourne face à lui.
– Je ne peux pas lutter. je crois entendre Drach répondre, avant de s'éclipser.

Je n'arrive pas à réaliser qu'Althidéon se tient réellement devant moi. Je me pince même le bras pour être certaine de ne pas rêver. Mais il est bien là, devant moi. Mes Dieux ! Ses longues mèches grises volent au gré de la brise. Sa tenue d'apparat aux couleurs claires et sa cape écarlate sont les mêmes que dans mes souvenirs. Et l'intensité avec laquelle brillent ses veines m'appelle dans sa direction. Ne réfléchissant pas plus longtemps, je me rue dans ses bras. Immédiatement, je me gorge de son parfum boisé qui m'a tant manqué. Mon corps tressaille tout entier au contact de sa moitié. Des larmes coulent même sur mes joues tant l'émotion me submerge.

– Qu'est-ce… Que fais-tu ici ? lui demandé-je quand je trouve la force de m'éloigner de lui.
– Je te l'ai dit. Je suis venu récupérer Ma Dame, m'assure-t-il en plongeant ses yeux argentés dans les miens.

La tendresse, la peur et l'amour que je lis dans son regard me bouleverse. Mais je ne peux pas oublier la raison de ma fuite.

– Et Arlayna ? Notre accord ? l'interrogé-je.
– Il n'a plus cours. Vérifie par toi-même ! m'incite-t-il en

désignant mon poignet gauche.

Je dénoue alors le ruban que j'ai attaché autour de mon poignet pour ne plus voir constamment la marque du pacte qui m'a éloigné de Beardale. Quand je constate que les symboles qui scellaient mon accord avec Arlayna ont disparu, tout se mélange dans ma tête. Pourquoi avoir renoncé au contrat qui lui offrait un trône ? Ne me dites pas que…

– Qu'a-t-elle réclamé en échange ? m'inquiété-je.
– La place de son père au Conseil.
– Je ne comprends pas. halluciné-je.
– J'ai eu du mal à y croire moi aussi. Son envie de se libérer de l'emprise de son père a été plus puissante que son ambition d'être Grande Dame.
– Alors, c'est vrai ? ! Tu es vraiment là ? !
– Il me semble bien. se moque-t-il gentiment. Et je ne compte plus te laisser partir, Clio. Nous allons célébrer notre union dès notre retour à Beardale. Je ne veux plus que quiconque puisse se mettre entre nous. me confie-t-il en caressant tendrement mon visage pour que je comprenne bien la portée de ses mots.
– Je le veux aussi. lui assuré-je avant de déposer un baiser d'une ferveur inédite sur ses lèvres.

***

Après des retrouvailles chargées d'émotions avec Althidéon, mon frère nous convie à un repas en petit comité afin de faire enfin connaissance avec mon fiancé. Il faut dire que son passage éclair pour le mariage ne nous a pas laissé le temps de faire les présentations en bonne et due forme. Lorsque nous entrons dans le petit salon, je suis soulagée de découvrir que notre repas se fera en comité restreint. À savoir Ran, Olivia, Drach et nous. Je ne me sens pas le courage d'affronter ma mère ce soir. Elle ne cesse de me dire à quel point elle se sent coupable de l'attitude de mon père. Et elle n'arrête pas de me rappeler que c'est grâce à elle que j'ai pu me tourner vers les Virthana. Je ne peux nier cette évidence, mais cette histoire m'épuise. Je voudrais seulement laisser tout cela derrière moi. C'est pourquoi je me concentre sur les êtres qui me sont les plus chers en ce monde.

– Comment ça va aujourd'hui, Olivia ? ne puis-je m'empêcher de lui demander.
– Euh… Tout va bien, merci. me répond-elle en jetant un regard étrange à son mari.
– Je ne sais pas toi, mais je crois que Ran devrait changer de chef cuisinier. Le repas d'hier m'a donné de ces nausées ! insisté-je, sous le regard menaçant de Drach.
– Tu ne te sens pas bien, Clio. s'inquiète immédiatement Althidéon.
– Tout va bien. le rassuré-je en pressant sa main dans la mienne, sans lâcher le regard suspicieux de mon frère.
– Drach ! tonne mon frère, en même temps que l'intéressé m'interpelle en me fusillant du regard.
– J'ai comme l'impression que quelque chose m'échappe. intervient Thidéon à mes côtés.
– Figure-toi que mon frère, ici présent, n'a pas jugé utile de m'informer qu'il allait bientôt devenir père. lui expliqué-je sans lâcher le traitre du regard.
– Nous voulions attendre que le premier trimestre soit passé pour l'annoncer. se justifie-t-il.
– Et Drach ? m'enquiers-je.
– Il a surpris Liv rendre tripes et boyaux, plusieurs lunes de suite. Nous ne pouvions pas lui dire éternellement que Liv souffrait d'indigestion.
– Il commençait à me regarder étrangement, en plus. intercède Olivia.
– Ce n'est pas faux ! J'ai bien cru qu'elle avait chopé un virus mortel. acquiesce Drach.
– N'importe quoi ! s'offusque la future maman.

– Avec tous les Dieux qui t'ont béni, ce ne serait pas étonnant que quelque chose disjoncte. suggère-t-il, malicieusement.

C'est maintenant Ran qui accuse Drach d'insulter sa femme. Ce repas est un vrai tintamarre. Tout le monde parle de son côté sans réellement prêter attention à ce que l'autre dit. Cette étrange ambiance me met le sourire aux lèvres, notamment quand mon fiancé s'immisce dans la conversation pour tenter de comprendre ce qu'a de si particulier ma belle-sœur. C'est vrai que je vais devoir lui révéler un tas de choses sur ma famille… Mais je n'ai pas le temps d'ouvrir la bouche que la porte du salon s'ouvre avec fracas.

– Un message urgent pour Notre Grande Dame ! annonce un émissaire, à bout de souffle.

Instinctivement, je cherche ma mère du regard. Mais je me reprends vite en réalisant que le message est pour Olivia. Je l'observe casser le sceau de l'enveloppe puis déplier fébrilement le manuscrit. Quand ses traits se crispent, je comprends que quelque chose de grave s'est produit. Les larmes aux yeux et incapable de parler, elle tend la lettre à Ran.

– Que se passe-t-il ? m'impatienté-je, en voyant les mâchoires de mon frère se serrer douloureusement.
– Odélia a disparu. lâche-t-il, une lueur sauvage dans le regard.

À suivre…

REMERCIEMENTS

Cette histoire je l'avais déjà en tête en écrivant le premier tome de cette saga et je n'avais qu'une hâte : m'y mettre. Évidemment, comme toujours mes héros n'en ont fait qu'à leur tête ! J'espère que vous avez autant apprécié que moi l'évolution de Clio. Je crois que c'est mon héroïne préférée de tous mes romans. Alors, merci à toi, cher lecteur, d'avoir lu son histoire.

Tout d'abord, merci à Eline de m'avoir accompagnée pendant toute la phase d'écriture. C'est grâce à elle que l'histoire entre Clio et Thidéon (oui, je sais : tu détestes ce surnom) coule autant de source. Sans elle, cette histoire ne serait pas celle que vous avez lu. Merci de m'avoir lu, relu et rerelu ! Je tiens également à remercier Aurélie pour son aide inestimable. Elle trouve toujours les mots justes pour que le roman soit plus fluide.

Comme toujours merci à ma famille de toujours me soutenir dans mes projets. Merci à mon chéri de continuer de m'épauler dans la réalisation de ce rêve.

Enfin, je vous serais très reconnaissante si vous pouviez laisser un bref commentaire honnête sur mon roman quand vous l'aurez terminé. Cela m'aiderait à faire connaitre mon histoire. Cette aide est très précieuse pour moi et pour tous les auto-édités.

Avec toute ma reconnaissance,

Khloé Laurens

DU MÊME AUTEUR

Le premier tome de la saga Lumière & Ténèbres est toujours disponible.

Déjà disponible : La saga Seven.

Le mythe du vampire est revisité à travers cette série de romans.

La Guerre Sanglante a révélé l'existence de ces êtres surnaturels aux humains. Désormais, la ville de Paris est divisée en deux rives. La rive gauche abrite les vampires et celle de droite, les mortels.

Quand ces mondes entrent en collision, cela peut avoir de multiples répercussions.

ÉGALEMENT DISPONIBLE

Ce 16 mars 2020, Louane décide de maintenir son rencard avec Matt-moi-ça75, dans un bar parisien. La soirée se déroule comme beaucoup d'autres, et finit dans un lit.

Mais à son réveil, tout va changer. Il est plus de 14 h et le confinement a commencé. Elle n'a d'autres choix que de cohabiter avec cet inconnu qui l'attire plus qu'il ne faudrait. Elle, qui depuis deux ans, n'a qu'une règle : une nuit et ciao!

Va-t-elle supporter cette cohabitation forcée ?

Et surtout va-t-elle résister à l'alchimie qu'elle ressent pour ce bel inconnu ?

Comment faire aimer Noël à quelqu'un qui ne veut plus entendre parler de cette fête ?

La plupart des gens sont euphoriques à l'approche de Noël, mais Joy n'en fait pas partie. Les rennes volants et les petits lutins, ça fait longtemps qu'elle n'y croit plus.

Lors de chaque fin d'année, elle rentre en Alsace retrouver sa grand-mère. Là-bas, elles y célèbrent Noël à leur façon. Mais cette année, mamie a redécouvert l'attrait de cette fête détestée. Et elle compte bien en redonner goût à sa petite fille, même si elle doit manigancer pour cela…

La première étape ? Faire en sorte que Joy rencontre Anton et qu'ils se (re)découvrent. La suite ne dépend que d'eux.

Entre révélations, pâtisseries et cachotteries, Joy réussira-t-elle à se réapproprier Noël ?